TAKE
SHOBO

硝煙は溺愛の香り

黒き獣は偽花嫁を淫らに堕とす

奏多

ILLUSTRATION
芦原モカ

蜜夢
MITSU
YUME

CONTENTS

MITSU YUME

イラスト／芦原モカ

硝煙は溺愛の香り

shoen ha
dekiai no kaori

黒き獣は
偽花嫁を
淫らに堕とす

プロローグ

不夜城、新宿——。

繁華街から少し離れた袋小路に、その占い師はいた。

口元には半透明の黒い布。身に纏《まと》うのは金糸の刺繍が入った赤いサテン布。

長い三つ編みを左胸に垂らしている。

やがて、机と椅子だけしかない簡素な占いスペースに、相談客が現れた。

黒いスーツ姿の小柄な女性だ。真っ黒な髪を前髪ごとうしろでまとめたひっつめ髪をしており、小さな眼鏡をかけている。

「いらっしゃいませ。どのようなご相談ですか?」

占い師がにこやかに訊くと、女性は単刀直入に言った。

「わたし、四十日以内に結婚したいんです」

女性の顔には表情がなく、能面のようだ。不気味さを醸《かも》し出しながら、彼女は淡々と続けた。

「実は結婚相手の条件がありまして。その一、約束をすぐ破るクズではないこと。その

二、軟弱ではなく、頼もしいこと。その三、年配者にも好感を持たれる人柄であること。……高望みはしておりません。至って普通のまっとうな男性と結婚するためのアドバイスをいただけたらと思いまして」
これは俗に言う喪女というものか。はたまた、結婚したい・男を作りたいの鯛女というべきか。

結婚したいのなら、条件をつけない方がまだ可能性があるのではないか……と口に出しては言えず、占い師はにっこりと笑って言った。

「結婚運と、恋愛運ですね」

「恋愛運はいりません。結婚運だけでいいです」

結婚に恋愛の要素を求めない客も珍しいが、それが客の要望ならば仕方がない。占い師は了承し、机に置かれていたタロットカードを手にすると、深呼吸をして精神統一した。

裏返しにしたカードをよく混ぜ合わせ、三つに分けた束をひとつにまとめる。そして上から順にカードを配置し、捲《めく》っていく。

過去と現在を示すカードは、これでもかというほどに悪い意味を持つものばかりだ。なにより彼女の男運は壊滅的で、年上の近親者が害悪となり、予期せぬ災難を呼び込んだ……と告げている。

占い師は、未来を示すカードに目を細め、意味を補足するためにさらに何枚かカードを表に返して考えると、凛とした声でこう告げた。

「あなたの望む四十日以内、しかも近々、窮地に陥ったあなたを助けてくれる……条件に見合った男性が現れます。キーワードは『正義』」

占い師が指し示すカードには、天秤と剣を持った人物が描かれている。

「その人は――硝煙の香りがするでしょう」

女性客は、眼鏡の奥の目を細めて訊いた。

「ショウエン？」

「はい、火薬や銃の煙の硝煙です。それがあなたへの……真実の溺愛の香りとなります」

「別に溺愛されなくてもいいんですが……わたしの希望する条件を満たし、かつ、そんな物騒な香りがする人、この平和な日本にいますかね？」

それには占い師は答えられなかった。ただ――。

「もう、あなたは出会っていると出ています。以前から知っている男性を大切にされますよう」


女性客は繁華街へと向かう帰り道で髪を解き、眼鏡を外した。

眼鏡の奥に隠されていたのは、長い睫に縁取られた黒目がちの大きな目。

素朴ながらもどこか可憐さを秘めた、あどけない少女のような顔だち。

そこには、先ほどまでの喪女の影はまったく見られない。

「硝煙？　絶対適当なこと言ったんだわ、あの占い師。まあいいわ、元より行列のない路地裏占い師に、期待していたわけではなかったし、わたしが望むスペックの男が現れるかもしれないとちょっぴり夢も見られた。そのために鑑定料三千円が飛んだのは、痛かったけれど」

彼女の目線は、夜景の中でもひと際目立つ、高層ホテルに向けられている。

「あと四十日。孫を孫とも思わない横暴じいちゃんを騙せる、男を連れて行かないと。……目指せ！　円満な離婚ができる偽装結婚！　作るぞ！　偽装恋人！」

勇ましく片手の拳を空に突き上げた彼女は、その十分後、駅の構内で男性に呼び止められた。

やや強面でワイルドさを見せるその男性の顔は、見覚えがあった。一週間ほど前、この付近ですれ違い様に誰かと肩がぶつかった際、紳士物の財布が落ちた。財布を拾った茉理が、追いかけて渡した相手が彼だ。男性は是非、あの時の礼をしたいと言う。

気持ちだけでいいと断ったが、珈琲だけでもと強く押し切られ、近くの喫茶店に入った。すぐ帰るつもりだったのに、彼はきさくで会話が心地よく、やけにウマが合う。冷静で客観的に物事を捉えようとするし、言葉選びが慎重で、ひと言ひと言に重みがある。

この男性は今まで見てきたクズ男と違う――そう改めて観察すると、好感度が高い人柄以外にも、彼女が求めていた結婚相手の条件にぴたりと合う。

肉体を鍛えているであろうことは、半袖から伸びた腕の隆起した筋肉からもよくわかる。思わず「兄貴」と呼びたくなるくらいの頼もしさがあり、決して軟弱そうには思えない。

そしてなにより彼も、病気の母を安心させるために偽装結婚の相手を欲していた。

彼女が思わずその相手に名乗り出て、自らの事情を話すと、彼は快諾。

そしてふたりは、それぞれの目的のために手を結ぶことになったのだった。

「俺の名前は妙香寺《みょうこうじ》正義《まさよし》。職業は……花火師」

──キーワードは『正義』のカード。

──その方は、硝煙の香りがするでしょう。

──もう、あなたは出会っていると出ています。

火薬を取り扱う職業ならば、身体から硝煙の香りもするだろう。彼の名前といい、再会したことといい、妙香寺こそが、占いが告げていた運命の人に違いない──。

インチキだと侮っていた占い師の力に、彼女は唸《うな》ることしかできなかった。

第一章　その男、軽やかに喰らう

オフィス街が広がる、東京丸の内。

その一角に、鷹山裕吾《たかやまゆうご》弁護士事務所が入っているビルがある。

ふたりの弁護士に五人の事務職員がいる事務所は、さほど大きな規模ではないものの、古くから名が知られており、相談者訪問が引きも切らない。

法学部を卒業した後埜茉理《あとのまつり》は、刑法ゼミ教授のツテを頼り、一年の試用期間を経て、昨年からこの事務所で正式な事務職員として雇用された。

事務職員は弁護士に言われた雑務の他、接客や電話応対、書類整理や集計分析をしている。どんな仕事にも細やかさが求められる上、案件によってはたとえ補佐といえども、精神的にも肉体的にもかなりハードになる。

事務職員は皆、身だしなみを清潔にすることにも気を遣っているが、その中で茉理の存在は異質だった。

前髪ごとうしろでまとめたひっつめ髪に、パソコンのブルーライトをカットする眼鏡がトレードマーク。

まもなく二十五歳という若さなのに、なぜそんな姿を通すのか謎の下っ端だ。

だが、その仕事ぶりは真面目で有能、迷惑客を撃退する度胸もある。

容姿も頭脳も兼ね備えた先輩職員たちから見れば、美に関するものだけが欠落した残念な後輩は、見ているだけで微笑ましく、和んでしまうものらしい。

茉理は、今日も顰《しか》めっ面をしながら、ようやく使い方がわかってきたパソコンで、せっせと緻密な集計表を作っていた。

「ねぇ、あとのちゃん、ここなんだけど」

「うしろのです」

「あ、珈琲を頼むわ、あとの」

「うしろのです！」

茉理は、自分の苗字が好きではないから、〝茉理〟か〝うしろの〟と呼んでほしいと言っているのだが、茉理の反応を面白がる先輩職員は皆、彼女のことを〝あとの〟と呼ぶ。

フルネームが座右の銘になりつつある今だからこそ、〝うしろの〟の方が本名であるかのように、全力で否定するのだ。

(〝後の祭り〟なんて、冗談じゃない！　なんとしても定着しないようにしなければ)

職員達は知らない。

彼らがからかう茉理が、実はホテル王として名高い……後埜ホテルグループ総帥、後埜源治郎《げんじろう》の孫で、彼の唯一の血縁者であることを。

茉理は、ごく普通の家庭に育ったが、高校三年の時、ヤクザが家に押しかけてきた。実は両親がヤミ金で借りた金を返済できず、茉理には旅行だと偽って数日前に蒸発したのだ。風俗に売られそうになった茉理を救ったのが、SPと共に突然現れた祖父だった。駆け落ちした娘――茉理の母の居場所をようやく探りあてて訪れたところ、偶然、茉理の危機に遭遇したらしい。

祖父は不憫な孫に優しい手を差し伸べ、彼が住まう豪邸に引き取り、大学まで出してくれた。祖父の愛を信じて感謝すればこそ、「後埜姓」を強いられても我慢できた。

だが、茉理の大学卒業が決定したあたりで、祖父が態度を変えたのだ。

彼はホテル拡大のために、茉理を政略結婚の道具にしようとしていた。面倒をみたのはそのためだと、言い放った。

そして、選べと渡されたのは見合い写真の山。その写真を数枚見て、茉理は泣いた。彼女はメンクイではなかったが、いくらなんでもここまでブサメンばかり取り揃えるとは。

その上祖父から〝後継者生産機〟扱いされて、怒り爆発。見合い阻止のために、茉理はハンガーストライキを敢行して抵抗し、その結果、祖父の譲歩を取り付けた。

『では二十五歳の誕生日までに、お前が選んだ結婚相手を連れてこい。もし期限までに連れて来られない、またはその男がワシの眼鏡にかなわなければ、ワシが選んだ相手とお前を結婚させる』

どうしても祖父が誰かと結婚させたいというのなら、その事実だけを作って義理を果たし、その後は祖父と無縁なところで生きよう。そう遠くない将来に仮面夫婦生活を終わらせ、離婚《リセット》し、ひとりで再出発をするつもりだった。

離婚によって元夫が後継者の身分を剝奪され、祖父がまた茉理に新たな結婚を強いても、傷がついてしまった道具に利用価値はない。それでもいいと食いつく男は、祖父が望む人物像ではないはずだ。祖父は人を利用しても、利用されることが大嫌いだからだ。

やがて祖父は、孫娘では後継者を獲得できないと悟るだろう。そして、大切なホテルを守るために、自分でなんとかしようと思い直すに違いない――。

元々茉理は、大学卒業後は祖父の庇護下から出て、ひとり暮らしをしながら働き、大学費用を返済する心づもりだった。それに対して祖父は理解を示し、社会勉強も必要だと賛成してくれていた。

いいチャンスだと茉理は思った。祖父の監視も門限もないのだから、自由にゆっくりと相手を探すことができる。頑固な祖父を相手に、離婚前提であることを悟られずに、うまく立ち回ってくれる男を見つけられる、と。

楽勝だと思っていたものの、現実問題それが一番難しく、なにより茉理には男を見る目がなかった。人当たりがよく真面目そうなこの男性なら祖父が気に入ると思っても、蓋をあければ、実は無職でギャンブル好きだったとか、実は既婚者で隠し子がたくさんいるとか、とにかく頭を抱えるようなものしか出てこない。

トラブルがないことを確認し、偽装結婚話を進めても、報酬とは別の必要経費をせびられた上、祖父に会いに行く段階になると姿を消されてしまう。

クズ男にとって、結婚に必死になって報酬まで出そうとしていた茉理は、いいカモでしかなかった。

なぜ今回も、こんな男をまともだと思って縋ったのかと後悔しても〝後の祭り〟――だったのだ、今までは。

「ふふふ」

十日前、茉理はようやく理想の相手に巡り会えた。約束だった二十五歳の誕生日の一ヶ月前にして、辛く厳しかった冬はようやく終わりを告げたのだ。今度こそ春が来て安泰だとニマニマしていると、奥にある……事務所の主、鷹山裕吾の部屋のドアが開いた。

鷹山は還暦間近の一見温和そうな、ふっくらしたおじさんだ。だが、法廷に立てば必ず勝訴を勝ち取る、伝説の鬼弁護士だと、茉理は先輩達から聞いている。

そんな鷹山がにこやかに愛想を振りまきながら送り出すのは、黒い背広姿の長身の男性だった。知的さを印象づける眼鏡をかけ、黒い髪をワックスで固めている。

彼は黒宮《くろみや》と言い、リスクマネージメント会社の社長秘書として、週に一度は来訪する。抱えている仕事に法律的な問題がないか、顧問弁護士の鷹山に、チェックやアドバイスを受けにきているらしい。

黒ずくめの彼が喪男と形容されないのは、かなりの美貌の持ち主だからだ。

漆黒の瞳に、目尻がすっと伸びた切れ長の目。

高い鼻梁《びりょう》に薄い唇。引き締まったシャープな顎。

パーツ的にはどれも極上で理想的な配置なのだが、残念なことに、クールという形容を通り越して、今日も一段と仏頂面《ぶっちょうづら》。やけに威圧的で不遜に思える。

そんな彼は、茉理と目が合うと、不可解なことにいつも口元を緩める。

茉理が応対したのは数えるほど。前から面識がある先輩をさしおいて、自分だけに愛想を向けられていると考えるには、あまりにも無理がある。

自分の仕事ぶりを嘲笑されているように感じた茉理は、今日もまた眉間に皺をくっきりと刻みながら、『いけすかない男』という思いを強めるのだった。


その日は金曜日だった。残業にならないよう仕事を時間内に終わらせた茉理は、終業時間ぴったりに事務所を飛び出した。電車の窓に映るのは、ほつれた自分の髪。目的の駅で降りた茉理は、駅構内の化粧室に入った。

「我ながら……地味な仕事姿だわ」

茉理はくすりと笑って眼鏡を外すと、髪を解き、携帯用のブラシで梳かした。その後、化粧を直し、リップを引き直す。鏡に映るのは別人のような美女なのだが、茉理はその姿に特別な感慨はない。

カバンに道具をしまうと茉理は、内ポケットに入れていた小箱を取り出した。

中に入っていたのは、白金《プラチナ》アームの大粒のダイヤがついた指輪。

それを左の薬指に嵌《は》め、思わず微笑んだ。

「返却しないといけないものだけれど、こういうアイテムはやっぱり嬉しいものね」

今日これから、茉理の家に仮初《かりそ》めの同居人がやってくる。

茉理に指輪を贈った相手は、十日前に占い師が予告した運命の男——妙香寺正義という。

花火師である彼は、八月の今は繁忙期らしい。

時間を見つけて会ってくれた前回、彼は契約の印にとサプライズの指輪を贈ってくれ、さらにこれから忙しくなると言った。そこで茉理は、それならば同じ家にいた方が、何時になろうと顔を合わせて偽装結婚の話も進めていけるだろうと考え、ひとまず、部屋数が多い茉理の家に、妙香寺が居候することを提案したのだ。

今日は珍しく夕方上がりだという彼に、先に部屋で待っていてもらおうと、茉理はメッセージアプリで合い鍵を隠した場所を教えた。それに対してはありがとうと返事は来たが、その後困ったことはないか尋ねても返答はなかった。茉理のメッセージ自体、既読マークがつかない。きっと寝てしまっているのだろう。前回会った時、やけに疲れた顔をして眠たそうにしていたことを、茉理は思い出した。

（花火作りって、凄く神経使って大変みたいだし、ゆっくり眠れているといいな）

最初から、初めて会ったような気がしなかった。

不思議な懐かしさを覚えながらも、恋愛には発展しない——結婚という目的が同じなだけの同居人。彼に愛情を傾けることはないが、せめて別れるその日まで、仲良くしていけたらとは思う。

足取りも軽やかに帰宅する。隠し場所に合い鍵はなく、茉理は施錠されていないマンションのドアを開けた。

「ただいまです！　妙香寺、さん……？」

茉理がなにか違和感を覚えたのは、妙に閑散とした空気が漂っていたからだ。

リビングに入り電気をつけると、その違和感の理由がわかった。

……そこにはなにもなかったのである。

茉理が自分でひとつひとつ揃え、今まで使っていた家具から寝具から小物まですべてが消え去っていた。

一番困るのは、大事なものを保管していた鍵つき鏡台ごと、なくなっていたことだ。そこには、通帳やカード類が収めてあった。それに加えて、タンス貯金の現金、小銭を入れていた豚の貯金箱まで、どこにもないのだ。

残されていたのは、茉理が幼い頃から使っている、大きなぬいぐるみのみ。

色褪せ、つぎはぎだらけでボロボロになったクマが床に転って、恨めしそうに茉理を見ている。

「……まさか」

茉理は、慌てて妙香寺にメッセージを送ってみたが、やはり既読になることはなく、電話も使われていない旨のアナウンスが流れている。他に、彼と連絡を取る術はない。

それは、つまり。

「やられた……」

茉理は脱力し、がくりと床に崩れ落ちる。

後悔しても後の祭り。運命のはずの偽装結婚相手に、全財産を持ち逃げされてしまったのだ。


銀行に口座凍結の連絡をした後、盗難届を書いて警察署を出ると、もう九時を過ぎてしまっていた。

今夜は蒸し暑い。特別に寝苦しい夜になりそうだ。

駅に向かって、ふらふらと歩いていた茉理は、青く光る看板にふと目を留めた。

『ＢＬＵＥ　ＭＯＯＮ』――ＢＡＲの看板のようだ。

なにかに誘われるように、茉理はせめてやけ酒をしてやろうと、細くて暗い階段で地下に下りる。仄暗い照明の中、木の温もりが感じられる落ち着いた雰囲気の店だった。

勢いで入ってしまったものの、茉理にとってはＢＡＲで飲むなど初めての経験だ。思いの外女性客が多いことに内心ほっとしながら、カウンター席に座ってメニューを広げた。

茉理の目に飛び込んできたのは、カクテルの高い値段とチャージ料。思わず目を擦り二度見をしたが、数字は変わらない。茉理は、慌てて財布の中身を確認した。

只今の残金は、六千円弱。

盗難の被害に遭ったということで、預金していた分は銀行から被害の補償があるかもしれないことは聞いたが、銀行窓口が開く月曜日までは、手持ちの金で凌がなくてはいけない。さらに給料日は火曜日だ。

(何百円の世界かと思ったのに。ここで帰るわけにもいかないし、一杯だけにしよう)

にこやかなバーテンに、茉理は名前を聞いたことがあるカクテルをオーダーした。

「はぁ……」

茉理の口から漏れるのは、ため息しかない。

「スクリュードライバーです」

細長いグラスに入ったオレンジジュースのようなカクテルが目の前に置かれた。

東京の最低時給を上回る、やけ酒にしては高級すぎる飲み物であるが、とても飲みやすく美味しい。

一気飲みしたいのを我慢して、ちびりちびりと飲んでいると、横から突き刺すような視線を感じた。

反射的にそちらを見た茉理は、びっくりして思わず吹き出しそうになる。

同じカウンターの端から彼女を見ていたのは、あのいけすかない仏頂面男……黒宮だったからだ。

（なぜここに⁉）

ただ、雰囲気がまるで違った。気難しそうに見える眼鏡はかけておらず、いつもワックスで固められている漆黒の髪は、ふわりと無造作に顔を包み、柔らかく艶のある質感がおしゃれだ。

喪服のような黒い背広を脱ぎ、いつも第一ボタンまできっちりとしめていたワイシャツは、ボタンがふたつ分開けられており、妙にアダルトでセクシーな雰囲気を醸し出している。

いつもの仏頂面モードとはあまりに違い、大人の色香を匂わせているため、もしかして別人かとも思った。だが、顔の造作はどう見ても、いつもの黒宮だった。

（まあでも、仕事姿じゃないから、彼もわたしとは気づかないだろう。とはいえ、ストレスがたまる場所で長居はしたくないし……。来たばかりだけど早々に退散するか）

カクテルを飲み干そうとした茉理の横に、問題の男が座ったのはそれからすぐのことだった。

「お疲れ様、黒宮です。事務所ではいつもお世話になってます」

艶やかなテノール。思わず口の中の液体を黒宮に向かって吹き出してしまいそうになったが、苦手な彼と関わり合いになりたくないので、他人のふりをしようと心に決めた。

「ひ、人違いなのでは……」

「あとのさんですよね？」

「うしろのです！」

結局速攻で正体を晒《さら》したのは自分。がっくりと肩を落とす茉理の横で、黒宮は肩を震わせて笑いを堪えている。

「いつもと違う髪型だったから、ちょっと迷ったけど、声をかけてみてよかった。……きみは放っておかれた方がよかったみたいだが」

そうだとも言えずに口籠もっていると、黒宮は再び笑う。

あの仏頂面はどこにいったのか、ずいぶんとここでは笑い上戸だ。

茉理は黒宮の笑顔を、顎だけかくんと下げてカカカと笑うくるみ割り人形のような不気味なものと想像していたが、これはなかなかに女殺しの笑い方だ。

「あのわたし、これ飲んだら帰りますので」

スクリュードライバーはあと四分の一残っている。それを一気に飲み干した。

するとすかさずバーテンが、茶色い液体が入ったグラスを差し出してきた。

「わたし、頼んでないですが……」

「クロの……こいつの奢りです。ロング・アイランド・アイスティー。お客さん、クロの射程内に入っちゃいましたね」

バーテンは意味ありげに笑いながら、黒宮を見る。

「おかしなことを言うな。ああ、こいつは俺の幼なじみで、月に一回は顔を出すようにと言われているんだ」

「お前がいると女性客が増えて売り上げが倍増するんだよ、月イチくらい協力しろよ」

どうやら茉理は不運にも、黒宮がＢＡＲを訪れる月イチの確率まで引き当ててしまったようだ。

茉理はすくりと立ち上がると、置かれたばかりのカクテルを黒宮の前に移動させた。

「せっかくですが、黒宮さんが飲んで下さい。わたしは帰るので」

すると、わずかに黒宮の瞳が揺れた。

「もう少し、話をしないか？」

話をしたくないとあからさまに拒否することもできず、茉理は遠回しに断り出て行こうとする。

すると黒宮が言い放った。

「今日はすべて俺の奢り。そのカクテルもこのあともなんでも飲み放題、うまい料理も食べ放題。条件は俺の飲みの相手をすること」

途端、現金にも茉理のお腹が鳴った。

「い、いえ。これはその……」

お腹を押さえれば押さえるほど、腹の虫はよく鳴く。

真っ赤な顔をして狼狽《ろうばい》する茉理に、黒宮は柔らかく笑って言った。

「きみが帰ってしまったら、俺……、ハイエナ軍団の餌食にされてしまうんだ。人助けだと思って。どう？　あとのさん」

「うしろのです！」

「皆もあとのさんって呼んでいるし、てっきり、あとのまつりさんかと思っていた」

「それは間違った愛称で、わたしはうしろのまつりです！　うしろのまつりをよろしくお願いします」

「はは、選挙みたいだな。俺は黒宮凱《がい》です。改めましてよろしく」

よろしくお願いしますと頭を下げて、茉理ははっとする。完全に黒宮のペースで、奢られる気満々で席についてしまったのだ。

複雑な表情を顔に浮かべる茉理を見て、黒宮はまた声をたてて笑った。


上品で上質な料理に、次から次へと作られるカクテルの美しさと美味しさ。

奢りというのを差し引いてもお釣りが出る絶品の数々に、茉理はすっかり上機嫌になる。

さらに事務所で見ていた姿からは想像できないほど、今の黒宮は聞き上手で、話がしやすい。

時折会話に交ざるバーテンを真似て、茉理は黒宮のことを〝クロさん〟と呼ぶようになっていた。

「クロさんはお幾つですか？　三十代ではないですよね？」

「三ヶ月後の誕生日に三十だ。だから今は、かろうじて二十九。きみは？」

「二十四歳です。あと一ヶ月で二十五に。……クロさんはもっと年上かと思っていました。事務所ではいつも、むっつりしていたから。まあ、わたしも人のことは言えませんが」

黒宮は苦笑しながら、さらりとした前髪を掻き上げる。

「前職の仕事柄を引き摺っていて、勤務中は笑えないんだ」

「前職？　なにから転職されたんですか？」

「あぁ。ちょっとね」

黒宮は言葉を濁した。

人にはひとつやふたつ言いたくない過去がある。茉理はあえて追及しなかった。

「しかも相手は鷹山先生だ、失礼がないようにと緊張しているせいもある」

「緊張……しますか？　鷹山先生はいつもにこにこ、気さくなおじさんですよ」

「おじさんって……。あの人は怖いぞ。うちの社長でも頭が上がらない人だ」

その社長がどんな人かはわからないが、茉理はいまいち鷹山の怖さというものがまだわかっていない。

「まあ、どこで誰に会うにしても、仕事中はへらへら笑うことなく、きりっとして全力で取り組みたいもの。うん、わたし達は同類ですね」

「ならば同類のよしみで、きみに尋ねるか。きみはなぜ会社ではあんな恰好をしているんだ？　見栄えでずいぶん損をしていると思うが」

「大学の就活担当にアドバイスをいただきまして。会社が求めているのは容姿ではなく、中身だと。中身と意気込みを引き立てるような恰好をした方がいいと。その結果、社会人としての嗜《たしな》みとしてベストだと思われる、あの姿に行き着きました」

茉理は得意げに説明した。

「もったいないな」

黒宮は苦笑する。

「……髪を下ろして眼鏡を外すと、ずいぶんと感じが変わるから。……凄く色っぽい」

黒宮から向けられる、とろりとした熱い眼差し。

不覚にもどきりとしてしまった茉理は、酔っ払いの戯言《ざれごと》を真に受けるなと、必死に自分に言い聞かせる。

「プライベートのきみは、よく笑って感情が豊かで……こんなにも魅力的なのに」

吸い込まれそうな漆黒の瞳に、さらなる熱が滾っているような気がして、焦った茉理は上擦った声で言う。

「そんな、エ、エロい目で見ても、なにも出ませんから！」

「……残念」

にやりと笑い、黒宮はウイスキーを呷《あお》る。

「え？　認めるんですか？　本当にエロい気持ちでわたしを見ていたんですか⁉」

「それは秘密」

黒宮は意味ありげに笑うと、唇の前に人差し指をたてる。

その仕草はあまりにセクシーで、茉理は悶えて倒れたくなるのを必死に堪えた。

（これだからイケメンって……。それとも年上の余裕？）

いいように遊ばれている気がして、茉理は不服そうに口を尖らせる。

百面相のように表情をくるくる変える彼女を、片肘をついて見ていた黒宮は、柔らかく笑みを浮かべて言った。

「……元気が出たようでよかった。最初かなり落ち込んでいたように見えたから」

茉理は、黒宮が気を遣ってくれていたということを知った。

家にある金品は失ってしまったけれども、同時に得た人の温かさに、ほんわかとした心持ちになる。

「クロさんのおかげで、今、あのショックからは徐々に立ち直れそうです。ありがとうございます」

「どういたしまして。それにしても……〝あのショック〟というのがやけに気になるな」

茉理はわずかに躊躇《ためら》いを見せたが、酔いが回っていたせいもあり、勢いに任せるようにして黒宮に話す。主観と客観が入り混じった愚痴を、黒宮は真剣に聞いてくれた。

「つまりきみは、ご家族……お爺さんに会わせようとしていた結婚相手に逃げられたのか」

黒宮の愉快そうなテノールが響く。

「お恥ずかしいことにそのとおりです。祖父の跡継ぎ問題という呪縛からようやく逃れられると喜んでいたのに、わたしの財産ごと持ち逃げされてしまいました。そんな人だとは思っていなかったのに」

「警察には？」

「行ってきました。が、事務的な対応しかしてくれませんでした……」

「そうか。……もしかして、左手の指輪も、その彼から？」

黒宮が指輪に向ける視線を厳しくさせた。

「はい。元々返す予定ではあったんですけれど」

外すことすら忘れていた、今となっては無意味な指輪だ。

「……していたのか、事務所でも」

ぶっきらぼうに彼は言う。

「指輪して仕事をしていたら傷がついちゃうと思ったので、つけていません。……ああもう、また腹立ってきた！　これ、絶対高値で売ってやる！」

茉理はテーブルに、抜き取った指輪を置いた。黒宮はそれを手に取ると目を細め、そして真上のスポットライトにかざすようにして凝視する。

「これ、ダイヤモンドじゃないな」

「はいいい⁉」

「俺は宝石商ではないが、さすがに本物か偽物かの見分けはつく。アームには、ダイヤのカラット数どころか、白金の刻印すらない。この石は……ただのガラスだ」

黒宮はテーブルにあるフォークを手にして、その透明な石に振り下ろした。

するど、硬石であるはずのダイヤモンドが、呆気なく欠けてしまったのだった。

「そ、そんな……なにかの間違いじゃ……」

「考えてもみろ。そもそもこれが本物であったなら、なぜこれを取り戻そうとしないんだ？　自分で金を出したのならなおさらだ。もしくは、最初から指輪など渡さないか」

考えてみればそうだと、茉理は思う。それでも――。

「……慰謝料かもしれないし。こう……ごめん、的な」

「どんな悪人にも良心はあるのだと、きみは信じていたいんだな。その良心を高く売ろうとしても、偽物だとは考えなかった。……だからきみは騙される」

黒宮は、水が入ったコップに指輪を落とした。

「どうしてわたし……クズ男ばかりひっかけてしまうんだろう」

「今回が初めてではないのか？」

「二股三股・既婚者・ニートやごろつき……、ここまでダメな人間もいるんだなといろいろ勉強しました。ただ、なにもかもを盗られたのは初めてですが」

「……今まで何人ぐらいと付き合ったんだ、きみは」

「付き合う……と言っていいものか、まあ話を持ちかけた男は……」

茉理の指が折られて、両手になりそうなところで黒宮はストップをかけた。

「つまりきみは、クズ男を見極められないまま、現在進行形でまともな男をひっかけたつもりでまたクズ男にひっかかったと」

「はい……。一応学習はしているつもりなんです。高望みをせずに徐々にハードルを下げて、至って普通の男性をと。今度こそは大丈夫だと、いつも思うんですが……。ねぇ、クロさん。とにかく結婚したという事実が必要なだけで、後々必ず離婚するし、じいちゃんを騙せる……好感度の高い普通の男性ってこの世にはいないのでしょうか。わたし、そんなに難しいことを望んでます？」

「……そんな風に人を欺こうとしていること自体が、間違っている気がするが」

苦笑まじりに黒宮が言うと、茉理はむっとして答えた。

「では、じいちゃんの勧める哺乳類外生物と結婚して、そっくりな子供を産めと⁉　五つ子なんて生まれてきたらどうするんですか。ホラーじゃないですか！」

茉理はさめざめと泣いた。

黒宮は複雑そうな顔をして、片手で頭を抑える。

「きみが本気で恋をしようとしていないから、クズに騙されるのではないか？　本気になって探してみれば、案外すぐそばにいるかもしれないぞ、本気できみを嫁に欲しいと思ういい相手が。本気に恋愛して、離婚せずに添い遂げられるような……そんな相手を探してみろよ」

彼は、目許をほんのりと赤く染めて、斜め上から見下ろすようにして艶然と笑った。

射るような鋭さを秘めた切れ長の目に、甘さが滲んで見える気がするのは、カクテルを飲み過ぎたせいだろうか。

「いりませんよ、他人からの愛なんて」

「え？」

「両親は金のためにわたしを捨て、祖父は孫に対する愛情より金や力の方を大事にしています。ましてや血が繋がらない他人に、愛など期待できるはずがないじゃないですか。わたしが祖父や両親から学んだのは、この世は所詮金だということ。お金……必要とあらば身体も使えば、祖父をも騙せる〝演技力〟を買えると思っていました。だけど……その金もなくなってしまった」

茉理はぐすぐすと鼻を鳴らした。

「ちなみに、きみが付き合った男達は、今のきみの姿を見ていたのか？」

「今日逃げた男は見ていますが、他はあまり見せていません。以前このオフモードで接したらクズ度を上げた最悪男が続いたので。……わたしにはもう、お金を武器にはできません。身体しか残っていないから、身体を使うしかないけれど、アレは正直痛くて……。できれば敬遠したいんですよね。クロさんが抱かれる女性も、とっても痛がります？」

ウイスキーを口に含んでいた黒宮は、吹き出してゲホゲホと咳き込んだ。

「大丈夫ですか？」

「あ、ああ。今度は、そっちの話か。世の中下手な男ばかりじゃない。たまたま引き当てた男が悪かったんだ」

「そうですか。そっちの方もクズだったんですね。注射もたくさんしていたら慣れてくるものだし、じゃあファイトでなんとかなりますね」

　慣れる気満々の茉理に、黒宮は慌てた。

「そんなことに慣れなくていいから！　身体を使ってどうにかするんじゃなくて、もっと違う方法を考えろよ」

「だったらわたし、手詰まりなんですが……。ねぇ、クロさん、ではどうすれば、わたしみたいな女でも偽装結婚してもらえるのでしょう？」

　社長秘書をしているくらいなら、黒宮は仕事ができる男のはずだ。良い案があるかもしれない。

　必死な眼差しの茉理を見て、黒宮は複雑そうに大きなため息をつくと、ウイスキーを呷った。

「まぁ、今のままじゃまず見つからないな」

「そんなばっさり斬らなくても。一ヶ月以内で結婚できるようにアドバイスを下さいよ。同類の頼みなんですから」

「悪いが俺はたとえ結婚したいと願っても、金も身体も差し出さないから、きみと同類じゃない」

「そんな風に突き放さなくたって……」

　黒宮は疲れたようにまたひとつ盛大なため息をつくと、茉理を見た。

「仕方ないな……、だったら良い案がひとつある」

「本当ですか、どうすればいいんですか⁉」

「俺を結婚相手にすればいい」

　茉理が微妙な表情になった。

「なんだ、俺では不服か？」

「いえ、そういう意味ではなく……なんというか、同類に哀れまれるのも」

「だから同類じゃない」

　この二年間ずっと、いけすかないと思っていた男を相手に選ぶのは、やはり抵抗がある。だが、ここまできたらそんな悠長なことを言っていられないのかもしれない。

「ただし、条件がある」

　黒宮は、甘さを滲ませた笑みを浮かべ、瞳を揺らしながら茉理に言う。

「俺に本当に恋をしてくれるのなら、だ」

　茉理は傍目でもよくわかるくらいはっきりと、眉間に縦皺を深く刻み込んだ。

「だったら結構です。恋愛感情が芽生えるのを待っている余裕はない」

「……俺は、きみから恋愛感情をすぐに引き出せないとでも言うのか？」

　黒宮の声音が不穏さを孕《はら》み、低くなる。

「クロさんじゃなくても、今のわたしには恋愛が、結婚より重大ですべてに優先されるようなものに思えません。わたしなんかより、さっきからずっとうしろでクロさんを見ている素敵な女性と恋愛して、末永く幸せでいられる結婚をして下さい。……あっと、こんな時間なので帰ります。今日は本当にごちそうさまでした。では……」

立ち上がる茉理の腕を、黒宮はがしりと掴む。

「そうやって、俺は眼中にないと、完璧に無関心でいられるとイラッとする。だったらこういうのは？　きみが俺を堕とせばいい」

「は？」

「この先、きみのターゲットは俺にしろ。この際、きみが俺に恋愛感情を持つかどうかは関係ない。俺に、偽装でもいいからきみと結婚したいという気持ちにさせてみろよ、いつものとおりに」

「な、なにを言い出して……」

「俺は、一応人間の顔をしているし、真面目に働いているし身持ちは堅い。ギャンブルもしないし、きみが結婚したいという事情も知っているし、きみの容姿がいつもと違っても、態度は変えていない。……どうだ？　堕とせばいい物件だと思うが」

漆黒の瞳を妖しげにゆらりと揺らすと、黒宮は手を伸ばして彼女の手を取り、指を絡み合わせる。

それは紳士的だった男が、野獣に変身する合図のようで——。

「ま、まぁ物件はいいかもしれませんが、堕とすって、どうすれば……」

「恋愛経験がないきみが、身体を武器にすることに抵抗がないなら、身体しかないな」

ゆったりと意味ありげな含み笑いを見せる黒宮に、茉理は狼狽する。

「別に抵抗がないわけじゃ。必要がないなら、なにも簡単に身体を武器になんて……」

「俺にとってみれば同じことだ。その武器を、俺に使ってみせろよ。きみが俺に堕ちないというのなら、きみがその身体で俺を堕とせ」

「……っ、か、身体を大切にしろと、さっきは言われましたよね？」

「俺が相手なんだから例外だ」

妖艶に笑いながらも、黒宮はぎらぎらとした捕食者の目を向ける。

捕らわれていく――。

茉理は、否が応でも引き寄せられる黒宮の魅力に戸惑いながらも、今までなかった……花火の匂いにも似た硝煙の香りが、かすかに漂っているように感じた。

「どうだ？　……どんな返答でも俺は、逃がす気はないが」

嫌だったら逃げればいい。拒絶の言葉を放てばいい。

だが茉理の身体は、肉食獣に魅入られた小動物のように、為す術がないまま食べられることを本能的に受け入れていた。

否、この男に食べられたいと思ってしまったのだ――。


ラブホテルの一室、ガラス張りの浴室――。

シャワーの飛沫が、桜色に染まったふたりの肌に撥《は》ねていた。

「は……ぅんんっ、はぁぁ……」

シャワーの音に負けじと、茉理の喘ぎ声が浴室に響き渡る。

黒宮の手が茉理の背後から伸びて、彼女の胸を強く揉みしだいていた。

鋭さが不足したもどかしい快感は、茉理の身体に甘い余韻を広げていく。

大きく武骨な手に、肌をいやらしく撫で回されているだけでたまらなくなる。

やがてその手は、屹立した胸の頂きを摘まむと、指の腹で捏ね始めた。

「あぁあ……っ」

じんじんとしていたところに、突如強い刺激が襲い、茉理は身体を揺らして身悶える。

（ああ、だめ。なんでこんなに気持ちがいいの……？）

茉理の身体は黒宮の方を向かされ、唇を奪われた。

黒宮の舌がぬるりと口腔内にねじ込まれ、茉理の舌が搦《から》めとられる。

くちゅくちゅと音をたてて、舌が縺《もつ》れるように絡み合った。

「ん……ぅ、は……」

茉理の身体を熱く濡らす。濃厚なキスだ。

すべてを貪られる小動物の気分になりながら、舌が情熱的に絡むたびに、茉理は無意識に腰を揺らした。やがて黒宮に撫でられていた片足が持ち上げられ、熱く蕩けた秘処の表面が節くれ立った長い指に掻き混ぜられる。

「あっ、あっ……」

黒宮の指が動くたびに、熱い蜜が深層から溢れ出る。

湿った音と快感に、脳が痺れそうになりながら、茉理は壁のタイルに手をついて、甘い声を漏らした。

「ちょっと触っただけなのに、こんなに濡らしているなんて、……いけない子だ」

甘い声で囁かれて、茉理はぶるりと身震いする。その瞬間に黒宮は、茉理の耳殻を甘噛みして、耳の穴に舌を這わせてくる。

「ひゃあ……っ」

まるで脳まで蹂躙《じゅうりん》されるような気がして、茉理は悲鳴のような声を出してよがる。

黒宮はため息のような吐息を吐くと、シャワーを止めて茉理の背を壁のタイルに押しつけた。そして、彼女の足の間を割るように屈み込む。

黒宮の滑らかで筋肉質な背中の真ん中に、斜めに裂けたような大きな古い傷痕があった。

茉理は思わずその傷に手で触れる。

「怪我……？」

「ああ、昔に。名誉の勲章みたいなものだ」

黒宮は笑うと、茉理の片足を彼の肩に乗せて、黒い茂みに顔を埋めた。

「や、そんなとこ……」

逃げようとする腰を両手で摑み、黒宮は端正な顔を斜めに傾けると、蜜を滴らせる花園に舌を這わせた。

「あああっ」

「ん……美味しい」

欲に満ちた妖艶な黒い瞳。蜜に濡れて、艶やかに光る唇。

ああ、彼を見ているだけで、頭が変になりそうだ。

「きみの過去の男は、こんなに美味しい蜜を堪能できなかったのかと思うと、気の毒だな。だけど……たまらない。俺だけがこれを独占している……。んぅ……」

「あっ、あああっ、ん……あああっ」

黒宮の舌は、まるで生き物のように動く。舌先でちろちろと小刻みな動きをしたかと思うと、舌全体を使って、力強い刺激を与えてくる。

「痛くない？」

「痛くない……」

艶やかな黒曜石のような黒宮の瞳が、嬉しそうに細められる。

「それはよかった。ん……、凄く気持ちよさそうだ。ああ、また……」

黒宮は、蜜の溢れた花園に唇全体をあてると、大きくじゅるじゅると音をたてて吸った。

「や……は……っ」

茉理は身を捩《よじ》りながら、乱れた呼吸を繰り返し、切なそうな声を漏らした。

抗うことができない快楽の波が、次々に押し寄せて茉理を翻弄しようとする。

大きな波が、茉理の腰から迫り上がって呼吸も難しくなり、どうしていいかわからなくなる。

「ああ、だめ。わたし、わたし……っ」

黒宮は濡れた目を揺らすと、指で探って秘粒の皮を剝き、舌先で揺らした。

「あああっ、だめぇぇっ、そこっ、気持ちっ、いいっ」

びりびりとした刺激の放電に、茉理は声を上げる。

秘粒を震わせるように優しく吸いながら、黒宮は蜜壺の浅いところで中指を抜き差しする。

その動きに合わせて茉理がきゅうきゅうと収縮させると、指は深くまで侵入してきた。

「は……ぁ、ん……」

茉理の中にある異物は、卑猥な音をたてながら、中を解すかのようにゆっくりと動く。

茉理は慎重に呼吸をしていたが、ある一点を摩擦され、突如身体に強い刺激が奔《はし》った。

自分が自分でなくなる感覚。

身体の中でうねっていたものが大きくなり、膨張していく。

目の裏にはチカチカと、警告のような光が散る。

このままでは得体のしれないものに、身体を破裂させられてしまうのではないか——そんな不安に囚われ、茉理は引き攣った息を繰り返した。

「クロ……さん、わたし……」

黒宮に縋ろうとした瞬間、追い詰められていた茉理の身体が臨界点に達した。

身体が、ばちんと一気に弾ける。同時に、鋭い快感が全身を走り抜けた。

その衝撃に耐えきれず、茉理は身体を震わせながら甘さを滲ませた声を上げ、やがてぐったりとなった。

（なに、今の……）

乱れた呼吸を整えていると、蕩けた目で見つめている黒宮と目が合う。

「ちゃんとイケたようだ」

「これが……イク……？」

茉理はセックスの経験はあっても、前戯そこそこで感じる前に終わる男による一方的な行為だけしか知らなかった。

「イクって……こんなに気持ちがいいことだったんだ……。わたし、初めて」

茉理が思わず素直に笑みを零すと、黒宮はたまらないといったように顔を歪め、情熱的なキスで彼女の唇を塞いだ。そして、己の猛った分身を花園の表面に擦りつけ、どんな状態でなにを望んでいるのかを教える。

茉理はキスに応えながら、雄々しい異物が擦れる気持ちよさに、うっとりとする。

「本当に、無自覚に煽るな、きみは……」

黒宮は彼女の膝裏を手で掬って横抱きにする。そして、脱ぎ捨ててある衣服を踏みつけるようにして、大きなベッドに連れて行き、茉理を横たえた。

「きみの中に、挿るよ」

黒宮は性急に茉理の足を左右に開いた。

避妊具をつけた硬いそれに花園の蜜をまぶすと、蜜口に先端を宛がい、ぐっと押し込んだ。

「あ……」

「ん……っ」

久しぶりに灼熱の杭を迎え入れた狭い蜜壺が、猛々しい侵入者に、押し開かれていく。

質量ある太いそれが動く感触に、思わず茉理は感嘆の吐息を漏らした。

「痛くないか？」

「大丈夫……気持ち、いい」

むしろ黒宮の方が苦しそうだ。荒い息を整え、なにかに耐えているような表情を見せる。

「痛い？」

茉理が心配そうに尋ねると、黒宮ははにかんだように笑った。

「違う。あまりにも気持ちよくて……暴走しないように耐えている」

「……してもいいのに」

「……なにを言ってるんだ、きみは！　優しくできなくなるじゃないか」

湿った音をたてて、黒宮がゆっくりと腰を動かしていく。

圧迫感あるものが、ざらついた内壁を擦るようにして出て行き、そしてまた、ずんと勢いをつけて挿ってくる。中が擦り上げられるたびに、茉理は、身体に走るざわざわとした快感に声を漏らした。

繰り返される律動。それによって次々と襲ってくる官能の波。

茉理が今まで経験したことのない感覚に理性を奪われて、自分がどうなってしまうのか不安になってくる。

「あ、はぁっ、ん……」

茉理は喘ぎながら、涙目で黒宮を見つめた。

脳が痺れるほど、扇情的で凄絶な色香を放ち、翻弄してくる彼。

黒宮から硝煙の香りを感じるたびに、茉理は彼が運命の相手のような錯覚に陥る。

ようやく巡り会えた男――。

愛など必要がないと思っていたのに、こうやって身体を愛されるとたまらなく幸せを感じる。

愛のないセックスしかしてこなかった自分は、こんな幸せをみすみす捨てていたのか。

絡み合う視線は熱を孕み、自然と唇が重なる。

着痩せする逞《たくま》しい筋肉の隆起。男らしい喉仏と、鎖骨のライン。

どこまでも甘く、かすかな硝煙の香りがまざったような黒宮の匂い。

それだけで、自分の細胞が奮えてたまらなくなる。

「あぁ、あんっ、あんっ」

奥を目がけて黒宮の楔が打ち込まれる。

茉理の全身が揺さぶられて、ざわりと、快感に総毛立った。

なにか得体の知れない大きな波が来るのを感じて、茉理はぎゅっと目を瞑る。

「ク、る、クロ……っ」

譫言《うわごと》のように助けを求めながら、茉理は上り詰めていく。

「凱だ。……茉理」

熱を込めた黒宮の声に、止めを刺された気がした。

「が……、んん、あ……、ああああっ」

茉理はきちんと黒宮の名前を呼べずに、一気に駆け上り、そして爆ぜた。

「――くっ」

身体が浮遊した瞬間、黒宮に強く抱きしめられ、耳元に黒宮の苦しげな声を聞いた。

そして黒宮は、茉理の尻を掴んでさらに密着させると、最奥を目がけて薄い膜越しに欲を吐く。

ぶるりと震えながら、荒く吐かれる息が、茉理の呼吸と重なった。

自然と目が合うと、黒宮は蕩けるように微笑み、茉理の身体に回した手に力を込める。

絡み合う足。貪るように重なる唇。

……その日、茉理と黒宮は獣の如く睦み合い、夜更けまで快楽に溺れていった。

……まだ薄暗い明け方、黒宮は震えて着信を告げるスマホに出た。

画面には『鷺沼《さぎぬま》』と表示されている。

『クロ寝てた？　僕は徹夜で、もうへろへろでさ……』

甘さを含ませた男の声が聞こえてきた。

「……ただの愚痴なら切る」

『酷いなあ。クロのプライベートタイムを尊重して、今まで黙って待ってやっていたんだぞ？　……なぁ、もしかしてその不機嫌そうな声、すぐ切りたそうにしている雰囲気、オールでヤっているの？　それとも本命とか？』

電話の相手は、いつもやけに勘が鋭い。

普段は寡黙気味な黒宮にとって、鷺沼は余計な説明をしなくても意思疎通ができる貴重な存在だったが、時に踏み込んでほしくないことも、ずばり言い当てられてしまう。

『なになに、どんな子？　もしかすると、あの〝パンダマン〟……』

黒宮がぶちっと終話ボタンを押すと、すぐにまた電話がかかってきた。

食い下がるのは、なにか用件があるのだろう。

黒宮は盛大なため息をひとつつくと、通話ボタンを押した。

「用件は五秒以内で簡潔に」

すると電話の向こう側の声が、心なしか固くなり早口になった。

『例の件、ようやく手がかりが見つかった。だから今日、クロの休日は返上、早朝タイムで全員出社との社長命令だ』

　ここでぴったりと五秒。

『まったく社畜養成会社だよね。というわけでよろしく、主任』

「……わかった」

　黒宮は電話を切ると、渋々衣服を身につけた。

　そして、つい先程まで自分が腕枕をしていた茉理を見下ろす。

　手加減できずに欲望のまま荒っぽい抱き方をしてしまった彼女は、疲れ果ててすやすやと寝入っている。

　愛らしい唇に啄むようなキスをすると、黒宮は切なそうな顔をして茉理の頬を撫でた。

「……早く、思い出せよ。俺を、ただの身体目当ての男にさせるな」


　――その数時間後、茉理は目を覚ました。

　心地よい甘さの余韻が身体に残っているが、下腹部に鈍痛を感じる。なにより腰が重くて動かない。茉理は酒の勢いも借りて、黒宮に抱かれたことを思い出した。

「クロさん？」

　だが彼の姿はどこにもなく、衣服もなかった。あったのは、テーブルの上に置かれた二万円と、メモだ。『ごめん』と書いてある。

（……え⁉）

「元々遊びのつもりで、偽装云々に協力する気はなかった。これで終わりにしてくれ。騙してごめん」

――そう言われている気がして、茉理はショックによろける。その拍子に、傍にある水が入ったコップをひっくり返してしまった。

メモが濡れ、字が滲んでいく。

これは決して、自分の涙のせいではない。

「あの人も……結局は口八丁手八丁のクズ男だったんだ」

今まで、近寄ってくる男に何度も騙されてきたというのに、なぜまたこうも容易く、いけすかなかったはずの男の言葉を信じてしまったのか。

――きみが本気で恋をしようとしていないから、クズに見透かされるのではないか？

自分は彼に、占い師が告げた『運命《カモ》』を感じた気になったのに、彼は自分に、そんな特別な情を持つどころか、ちょろい女と内心笑っていたのだろう。

たかが、いつもと同じ結末じゃないか――それでも茉理は、黒宮にもいらないと捨てられたことが、悲しくて寂しくてたまらなかった。

第二章　その男、突然に現れる

「備え付けの冷房やカーテンまで持っていくことないのに……」

日当たりのいい部屋を借りていたのが祟《たた》り、ぎらつく真夏の太陽に、室温は上昇中。

窓を開ければ、むっとする熱気に襲われ、意識が朦朧《もうろう》としてくる。そうなると昨夜の黒宮とのことが譫妄《せんもう》の如く頭を駆け巡り、胸が痛んで仕方がない。

冷水シャワーを浴びても、状況はよくならなかった。むしろふらふらして具合が悪い。

「家の中にいればお金使わなくていいかと思ったけれど、これでは熱中症になってしまう」

いっそのこと熱中症で病院に運ばれた方が涼しいかもしれないと思ったが、それは生きていられればの話。

茉理は逃げるようにして家から出ると、駅前のショッピングモールに行くことにした。

(あそこなら、冷房がきいているし、そういえば確か……)

茉理は財布を取り出し、目的のスタンプカードを見つけ、ガッツポーズをとった。

「ツイてる！　ホットドッグとドリンク無料、使わないでいてよかった！」

ファーストフード店で半年をかけ、コツコツとスタンプを溜めていた甲斐があった。ありがたい、一食分になる。

ショッピングモールに着くと、そのままフードコートにあるファーストフード店に向かおうとしたが、茉理はふと足を止めた。

「あ、その前にスマホの充電をしていこうっと」

充電器は持ち逃げされてしまったので、ショッピングモールの携帯電話ショップで無料充電サービスを利用することにした。

充電している時間を、ショップの待合い椅子に座って過ごしていると、向かい側の家電量販店から、テレビの音が聞こえた。

『――先日、渋谷区千駄ヶ谷で行われました、『千駄ヶ谷ヒルズ』の落成式最中に起きた乱射事件におきまして、本日未明、逮捕された容疑者の男が、移送中に脱走し……』

茉理は二週間ほど前に、東京で起きたニュースを思い出す。

複合商業施設『千駄ヶ谷ヒルズ』のセレモニー最中に起きた銃撃事件。芸能人だけではなく政界や経済界の重鎮も出席していた式の様子は、たくさんのマスコミによって実況中継されていた。

今どきのニュースとして不思議なことに、一切その犯人の男の素性は明かされず、名前もあくまでただの〝容疑者の男〟とされ、扱いもかなり小さかったように思う。

「確か乱射しながら、おかしな奇声を上げていたんだっけ。精神異常者なら、たとえ殺意があっても、責任能力の面で……」

その時、充電が完了し、茉理は立ち上がってスマホを手にした。

「フル充電完了。さあ、食べにいこうっと」

そしてフードコートに向かう頃には、ニュースのことなど忘れてしまっていた。

フードコートは一階の奥にあり、スイーツエリアとフードエリアが隣接している。

暑さが厳しい今日は、アイスクリームなど冷菓を取り扱う店が多い、スイーツエリアの方が子供連れで賑わい、フードエリアにはほとんど客がいなかった。

茉理がスタンプカードを手に、フードエリアにある目的のファーストフード店に行こうとした時、男性から声を掛けられた。

「……すみません、北出口ってどちらに行けば……」

年齢は若いようだが、頬は痩《こ》けて顔色が悪い。

窪んだ目の下に、大きなクマができており、生気が見られなかった。

「具合、悪くて……病院に、行こうと……」

「大丈夫ですか？　北出口はすぐ近くなので、案内します」

茉理は男の腕を摑んで支えながら、北出口に向かう。

男からは仄かにお香のような匂いが漂っていた。

爽やかというより濃厚で、幽《かす》かな甘さも感じるこの香りは、伽羅《きゃら》だ。

祖父が好んでつけていた、あの高級香木によく似た香りがする。

自分は、誰も彼もに硝煙の香りを感じるわけでもないようだと、茉理は苦笑した。

（よりによってわたしを騙そうとする男に、硝煙の香りを感じるとは。硝煙の香りは運命の相手ではなく、警戒すべき相手を知らせているんじゃないかしら。……いけない、今はそれどころじゃないわ）

「どこか病院は決められているんですか？」

男はふらふらとしていて足元も覚束ない。茉理が支えていないと倒れてしまいそうだ。さらには北出口には通行人があまりいないため、倒れたまま放置されてしまう危険性もある。病院が近いようであれば、自分が付き添ってあげようと茉理は思った。

「この出口から見える、あの突き当たりを左に曲がったところに、病院があるから……そこにしようと。一番近いし……」

「わかりました。付き添いますから、わたしに摑まって下さい」

茉理が肩を貸して歩き、突き当たりを左に折れる。すると、音楽を大音量で流している黒いワンボックスカーが道を塞いでいた。

茉理が車を避けようとした時だった。ポケットにねじこんでいたスタンプカードが地面に落ち、茉理がそれを拾おうと頭を下げた瞬間、彼女の肩に回った手が、ぐっと首に巻きついたのだ。そしてそのままぐいと、茉理の顔は男の方に向けさせられた。

「あれは……ガンパウダーはどこだ？」

具合悪いはずの男から放たれた、威嚇の声。窪んだ男の目にギラついた光が見えた。意味不明なことを言いながら、腕で首を締めつけてくるこの男が怖い。

「とぼけるな。スモークだよ、在処《ありか》を吐け！」

男の言葉が理解できない。わかるのは……どうやらまた自分は騙されたらしいということだ。

「意味がわかりません！　だいたい、具合が悪いと言ったのは嘘だったんですか？」

「今まで、病院知らずの健康体だ。最近は特に体調がいい」

（こんなにげっそりとして顔色が悪い、健康体がいるなんて！）

あたりには病院どころかなにもない袋小路。

自分は人けのないところに、まんまと誘導されてきてしまったのだ。

助けを呼ぶとしたら、車内にいるだろうワンボックスカーの運転手。

しかし――その車のドアを開いて下りてきたのは、にやにやと笑う怪しい男だった。

（仲間⁉）

茉理は身の危険を感じた。背中を冷や汗が流れる。

「ひ、人違いです。わたしにはなんのことかさっぱりわかりません！」

「シラを切るな。お前、アトノマツリだろう？」

「うしろのです！」

「呼び方なんてどうでもいい。お前が持っていることはわかっているんだ。ここではどこに隠したのかを言えないと言うのなら、じっくりと落ち着いたところで話を聞かせてもらおうか。さあ、行くぞ」

瞬間、茉理は首に巻きついた手に爪を掛けて口元に持っていき、歯を立ててかぶりついた。

男が声を上げて手を離す。その隙に逃げようとしたが、すぐ傍まで来ていた運転手の男に、いとも簡単に両足を掬い上げられ、逆さづり状態で車に押し込まれる。

「いやあああ！　誰か、誰か‼」

さらに、茉理が噛みついた男がタックルをするようにして一緒に車内に入ってきた。

反対側のドアにはロックがかかっていた。

茉理がロック解除に手間取っている間に、運転席に運転手が戻ってくる。

（こうなったら……。どんなに硬くたって、ガラスはガラス！　力を入れれば割れないことはないはず。たとえ骨は砕けてもいずれは治る！）

茉理が、両手で組んだ拳で、窓ガラスを叩き割ろうとした時だった。

パアアンという、なにかの音がして車体が沈んだ。

立て続けに音がして、さらに車はがくんがくんと沈んでいく。

「なんだ、なにが起こったんだ⁉」

「すべてのタイヤをパンクさせられました！　これでは発車できません！」

「いいから車を出せ！　ホイールだけでも車は走るだろうが！」

それを聞いて、思わず茉理は叫んでしまった。

「無理です！　仮に車が動いても、運転を制御できるとは限りません。それに発火でもしたら、火災事故になりますよ！　大惨事になります！」

ガタンと硬質な音がして車体がひと際大きく揺れる。そして、隣の男側のドアががらりとスライドし、男が引き摺り出された。同時に、運転席の男も引き摺り出されている。

「なに、なにが起きたの？」

茉理が恐る恐る開いたままのドアから外を窺うと、スーツを着た男の姿が茉理の視界に入る。その男は、病人を装っていた男の身体を足で踏みつけ、完全制圧していた。男が振り返る。それは――黒宮だった。

「ク、クロさん⁉　なぜここに……」

黒宮は動かなくなった男を放置すると茉理に駆け寄り、彼女をぎゅっと抱きしめた。

「……よかった。間に合って」

「え……？」

「無事か？　なにかされなかったか？」

答えによっては茉理を拉致しようとした男ふたりを許さないというように、黒宮の目にはぎんと殺気が宿る。

「い、いいえ。なにもされてません」

一晩中ずっと嗅いでいた黒宮の香りに硝煙の匂いがまじり、茉理の心はなぜか落ち着きを取り戻す。

同時にそれは、茉理の胸に切ない痛みももたらした。

クズ男だとわかったのに、まだ黒宮に想いを残しているのだろうか。

　茉理の部屋のもの、一切合切を奪っていった妙香寺のことすら、すでに割り切れているというのに、黒宮に関しては、一晩抱かれただけでこんなにも引き摺ってしまうのは、なぜなのだろうか。

　茉理は黒宮をどんと押して、突き返した。

「助けていただき、ありがとうございました。それとまたお会いできてよかったです」

　会いたかったというわりには茉理の表情が嬉しそうではなく、黒宮が怪訝な顔になる。

「ラブホに置いていかれた慰謝料の二万円、本当はそのままお返ししたかったのですが、後払い精算をした時にお金が足りず、五千円をお借りしました。その分は、次に事務所にいらっしゃった時にお返しします。ひとまず一万五千円だけ先にお返しを」

　茉理はバッグの中から、現金を取り出して黒宮の手に握らせた。

　月曜日、銀行手続きがうまくいって貯金が使えるのなら、そこから返金するつもりだ。もし無理であるのなら、先輩に頼み込んで前借りするしかない。

　では、とくるりと背を向ける茉理に、黒宮は慌てたように茉理の腕を引いた。

「ちょっと待て。なんの話だ？」

　途端、茉理の眉間にくっきりと皺が刻まれた。

「慰謝料返金の話ですが」

「慰謝料？」

「……わたし、酔った勢いでいろいろとお話してしまいましたが、すべて聞かなかった話、なかった話にしていただければ幸いです。哀れみはいりません」

「悪いが話が見えない。なにか誤解が……」

誤解？　ごめんと謝り、お金があった。それは慰謝料以外のなにものでもないだろうに、今さらどんな言い訳をするつもりだろう。セフレになろうとか言われるのだろうか。

（冗談じゃない）

「わたし……漠然とですが、クロさんは軽薄な二枚舌の男ではないと思ってました。でもやっぱり、クズ男だった。こんなに何度も騙されるのは……わたしに原因があるんですね。お勉強させていただきました」

茉理が泣きそうな顔で頭を下げた時、ゴホンゴホンと咳払いの音がした。慌てて顔を上げると、茉理が拉致されそうになったワンボックスカーのフロントに片肘をつくようにして、見知らぬ美人顔の男がこちらを見ていた。

黒宮とはタイプの違った美形であり、まるで貴公子のような華やかさと上品さがある。

「面白い話をありがとう。そうか、ラブホ……はは。クロってば余裕なかったんだ」

「あ、あの……」

「初めまして。僕はクロと同い年の同僚、鷺沼珠稀《さぎぬまたまき》。よろしくね、茉理ちゃん」

「よろしく……って、なぜわたしの名前を……」

「それは内緒」

鷺沼は、背景にバラの花が咲き乱れそうな美しい微笑みを見せた。

「最近ストレス三昧でさ。いろいろと笑い転げながら、クロのクズっぷりを聞いていたかったけれど、タイムオーバー。クロ、もうそろそろあいつが来る」

鷺沼は自らの腕時計を指さした。

「それはそうと、茉理ちゃん。クロが相手をしたその男は知り合い？」

笑みを消した鷺沼の顔は、心なしか怖く感じる。柔らかく穏やかな口調なのに尋問されているように思った茉理は、無意識にその背を正した。

「いいえ。初めて会った人です。具合が悪そうだったので病院まで付き添ってあげようと思っただけで……」

「なにか言っていた？　白昼堂々、ショッピングモールから連れ出してきみを拉致しようとした理由」

この男はどこまでわかっているのだろうか。そして黒宮もまた、鷺沼の話を遮らないということは、茉理の動向を把握していたということだ。

（ふたりとも、わたしの今日の行動を見張っていたってこと？　それってストーカーではなければ、なに？）

謎は残るが、助けてもらったことは事実だ。クズであっても、敵ではないと信じたい。

「大丈夫だよ、茉理ちゃん。僕達はきみの味方だ。たとえクロがクズでもね、あははは」

「鷺沼！」

「……僕らがきみの敵ではないことは、鷹山先生が保証してくれる。だから安心して」

不思議と鷺沼の言葉は説得力があった。茉理はこくりと頷いて言った。

「……ガン、パウダー……だとか、スモークだとかを探しているようでしたが」

それを聞いて鷺沼と黒宮が顔を見合わせた。

（ふたりは、それがなにかを知っているのかしら？）

「なぜきみにそんなことを？」

神妙な面持ちで黒宮が尋ねると、茉理は首を捻る。

「わかりません。わたしの名前は知っていたようですが、そのガンパウダーだとかを、わたしが隠していると。わたし、それがなにかわからないんですが、ご存じですか？」

遠くでパトカーのサイレンが聞こえる。

すると鷺沼は茉理の質問には答えずに、微笑みながら言った。

「茉理ちゃん、いいかい？　これを貸してあげる」

鷺沼から手渡されたのは、銀色のボールペンだった。

「怪しい奴が現れた時、それを見せて。そいつらが『ラブホのクズ男』という合い言葉を言ったら、僕らの仲間だ。信用していい。逆にそれを言わない連中には警戒して」

「ラブホのクズ男……」

茉理は複雑そうな顔をして、黒宮を見る。黒宮が口を開きかけた瞬間、パトカーのサイレンが止まり、なにやら黒宮を呼ぶ男の声が聞こえてきた。

「茉理ちゃん。クロの知り合いだとわかられたら、これから大変になってしまう。早くショッピングモールの方に戻るんだ」

「そうだな、早く行った方がいい。……今夜、メモに書いた俺の携番に電話してくれ」

「は？　そんなの知りませんよ。それにメモなんか捨てちゃいましたし」

「……っ、だったらここにある番号に、電話をしてほしい」

茉理が、黒宮から手渡されたのは名刺だった。

「昨晩のことはちゃんと話して誤解を解きたいんだ。頼む、俺に機会をくれ」

懇願するような真剣な表情を向けられて、茉理は困惑しながらも、名刺を返した。

「いりません。互いの会社を知っているのだから、必要があるなら会社に電話を」

「リスクマネージメントの方はダミーだ。こっちが本当だ」

「なにがダミーかは知りませんが、別にいりません、名刺の無駄使いですって」

「そんなこと言わずにそこの携番にかけてくれ。今一度、俺を信じてほしい」

黒宮があまりにも切実にそう言うから。

そこには悪意も不誠実さも感じなかったから。

茉理は、こくんと頷いた。

自分が勘違いしている可能性を、信じてみたい気になったのだ。

なにより黒宮は、昨日の自分の傷心と、今日の自分の命を救ってくれた恩人でもある。

……そう、自分に言い訳をして。

「ありがとう」

黒宮は嬉しそうに微笑むと、茉理の頬を撫でた。

なにか言いたげに、黒宮の漆黒の瞳が揺れる。

思わずそれに惹き込まれそうになった時、鷺沼が叫んだ。

「茉理ちゃん、行って！　またね！」

鷺沼に追い払われるようにして、茉理は素早く踵を返した。

雨が激しく降ってきたので駆け足でショッピングモールに戻ると、もう一度握りしめた名刺を見る。

『ＳＳＩシークレットサービス　主任　黒宮凱』

「リスクマネージメントサービスではなくシークレットサービス？　どんな会社？」

弁護士事務所でいろいろな職業の人と出会う機会はあったが、シークレットサービスがどんなものだかよくわからなかった。

信じてみよう――そう思うと、茉理の心はやや明るくなり、空腹を知らせる腹の虫が鳴いた。

「さあ、気を取り直してホットドッグを食べようっと。あれ、カード……落としたままだ！　ああ、この雨だと、拾っても使い物にならないし、半年もの努力が……」

喜びも束の間、茉理はぐったりと項垂れた。

月曜日、正午前――。

弁護士事務所にて、茉理はサングラスをかけ、眉間に深い皺を刻んだ顔をパソコンの画面に近づけていた。そして彼女はおもむろにサングラスを取る。

茉理の両瞼は、浮腫《むくみ》によってぱんぱんに腫れ上がり、怪談に出てくる『お岩さん』も顔負けだ。痛みはないのだが、目を大きく見開かないとよく見えない。

「そうか、ここの計算式が違っていたのね」

密かに周囲を怯えさせていることにも気づかず、茉理は満足げに笑ってサングラスをかけ直すと、なにごともなかったかのように集計を再開した。

そんな茉理に、横から声をかける女性がいる。

「法務局には私が行ってくるから、あとのちゃんは社内にいなさい。痛々しいから」

彼女の名前は、氷見川深雪《ひみかわみゆき》。口元のほくろが昔のアメリカの女優のように悩ましく、目鼻立ちが整った美女だ。パーマがかかった長い栗色の髪を、バレッタでまとめている。

試用期間の時から、茉理に親切に仕事を教えてくれた先輩で、〝あとの〟という仇名を定着させたのも彼女である。

今年三十二歳になる深雪は、鷹山の秘書も兼ねたベテラン事務員だ。鷹山が一番に信頼する才女である。

「ここは下っ端が行ってきます。氷見川さんは忙しいんですから、そんな簡単なお使いはわたしに任せて下さい」

「……うーん。いつものあとのちゃんなら、〝うしろのです〟って元気よく返ってくるはず。やっぱり調子悪いんじゃない？　その腫れ上がった瞼、本当は蚊に刺されたんじゃなくて、蜂とか虻とか、あるいは毒を持った虫に刺されたのが原因なんじゃないの？　なんだか口が三つあるみたいよ」

「いえいえ、ただの蚊です。わたしは至って元気です！　ちょっと銀行にも行きたいので」

「そう？　おかしいと思ったら、すぐ病院に行くのよ。その腫れ……ホント凄いから」

「ご心配ありがとうございます。おかしかったら、そうさせていただきますね」

茉理は頭を下げると事務所を出た。

今日も一段と太陽がぎらついていて、わずかな視界しかない茉理にも容赦がない。

茉理は極力、人混みの中を歩くようにしている。自分が拉致されたのは、なにかの間違いかもしれないと思えたけれども、用心しておくにこしたことはないからだ。

怖いからと引き籠もってはいられない。下っ端に仕事を任せてくれる事務所の皆の信用を失いたくなかった。万が一またおかしな動きがあれば、刑事事件が得意な鷹山に相談すれば、力になってくれるだろう。今の自分は、両親が作った借金の取り立てにやって来たヤクザに為す術もなかった、孤独な子供ではないのだから。

黒宮から渡された名刺と睨めっこして時間が過ぎた週末。

スマホを手にしては、電話をすぐにかけてくるちょろい女と思われるのも癪だと躊躇し、電話はかけるまいと決心すると、今度は逆に声を聞きたくなる。葛藤の末に、意を決して電話をかけてみたのだ。

『おかけになった電話番号は、現在使われておりません』

何度かけても結果は同じ。居留守どころか、存在していない電話番号を渡されたようだ。クズ男だとわかったのにまた信用しようとして結局騙された。からかわれたのが悔しくてたまらず、何度もひっかかる自分が情けなくてたまらず。クマのぬいぐるみを抱きしめながら、泣いたところまでは記憶がある。

そして朝、茉理は洗面台で鏡を見て悲鳴を上げた。

お盆も近い季節柄、怪談に出てくるような亡霊が現れたと思ったのだ。

俯せになって寝ていたのが祟ってしまったらしい。

視界は狭いが、こんなことで休むものかと出勤すると、職員達はホラー映画でも見ているかのような恐怖の表情を浮かべたり、深雪のように病気の心配をしてくれたりした。

接客にも影響がでるため、サングラスを使うことにしたのだ。

茉理は法務局で登記簿謄本を受け取り、銀行で自分のカード類の再発行手続きをする。

金曜日の午前中、預金はＡＴＭで下ろせる最大額が、引き出されていたようだ。

暗証番号のメモごと盗難にあったため、茉理にも保管に関しての過失責任があるらしく、全額は戻ってこないらしい。それでも、戻ってくるものや残ったものがあるだけでもありがたい。

深雪と鷹山には詐欺にあった経緯は話しているが、法律の専門家の元で働く職員が、詐欺にあったなど恥ずかしい。茉理は何度目かのため息をついた。

「さあ、帰ろう。混んでいて、思った以上に時間がかかってしまったし」

真夏の昼時の都会は、木陰を歩いていても蒸し暑く、じっとりと身体が汗ばんでくる。

この暑い中、街角でマイクを片手に熱弁をふるう若い男がいた。

その傍には、黒い旗を掲げながら、数人の若者達がチラシを配っている。

旗に記されているのは、『天賽《てんさい》の妙香会《みょうこう》』の金文字と、真紅の曼珠沙華《まんじゅしゃげ》のイラスト。

『天賽の妙香会』――最近、あらゆるメディアに顔を出している新興宗教である。

話題になったのは、入信者が若い美男美女ばかりであったからだ。

実際、茉理の目の前にいる男達は、芸能人のようにイケメン揃いで、通行人も思わず足を止める。

そんな観客に微笑みかけ、チラシを渡して握手をするイケメン達。まるで、アイドルの巡業のようだ。クズ男よりもわかりやすい胡散臭い笑みを、茉理は冷めた目で眺めた。

街頭演説に耳をすますと、「若者の力で日本を変えよう」とか、「腐敗しきった世界に革命を」などと、未知なる力というよりは己の力での変革を謳《うた》っているようだ。

（教祖はどんな人でどんな教えかはわからないけれど、妙香会なんて変な名前）

……そこに妙香寺の名前がふと思い出されて、茉理はぶんぶんと頭を横に振った。

（胡散臭さと苗字が似ているからといって、なにもかもを繋げて連想するのはよくないわ）

茉理はサングラスをかけ直すと、スタスタと歩き始めた。

もう少しで事務所が見えるところで、深雪から電話が入る。

『あとのちゃん？　まだしばらくかかるわよね』

「今、事務所の近くにいるので、あと五分くらいで戻れます。なにかありましたか？」

『うわ、じゃあ行き違いだったのか。実は今まで、ＳＳＩリスクマネージメントの黒宮さんが、あとのちゃんに用事があると待ってらっしゃったの』

「黒宮さんが？」

茉理の声が警戒するように低くなり、表情が険しくなった。

『ええ。月曜日にアポもないのに来るのは珍しいから尋ねてみたら、あとのちゃんに直接話したいことがあるから、戻るまで待たせてくれと。でも急な用事が入ったみたいで。来ていたことを伝えてほしいって。……なにかあったの？』

「……さあ？　わたし、あの人のことは、よくわからないんで。お仕事でしょうかね」

茉理は嘯《うそぶ》いた。

(なにをしに来たのかしら。またからかうつもりで？　……悪趣味！)

どこまで人を馬鹿にすれば気がすむのだろう。

『うーん。いつもどっしりと構えている黒宮さんにしては、なにか焦っていたようにも見えたけれど』

「用があるのなら、事務所にかかってきますよ。お仕事にしても下っ端のわたしより、氷見川さんの方がお力になれるでしょうし。もし明日いらっしゃって、わたしになにか用があるようでしたら、氷見川さんも一緒にお話を聞いて下さい。わたしだけでは力不足だと思うので」

もっともらしいことを言っているが、深雪を挟むことで、プライベートモードになることを避けたかったのである。先輩を利用することになったとしても、もう黒宮とふたりで会いたくはなかった。

（いくらわたしに男運がないとはいえ、同じ男に三度も騙されるものか！）

『わかったわ。とりあえずは戻ってらっしゃい』

元気よく返事をして電話を切ると、茉理は深いため息をついた。

――俺を堕としてみろ。

じくんと、胸に痛みが広がる。

――今一度、俺を信じてほしい。

「……ああ、なんですぐに気持ちを切り替えられないのかな。もう、泣きたくないのに」

腫れた目からは、また涙がじわりと溢れた。

水曜日――。

「どうなることかと思ったけれど、あとのちゃんの目の腫れ、引いてきてよかったわ。さすがは〝魔法少女アイマスク〟、魔法効果ばっちり」

茉理のためにと深雪が買って来たショッキングピンクの冷却用アイマスクには、一昔前の少女漫画に見るような、きらきらとした大きな目が描かれていた。

なぜ選んだのが、このイラストのアイマスクなのだろう。選定基準はわからないが、深雪が真剣に心配してくれているのは伝わった。その優しさに感動し、事務所の冷蔵庫で冷やしながら、休憩中に繰り返し使っていたところ、確かに効果は現れたようだ。

休憩時間が終わり、茉理がアイマスクを取ると、腫れの引いた愛らしい目が現れる。眼鏡をかけて仕事モードになると、深雪がため息をついて言う。

「もう取ってしまうの？　それをつけたままお外を歩いても、違和感ないほど馴染んで、とても似合っていたから、なくなっちゃうと無性に寂しい気持ちになるわ」

心底残念そうに言われると、茉理も複雑な心地になってしまう。

（この目の方がいいと言われるのなら、わたしの目ってどれだけ……）

「それはそうと。黒宮さんから連絡がないわね。どうしてあとのちゃんと黒宮さんは、タイミングが合わないのかしら。私なんて電話を取るたびに、黒宮さんからなのに。もう声を出す前の息づかいだけで、彼だとわかるようになったわ」

「きっと黒宮さんと氷見川さんはご縁があるんですよ」

日頃、茉理はよく電話を取るのだが、なぜか席を外している時に限って、黒宮から名指しで電話がかかってくるのだ。折り返してほしいと深雪から電話番号を渡され、渋々営業用の声で会社に電話をしてみると、今度は黒宮が外出中。それがイタチゴッコのように、延々と繰り返される。

仕方がなく、もらった名刺の携帯番号にかけてみたが、やはり電話は使われていないとアナウンスが流れ、繋がることはなかった。

かといって、黒宮に自分の携帯番号を教えたくない。深雪も、本人の許可がない個人情報を流出しないよう、徹底してくれている。

（……仕事の妨害？　ただの嫌がらせ？　ストーカー？）

茉理はイライラしながらも、彼から執拗な連絡があることに、さほど嫌悪感を抱かなくなってきた。むしろこれだけ連絡がとれないのなら、意地でも次こそは声が聞けるように期待してしまう。これは、ダメ男だとわかっていながらひっかかる、一番救いようのない最悪なパターンなのではないか。

「黒宮さんも、何の用なのか言ってくれたら、こちらも対処できるのにね」

「きっとたいした用じゃないんですよ。黒宮さん、明日はこちらに来るアポが入っているのだし、そうしたら解決するのでは？　完全に時間の無駄ですし」

黒宮に会いたくはないけれど、大人対応で借りたお金も返さねばならない。

まだ口座は使えないため、茉理は深雪にお金を借りて返すつもりだ。

明日、金の切れ目が縁の切れ目になるだろう。もう二度と、連絡など来なくなる。

「まあ、黒宮さんの会社、創立当初からずいぶんと忙しくて、社員はみんな営業で出歩いてばかりいたし。しかも、黒宮さんは社長秘書もしている、責任ある主任だから、仕方がないって言えば仕方がないかもしれないけれど」

「氷見川さんは黒宮さんの会社、ご存じなんですか？」

「ええ。四年前の創立当時、鷹宮先生と数日間、事務指導に行ったことがあるの。また社員の皆さんが、えらく容姿端麗でね。ここはホストクラブか！　と思うくらい。最初は目の保養になっていいなと思っていたけれど、次第に私の青筋がぴきぴきと」

「い、いったいなにが……」

深雪は顔を顰めて言った。

「事務能力が壊滅的なのよ。几帳面な黒宮さんはまだいいとして、ほかが。ほら、いるでしょう？　自分で動いたり、人に指図したりする方が得意な支配者タイプの人。あそこは全員がそんなタイプなの。持ち出したものは、元あった場所に戻しましょう……事務指導って言っても、そこからのスタートよ。ここは小学校かって思ったわ」

深雪は盛大なため息をつくと、眉間を押さえた。

「しかもひとり、せっかく整頓してあるものを喜んで崩す馬鹿者……いえ、社員さんがいてね。それが私の妹の知り合いらしいのよ。また腹立たしいことに、人の弱みをズバズバと突いてくるのよ。超能力者みたいに。それだけ口が達者で頭が回るのなら、片づけをしてほしいものだったわ」

「大変でしたね。でもそれから四年経っているし、さすがにもう成長なさったのでは」

「そうであってほしいけれど……」

普段あまり愚痴や悪口を言わない深雪だったが、相当手を焼いたのだろうと茉理は思った。そしてふと、茉理は尋ねてみる。

「……氷見川さん。シークレットサービスって、どんな職業なんですか？　クロ……宮さんの会社、本当はＳＳＩシークレットサービスっていうんでしょう？」

「違うわよ、リスクマネージメントサービスよ」

（……騙された。あの名刺からして偽物だったってこと？）

わざわざ架空の会社にして、使われてない電話番号を記載するなど、なにが面白くてそんなことをしているのだろう。黒宮は、リスクマネージメントサービスはダミーだと言っていたが、深雪が指導したことがあるのなら、本業ではないか。それ以外のところで詐欺まがいのことをしているのだろうか。

（仕事モードは真面目そうに見えたのに）

「シークレットサービス……洋画であったわね、要人警護の。ボディーガード……ＳＰのような」

茉理は、ＳＰだという黒服の男達が祖父と暮らした豪邸の中をうろうろしていたり、外出の際にはあとをついてきたりしていたことを思い出す。

サングラスをしていて無口で、誰が誰だかわからなかった。まるでひとりの男が分裂か増殖を繰り返しているようだと思ったものだが。

「なんでシークレットサービスっていう単語が出てきたの？」

「それは……いえ、なにか勘違いしていたようで。あ、お喋りしすぎてしまいました。もうこんな時間！　窓口が閉まる前に郵便物、出してきます」

「戻ってきたら五時過ぎるわね。直帰でいいわ。目が完全に治るまで、残業はしない。いいわね？」

「ありがとうございます。このご恩と借りたお金は必ず！」

間もなく夏至を迎えるこの時期は、夕方でもまだ外は明るい。

黒宮のことを聞けば聞くほど頭が痛くなってくるような気がして、眼鏡を外して伸びをする。どうせならと髪を解いて開放感を味わうと、少し心のもやもやが薄れたようだ。

用を済ませて、自宅の最寄りの駅に着いた時、こちらを見る誰かの視線に気づいた。

駅の壁に凭れるようにして、スーツ姿の男が鋭い視線を向けている。

強面のイケメンだ。どう見ても堅気ではなさそうな、ただならぬ空気を纏っている。服の上からも、鍛えられた身体の持ち主だということがよくわかる。

(睨みつけるような目といい、一般人ではない。あれは……ヤクザだわ！)

数日前に茉理を拉致しようとした男達のような、病弱なチンピラもどきの風情ではない。あれは修羅場を現役で潜り続けている男の空気だと、茉理は思った。

(拉致者の仲間……？　いやいや違うわ、それより格が上過ぎるもの。とりあえず正体がわからないから、因縁をつけられないように視線を外して通り過ぎ、人混みに紛れるべし)

しかし、横切っても反応がなく、内心茉理はほっとする。だがその数秒後に青ざめた。

（つ、着いてくる⁉）

やはり、拉致しようとした男達の仲間なのだろうか。

恐怖を堪えながら歩く茉理の足は、段々と速くなり駆け足になる。

すると男も明らかに速度を上げて追いかけてくる。

（こ、交番……遠い！　どうする、叫ぶ⁉）

その時である。

誰かと肩がぶつかったと思った瞬間、声をかけられたのは。

「アトノマツリさんですね？」

「うしろのです！」

お約束のように返事をした茉理だったが、声をかけてきたのは爽やかに笑みを浮かべる若いイケメンだった。自分を追ってきていたらしい強面の男は、距離を保って様子を窺っているようだ。

「しっ、騒がないで。うしろから男が追いかけてきているので、撒くのをお手伝いします」

声を低めて男はそう言う。

藁にも縋る思いで、茉理はこくこくと頷く。

「では、俺についてきて来て下さい」

男が小声で囁くと、ふわりと伽羅のような甘い香りが漂う。

そして男は茉理の肩に手を回し、人混みに紛れるようにして歩く。

細い路地に入り、捨てられていたスチールデスクや大型家電のうしろに隠れると、強面の男が走り去ったのを見た。

「ふぅ～、ありがとうございました。おかげで助かりました」

「お役にたててよかったです」

男が笑う。その顔を見た茉理は、急にぞくりとした悪寒を感じた。

目が笑っておらず、まるで能面のような不気味さだったのだ。

考えてみればおかしい。見ず知らずの他人が自分の名前をなぜ知っているのだろう。さらに、タイミングよく尾行を撒いて、まんまと人けのないところに連れてきた。

（もしかして……なにか魂胆があるのだとしたら？）

茉理の中で警鐘が鳴り、鷺沼の言葉が思い浮かぶ。

――怪しい奴が現れた時、それを見せて。そいつらが『ラブホのクズ男』という合い言葉を言ったら、僕らの仲間だ。信用していい。逆にそれを言わない連中には警戒して。

鷺沼も茉理の名前を知っていた。鷺沼を信用したのは黒宮の同僚だったからだ。

茉理は余裕があるふりをして、へらりと笑ってみせながら、バッグの横にさしてある銀のボールペンを取り出した。

「あの、これについてご存じですか？　合い言葉とか」

「ボールペン？　合い言葉とは？」

(間違いない。この人は敵だわ！)

確信を持った茉理は、ぎこちなく笑った。

「ええと……。お話しますので、もっと明るいところに……きゃ！」

悲鳴を上げたのは、男が懐からなにか硬いものを取り出し、茉理の額に突きつけたからだ。

それは――銃口だった。

(銃⁉　嘘、本物⁉)

「……頭、吹き飛ばされたくなければ、ここでガンパウダーの在処を言うんだ」

カチャリ、と無機質な音が響く。

ひんやりとした冷気。身体中の血が凍りつく。

(死にたくない。嫌だ、こんなわけもわからないことに巻き込まれて死ぬなんて！)

茉理の脳裏にいろいろなシーンが流れる。それが死期の間際に見る走馬灯ではないことを願いながら、自分に鮮烈な爪痕を残したひとりの男の名前を叫んだ。

「やだ……助けて。助けて、クロ……さんっ、クロ……！」

バアアアン！

間近で響いたその音は、拉致されそうになった時に車内で聞いたのと同じ音だった。

耳をつんざくような音がした直後、ゴミの山から鉄屑のようなものが飛び出して壁にぶつかり、勢いよく跳ね返ると、茉理より背が高い男の顔目がけて飛んで行く。

男が舌打ちして茉理から離れると、突然声がした。

「――その場で屈め！」

茉理が反射的に屈むと、茉理の頭の上をなにかがぶうんと音を立てて飛んでいった。

なにかとなにかがぶつかる音が、連続的に聞こえてくる。

恐る恐る音がする方に視線を向けた茉理は、硝煙が揺らめく中、鈍色の銃を握った手の肘が、相手の顎に入った瞬間を見た。

短い呻き声を出して、ばさりと地面に倒れたのは、茉理をここに連れてきた若い男。

それを打ち倒した男は、背広の脇のホルダーに銃と思われるものを戻すと、茉理に手を差し伸べた。

息すら乱していないその男は――。

「クロ……さん？」

ここ数日声すら聞いていなかった、黒宮だ。

片耳に、フック型のイヤホンをしている。

「怪我はないか？」

「ない……ですが、なんで、ここに……。それに今しまったの、銃……ですよね？」

苦笑する黒宮に、茉理は怯えた目で言う。

「ま、まさか……ヤクザさんだとか……」

「それはないから安心して。……こちら黒宮。Ｅ２地点にてターゲットを確保。……了解」

後半、黒宮は俯き加減で、胸ポケットを鷲掴むようにして語りかけた。

(この人の正体は、いったい……)

茉理が狼狽していると、黒宮が切なそうに微笑みかけた。

「電話……くれないいんだな。俺と話すのは嫌か？」

その表情に、茉理の胸が締めつけられる。

(どうしてそんな顔……。まるでわたしの方が悪いみたいに)

「からかうのはやめてほしいんです」

「からかう？」

「いくらわたしが世間知らずだからって、何度もからかわないで下さい。職場にまで電話してきて、なんなんですか！」

じくじくと胸の痛みを覚えながら、茉理の文句は止まらなかった。

「事務所に電話したのは悪かった。でも次こそは繋がると思って……」

「だから繋がる必要はないでしょう!?　ご丁寧に嘘の名刺まで作って、わたしをどうしたいんですか？　暇潰しの相手なら、ほかを当たって下さい！」

「嘘の名刺？　待て、また誤解の種が増えた気が……」

「しらばっくれないで下さい！　助けて下さったことは感謝します。だけど、最初から電話に出る気もないのに、嘘の電話番号を教えたり、会社の先輩を巻き込んでまで迷惑電話ラッシュしたり。わたしが嫌いなら、もう助けて下さらなくても結構……」

ふわりと漂うのは硝煙の香り。

茉理は黒宮に抱きしめられていた。

「……泣くほど、俺が嫌？」

「そういう言い方はずるいです。わたしを嫌だと思っているのは、クロさんの方でしょう？」

「嫌だったら、こんなことはしない」

耳元に囁かれる声が甘くて、茉理の胸の奥がとくりと音をたてる。

「それに、きみは俺の恋人だ。だから誤解をとき、連絡をとりたかった」

「え……」

「そういう偽装契約だっただろう？」

身体を離して笑う黒宮の顔は、寂しげに翳っている。

（契約……）

なぜ自分は、傷ついた気分になるのだろう。

「でもそれは、条件つきだったはず。だから無効です」

すると黒宮は口角を吊り上げ、挑発的な眼差しを茉理に向けた。

「ああ、そうだな。俺がきみに堕とされるのが条件だった。現在、二十％というくらいか。きみに焦らされたから」

「に、二十……低っ」

「……この話の流れで、それ以上あると思っていたことに、逆に驚くが」

茉理にとって身体を差し出したのは最終手段だ。

それを持ってして、さらに諸々加味してまだ二十％しかいっていないということは、自分の身体は最終武器にもなりえないということだ。それなのに自分は感じまくって乱れていたのが、今さらながら恥ずかしい。

「あんなに激しく何度も何度もしたのに、最後なんか動物みたいに本能フル回転でしていたのに、それでも二十……」

黒宮が照れたような顔をしていることに気づかず、茉理のショックは甚大だった。

「でも、あれで二十なら、百の人としたらめくるめく快楽が待っているということ……？

この世には、あれ以上の快楽があるんだ……」

茉理がぽっと顔を赤らめると、黒宮が不機嫌そうな顔になる。

「……本当にきみは俺を煽るのがうまいな」

「それは、パーセンテージが上がったということで？」

「下がった」

「えええええ⁉」

なぜ、自分を騙した男とこうやって普通に喋っているのだろう。

なぜ、こうしたやりとりを心地よく思うのだろう。

（わたし、信じたいのかも。クロさんがクズ男ではないと）

黒宮は、目の前にいれば信じられるように思うのに、どうして目の前にいないと信じられなくなるのだろう。信じさせてほしいのに。

「えー、もういいかな？」

突如ゴホンゴホンという咳払いと共に声がして、茉理は慌てて黒宮を突き飛ばすようにして、そちらを見た。

「はろはろ、茉理ちゃん」

そこには華やかな王子様、鷺沼が立っている。

そしてその横には、茉理を追いかけてきた、目つきの悪い強面の男がいた。

「え……お仲間、ですか？」

てっきりヤクザの敵だと思っていた茉理は驚いた。

「この男は白取耀《しらとりよう》。俺と鷺沼の同僚だ」

黒宮の紹介にぺこりと頭だけを下げる男は、やはりどう見ても堅気ではなさそうな雰囲気がある。

（つまりわたしは、クロさんの仲間を振り切って、ガンパウダーだとかを狙っている男の懐に、自分から飛び込んでしまったのか……）

自分は、なんと人を見る目がないのだろう。

「茉理ちゃん、家まで送っていくよ」

鷺沼がにこやかに言うと、なぜか黒宮が険しい顔をする。

「……俺が行く」

「クロの仕事はここに残ることだ。だから僕が来たんだろう？　ほら、パトカーのサイレンの音が大きくなってきた」

「あの……鷺沼さん。わたしひとりで帰れます。うち、すぐそこですし」

「ふふ、また怖い奴らが襲ってくるかもしれないぞ」

口籠もった茉理に、鷺沼は真顔で尋ねた。

「ねぇ、茉理ちゃん。襲われたのは土曜以来？　それまでなにかあった？　おかしな電話があったり、無言電話とかあったりした？」

鷺沼は、薄い茶色の瞳を光らせて尋ねた。

「いいえ、土曜日以来です。それからは至って平凡でした」

「そうか。なぜ見計らったように〝今〟また出て来たんだろう。念には念を入れていたからよかったものの」

「念？」

「いや。よし、じゃあ茉理ちゃん、帰ろう」

鷺沼が送るのは既に決定事項らしい。

黒宮が去ろうとする茉理の腕を引いた時、どこからか黒宮を呼ぶ男の声がした。

黒宮は嫌そうな顔をして舌打ちをすると、茉理に口早に言った。

「明日二時頃、事務所に行く。だから、出かけずに待っていて」

黒宮の切実な言い方に、茉理は苦笑する。

「待つもなにも、仕事場ですから」

その返答にわずかに黒宮の表情が翳ったが、すぐに気を取り直して言った。

「……そうだったな。では明日」


鷺沼と共に歩いていると、きらきらとしたイケメンオーラが、腫れが完全に引いていない目には眩しい。華麗なる美貌に圧倒された茉理は、小汚い道を通って、こんなしょぼい女を送らせているのが、非常に忍びないと萎縮してしまう。

「――クロさ、ずっと待っていたんだ、きみからの電話がかかってくるのを」

鷺沼は苦笑まじりに、茉理に言う。

「電話……していたんですけれど、どうもいつも席を外されているようで」

そういえば一方的にまくしたててしまったけれど、なぜ黒宮が執拗に電話をしてきたのか聞いていなかった。そしてお金を返すのも忘れてしまった。

「仕事ではなく、プライベートの方。シークレットサービスの名刺、クロが渡したろう？」

シークレットサービスの名刺は、鷺沼も知るところのものらしい。

（冗談で作っていたわけではなかったのか。それとも鷺沼さんも詐欺集団のひとりとか？）

疑いの眼差しを向けると、鷺沼はそれを見透かしたかのように笑った。

「詐欺ではないよ、あの名刺は正式なものだ。それで話を戻すけれど、クロに電話しなかった理由って、あいつのこと嫌だったから?」

怜悧《れいり》なブラウンの瞳が細められる。

「電話、しました。だけど電話が使われていないとアナウンスが聞こえるだけで。偽の名刺でも使って、からかわれたのかなと……」

「クロは誰かを騙せるタイプじゃないし、僕も僕の同僚達も、何回もクロに電話して話していたんだけど。なんなら、僕のスマホの発信履歴見る?」

「い、いえ、いいです。でも……なんでわたしは繋がらないんだろう。クロさんはわたしの電話番号を知らないのだから、着拒されているわけでもないんだろうし」

「……ちょっと見せてくれる? その名刺」

茉理はバッグから、シークレットサービスの名刺を取り出して渡した。

「このとおりの番号にかけたんですよ」

すると鷺沼が名刺を覗き込み、首を捻る。そして数秒後。はっとしたような顔で自分のスマホを取り出し、名刺と見比べる。

そして、なにやら哀れむような顔を茉理に向け、肩にぽんと手を置いた。

「おめでとう。茉理ちゃんは、僕と同じように、わずかな確率を引いてしまう希有《けう》な人材みたいだ」

「はい?」

「第三者の僕の口から正解を言うと、嘘くさく感じると思う。明日この名刺のことを、クロに文句を言ってみてよ。クロのリアルな反応で判断して。きみを騙しているのかどうか」

茉理は瞬きをしながら戻された名刺を見つめた。

「ただね、全員が会社に連泊するほどの忙しさの中、クロはずっとスマホと睨めっこをしながら仕事をしていたんだ。そして、時間を見つけては鷹山先生の事務所に電話をして、きみとすれ違いになるたびに段々と怖い顔になり、あのシロですら震え上がったくらいだ。これって騙している奴の反応だと思う？」

「……っ、それは……」

「同僚でありクロの友達である僕に免じて、もう一度だけ、クロを信じてほしい。今度こそ、三度目の正直になるように」

黒宮を……信じてみてもいいのだろうか。

――嫌だったら、こんなことはしない。

抱きしめられ、そう甘く囁かれた時、心が躍った意味を、もっと突き詰めて考えてもいいのだろうか。

「それときみを襲った男だけれど。なにか気づいた点はあった？」

「……わたし、白取さんの方を不審者だと思ってしまって。あの男性は既に白取さんの存在を知り、わたしの名前も知っていました。そして銃……みたいなものを突きつけて、ガンパウダーはどこだと」

鷺沼は冷徹な目を光らせた。

「いったいガンパウダーってなんなんですか？　そしてクロさんだけではなく白取さんも鷺沼さんも、なぜタイミングよくわたしを助けてくれるんですか？　偶然、ではないですよね？　それにクロさんも銃を持っていて。同僚だということは鷺沼さん達も、銃を持っているんですか？」

質問攻めの茉理に、鷺沼は微笑んだ。

「僕達には守秘義務があり、詳しいことは今は言えない。だけどひとつ言えるのは、僕達はきみの味方だ。奇しくも、偶然が重なった結果だけど」

「偶然……」

「今日の担当はクロではなかった。だけど敵方の不審な動きをシロが感知したから、知らせを受けたクロが飛んで来たんだ。きみを守るのは自分だと、そう思っているらしくてね」

「なぜ……」

「言っただろう、守秘義務がある。それを口外する時は、主任であるクロの判断により、クロが話す。今はまだどこまでが偶然で、どこまでが必然なのかわからない。迂闊《うかつ》に情報を漏らして、余計にきみを怖がらせたくない。それがクロの意向だ」

「……」

「クロを信じてほしい」

いつもクズ男に騙される身の上なので、直感力に自信はないけれど、鷺沼自身ではなく黒宮を信じろと言われた時点で、鷺沼を信じてみたい気になったのだ。

「わかりました。事情はクロさんから、聞きます」

真剣な顔で頷いて答えると、鷺沼はふわりと微笑んだ。

「うん。ただ、今……書類の山を片づけなくてはいけなくてさ。それがまた大変で」

（……氷見川さんが、事務能力が壊滅的だと言っていたけれど、四年経ってもそうなのかしら）

「クロ、怒濤の勢いで片づけているよ、寝る間も惜しんで。だからお泊まりはそれまで待ってやって。僕も協力して、ふたりの時間を作れるように考えているから」

「べ、別にわたしは……。クロさんとはなんでもありませんので、お気遣いなく！」

「ははは。なんでもない子が、クロとラブホで一夜を共にしないだろう？　クロだって、手軽なワンナイトラブをするタイプじゃない。きみ達の間には、確かになにかがあったんだ」

「……」

「それと、罪滅ぼしかな。クロがきみを残して先にラブホから出たのは、朝方会社に呼び出した僕のせいなんだ。僕が電話をしなければ、クロは数ヶ月ぶりのオフに、きみとゆっくりできたはずだった」

「わたし達は……たまたまそうなっただけの、大人の割り切った関係で……」

「割り切った関係と言うわりには、クロも茉理ちゃんも割り切っていないよね」

鋭い指摘に、茉理は言葉も出ない。

「どうして割り切れないのか、よく考えてみるといい。……さあ、茉理ちゃんの家に着いた。お疲れ様、僕はここで」

「え、あ……はい。ありがとうございました」

鷺沼は紳士的に挨拶をすると、すぐにいなくなった。

そのうしろ姿を見送っていた茉理は、ふと気づく。

「……あれ？　わたしの家、どうして知っていたんだろう？」

その翌日。至急の用事とは重なるもので、茉理は朝から東京を駆け巡る。

黒宮が訪問する二時少し前になり、ようやく事務所に帰れると思った時、深雪から電話がかかってきて、仕事が追加になった。

いつもは快く引き受ける茉理が、珍しく暗い声を出したので、深雪は体調がよくないのかと心配する。だが、黒宮が来るから仕事をしたくないなどとは口が裂けても言えない。

「いえ、なんでもありません。では木場へ行って参ります！」

よりによって、事務所から遠い場所にある音楽制作会社だ。著作権侵害について、鷹山が顧問としてバックアップしているため、疎かにもできない。

さらに、担当者が電話中だとしばらく待たされ、慌てて事務所に戻ると、三時を過ぎている。きょろきょろしている茉理を見て、深雪が苦笑交じりに言った。

「お帰りなさい。残念ね、ちょっと前まで黒宮さんがいらしていたのに」

「そ、そうですか」

茉理は密かに肩を落とした。

結局、自分と黒宮は、ほとほと縁がなかったのだろう。

ここまで会えなければ、運命だと諦めるしかない。

「黒宮さんからあとのちゃんに」

深雪が茉理に手渡したのは、四つ折りのメモ。

『今夜八時、あのＢＡＲで』

「なにが書いてあったの？」

「お騒がせしてすみませんでした、と」

茉理は笑顔で嘘をついてしまった。

なぜか本当のことは、深雪にも言えなかった。

（八時か。どうしよう……）

今日、事務所で待っているとは明確な約束はしていなかった。

しかも仕事場では話を聞くことはできなかっただろう。

それでも——自分が約束を守れなかったことを言い訳に、茉理は覚悟を決める。

もし今夜も会えなかったら、黒宮のことは縁がなかったと忘れよう。

目が完全に復活するまでと、後回しにしていた仕事は山のようにある。少し残業させてもらっていると、あっという間に待ち合わせの時間になった。

「ではわたしはこれで。お疲れ様でした！」

もしBARにいなかったら。

もしBARで違う女と会っていたら。

だけど、もしいてくれたなら
自然とBARに向かう足取りが速くなる。

時刻は八時少し前。

もう少し。あと少し――。

しかし、地下にあるBARへの階段に繋がる扉は閉ざされていた。

かかっている看板には――。

「嘘――っ‼　馴染みの客が、どうして『定休日』を指定するのよ――っ‼」

信じようとすれば、やはり裏切られる。

失望と悲哀と憤怒で、頭が爆発しそうだ。

「あのクズ男――っ‼」

叫ぶ茉理のうしろで、砂利を踏む音がした。

「クズとは失敬だな。俺はきみの出会ったクズのレベルには堕ちてはいないぞ」

茉理は振り返る。そこに立っていたのは――。

「別にBARで飲むとは言ってない。待ち合わせがここしか思いつかなかったからだ」

むすっとした顔をした、黒宮だった。


それから黒宮は、BARから少し歩いたところにある、オーダーメイドのスーツ店に茉理を連れて行った。

『TODA』と看板が出ている。

「ここは同僚達も利用していて、店長とは顔馴染みなんだ」

「お得意様なのは大いに結構ですが、なぜ今ここに……」

「じっくり話をするのに、ここが適しているからだ。店長は用心棒としても優秀だから、どんな敵でも入ってこられない。入るぞ」

（これはクロさん流の冗談なのだろうか……）

カランと鐘の音が響き、中からスーツ姿の小柄な老人が現れた。

首にメジャーをぶらさげて、両手を揉んでいる。

「いらっしゃいませ、黒宮さま」

「お久しぶりですね、店長」

どう見てもひ弱そうなこの老人が、優秀な用心棒らしい。

（やっぱり冗談だったんだ。わかりにくいな）

「奥、使わせていただけますか？」

「はいはい、どうぞどうぞ」

もうすぐ閉店するだろうこんな時刻に来て、部屋だけ使わせてもらうというのも実に気が引けると、茉理は縮こまってついていく。

奥の部屋には大きなテーブルがあった。向かい合わせになって座ると、店長はにこやかに冊子のようなものを取りだして、テーブルに置いた。

「お食事はなにになさいますか？」

（お食事メニュー⁉）

「きみはなにが食べたい？　それとも先に酒でも飲む？」

（お酒まで⁉）

「いえ、お酒はいりません。あのここ……レストランなんですか？」

すると店長はにこにことして答えた。

「いいえ、オーダーメイドスーツの店です」

「……ですよね？　だったらこのメニューは……」

「こちらはボッチャマメニューです」

冊子の表紙には『BOCCHAMA MENU』と書かれていた。

それに対し黒宮はなにも言わずに、メニューを見ている。

（きっと異国の言葉なんだわ。わたしまた、『坊ちゃまメニュー』かと思ってしまった）

「酒はやめておくか。こんな時刻だからさっぱりしたメニューの方がいいよな。寿司でもいい？」

「寿司……」

「嫌い？」

「いえ、好きです。しかしここは、オーダースーツの店ですよね？」

「そうだ。……では店長、おまかせ特上寿司をふたつ」

「かしこまりました」

老人はメニューを持っていなくなる。

「メニュー、かなりレパートリーがあって本物のレストランみたいだったんですけれど、和洋中の料理人が待機しているんですか？」

「いや。すべて、あの店長が作る」

黒宮にとっては特に驚くことでもなんでもないらしい。至って平然とした顔で、出されたおしぼりで手を拭く。

（解せぬ……）

「そうだ、クロさん。忘れないうちに、お金を返します。ありがとうございました」

茉理はバッグに入れていた封筒を黒宮に差し出したが、彼は切れ長の目を不満そうに細めた。

「それはいらない。だいたいなぜきみがホテル代を払わないといけないんだ」

「ホテル代？　慰謝料ではなく？」

「それを聞きたい。慰謝料ってなんだ？」

黒宮の顔は、怖いくらいに真剣だった。

「ホテルのメモにあった『ごめん』って……すべてはなかったことにしてくれとか、偽装契約をすると嘘をついて遊んでしまってごめんとかいう意味ですよね？　そのために置かれたお金では？」

「違う！　きみが疲れて眠ってしまったのは、ガツガツしすぎた俺のせいだ。だから……きみに負担をかけてしまって『ごめん』、仕事で呼び出され、きみを残して出て行くことになってしまって『ごめん』、目覚めたきみに後払い料金の支払いを任せてしまって『ごめん』……」

思いもしなかった正解の内容に、茉理はくらりとした頭を抱えながら叫んだ。

「だったらそう書いて下さいよ！　目覚めたらクロさんはいなくてお金だけがある状況で、『ごめん』なんてあまりにひと言すぎて、行間など読み取れませんから！」

「わ、悪かった。だけど……俺がこれっきりにしたいとしているのなら、携帯番号が書かれていることに違和感を覚えなかった？」

「番号が書かれていれば、思ったかもしれませんけれど……」

「俺、書いたけれど。下に」

「え？　……あ、わたし……『ごめん』だけを見た直後にコップを倒してしまい、メモを濡らしてしまったんです。だから気づかなかったのかも……」

番号が書かれていたとしても、字が滲んでしまったあの状態ではわからない。

（もしかして、クロさんをクズ男にしたのは、わたしの早とちりのせい？）

しかしすべてがそうだとも言えない。実際、名刺の電話番号は繋がらなかったのだ。

そう言うと、黒宮は不思議そうな顔をした。

「繋がらない？　そんなはずは……」

その時タイミングよく黒宮のスマホに電話がかかってきた。

画面には『遊佐』と表示されている。

茉理がいくらかけても繋がらない電話番号は、他の人間ならいとも簡単に繋がる。まるでそれが黒宮との関係にも思えて、茉理はひとりショックを受ける。

黒宮は電話に出ずに終話ボタンを押すと、茉理に確認した。

「番号を間違えたんじゃないのか？」

「何度も確かめました」

茉理は黒宮の名刺を取りだして黒宮の前に置くと、自分のスマホも取りだし、発信履歴の画面を黒宮に見せる。

「名刺の番号とわたしがかけた番号、同じですよね？　この番号は、クロさんの番号でしょう？」

黒宮は目を見開いて番号を見つめると、自分の名刺入れを取りだし、中身を探った。

「……ない！」

「なにがですか？」

黒宮は、一枚の名刺を茉理に差し出し、茉理に頭を下げた。

「重ね重ねすまない。その番号は前の携帯の番号だ。正しいのはこちらの番号だ」

「へ……」

「名刺が刷り上がった次の日に、スマホを壊して番号が変わってしまって。しかし名刺をすべて捨てるのは忍びないと、一枚だけとっておいたんだ。……それを、きみに渡してしまった。正しい名刺はこんなにたくさん入れてあるのに、よりによって間違えないように と、こちら側に入れていたのを渡してしまったなんて……」

——明日この名刺のことを、クロに文句を言ってみてよ。クロのリアルな反応で判断して。きみを騙しているのかどうか。

「騙すつもりはまったくなかった。でも、結果的には騙すことになって傷つけてしまい、すまなかった」

頭を深く下げ、黒宮は深謝する。

「あまりにも不甲斐なさ過ぎて反吐が出そうだ。殴るなり蹴るなり、好きにしてくれ」

なんともお粗末な真実に、茉理は愕然とする。

（ただの、渡し間違い……）

クズ男に騙され続けてきた経験上、悪事がばれたクズ男は、こんなに死にそうな顔で反省の色を見せないことはわかる。彼らは謝罪の言葉を述べても罪悪感がなく、最後にはこちらに責任転嫁し、どこまでもゲスになれるからクズなのだ。

だが黒宮はなにか違う。きっと茉理の気がすむまで殴られ蹴られることを甘んじて受け入れそうな気がする。たとえ死んでしまっても。

――茉理ちゃんは、僕と同じように、わずかな確率を引いてしまう希有な人材みたいだ。

茉理はポケットからスマホを取り出すと、名刺の番号に電話をかけた。

すると黒宮のスマホが震える。茉理はそれを確認して、電話を切った。

「……それがわたしの電話番号です。今度からは、会社の電話はやめて下さい。間に入る氷見川さんに申し訳ないので」

黒宮に番号を教えたのは、茉理なりの謝罪でもあった。

「クズ男だと決めつけてしまい、すみませんでした。クロさんを信用しきれず、勘違いに早とちり。痛み分けということで許して下さい！」

「いや、許しを請うのは俺の方で」

「いやいや、わたしの方です」

そしてふたりは深々と頭を下げ合い、やがて顔を見合わせて笑った。

「……ありがとう」

黒宮は嬉しそうに笑った。

甘さすら感じるその眼差しに、茉理の心臓は跳ねる。仕事では仏頂面で笑顔を見せることはないのに、どうしてプライベートではここまで魅惑的な笑みを見せるのだろう。

（わたしだけ……？）

しかしすぐに否定する。勘違いと早とちりをしたから、目が腫れ上がるまで泣く羽目になったのではないか。もう二度と同じことを繰り返したくない。

「この金はしまってほしい。男の見栄だとも迷惑料とでも思ってくれていいから」

「わかりました。慰謝料じゃないのなら、お言葉に甘えさせていただきます。正直まだ口座が使えず、氷見川さんにお金を借りていたので、これでお返しします。借金はちょっとトラウマなので」

するとと黒宮は深くは追究せず、ただ静かに笑った。

「あの……鷺沼さんから聞きました。クロさんがあの朝、鷺沼さんに呼び出されたこととか、いろいろ。そしてクロさんを信じてほしいと言われました。いいお友達ですよね。わたし、同い年のそんな友達がいないから羨ましいです」

黒宮は眼差しを緩めて言った。

「信じてくれるなら……偽装契約は続行でいい？」

黒宮は瞳を、甘やかに揺らした。

「でも、結局クロさんを堕とせる確率はまだ二十％しかないんですよね？　あ、未満に減っていましたか」

「数日で二十％だ。順調にいけば、あと数日で百になりそうだが」

「なる可能性があるんですか!?」

「はは。それはきみ次第。……それとも、もう嫌？　身体の相性もよくなかった？」

熱っぽい眼差しでそう問われると、茉理の身体に刻まれた快楽がぶり返しそうになる。

「そんな聞き方は卑怯です」

茉理が顔を赤らめたので、黒宮は嬉しそうに笑う。

「鷹山先生の協力で、細々とした仕事がひとまとめになり、きみのことだけに専念できそうだ」

黒宮は茉理の頬を指で撫でる。

「だから……。契約は続行でいいね？」

表情は優しげなのに、有無を言わせぬ語調。

こくりと茉理が頷いてしまった時、頭にはちまきを締めた店長が、両手に寿司下駄に盛られた寿司を持ってやってくる。

輝くようなピンク色の大トロにうに。霜降りの牛肉もある。

(やばいくらいに、本格的な極上寿司だわ)

ひと口食べると蕩けるようなネタ。シャリも美味しい。出汁の利いた味噌汁に、付け合わせも最高だった。誤解が解けた直後だけに、幸せ気分に酔いしれる。

「口に合った？」

「凄く美味しかったです！　銀座とかの高級寿司店に来たとしか思えませんでした」

「それはよかった。きみの笑顔が見られて……ほっとした」

微笑む黒宮の顔が、突如老人の後頭部になり、茉理は驚いた。

足音も気配もなく、まるで忍者のようだ。

「黒宮さま、例のものでございます」

老人が両手で差し出したのは、しっとりとした黒い生地のスーツだった。

すると黒宮が茉理に言った。

「ここのスーツは丈夫でいい。……着てみてくれ」

「わ、わたしですか⁉　わたしスーツありますし、だいたい手持ちのお金が……」

この店に連れて来たのは、スーツを買わせるためだったのだろうか。

「きみは支払わなくていい。これは俺から、きみへのお詫びのプレゼント」

「いやいやいや。意味わかりませんし！」

「わかれよ。わざわざきみに必要なスーツにしたんだ。上客が多い鷹山先生のところで、さすがに一着しかなかったらきついだろう。それがだめになったら、どうするつもりだ」

「それなら自分で……」

既製品の安いスーツはデパートに売っている。元々着ているスーツもそうなのだ。別にパーティに出るのでもないのだから、高級なスーツは必要ない。

「ほら、試着。男に恥をかかせない」

「そ、そんな……」

「俺を堕とすつもりなら、俺の望みを聞くんだ」

「なんと強引な……」

「こちらの部屋を出られてすぐに試着室がございます。なにかございましたら、お呼び下さい。私は片づけをしておりますので」

「すみませんが、よろしくお願いします」

黒宮が茉理の手を引いて部屋を出ると、試着室に連れて行かれる。

「ちょっ！　なんでクロさんまで試着室に入ってくるんですか！」

「ん？　きみが逃げ出さないように」

ドア以外の三方向は、大きな鏡張り。閉めたドアによりかかり、黒宮はにやりと笑う。

「逃げませんから！　じゃあいただきます、このお礼は後日ということで、こちらはありがたくいただきます！　だから出て行って下さい」

「嫌だ。きみが本当に着たのかわからないじゃないか。俺がそのスーツを贈るんだ。だったら俺の目で直に確認する必要がある」

黒宮は意味深に笑ってゆらりと動き、茉理のうしろから抱きしめるようにして、茉理のスーツを脱がしていく。

「クロさん、わたし自分でできますから！」

「ほら、抵抗しない。俺はきみの身体のすみずみまで知っているんだ。恥ずかしがることはない」

「いやあああ、なにエロいこと言ってるんですか！　それは忘れて下さいよ」

「忘れないよ。——忘れるものか」

喋っている間に、茉理はブラウスのボタンまで外されてしまう。

鏡越し、黒宮がからかうような光を宿しながらも熱に滾った目で茉理を見ていた。

そんな眼差しの黒宮から情熱的に愛されたことを思い出し、茉理はぶるっと震える。

黒宮は小さく笑うと端正な顔を傾け、茉理の細い首筋に吸いついた。

「ひゃ……」

茉理の双肩から上着とブラウスが滑り落ちて、絨毯が敷かれた床に落ちる。

続けて衣擦れの音がして、黒宮の黒い背広も滑り落ちた。

半袖のワイシャツ姿からのぞく逞しい腕が、鏡の中で白いキャミソール姿になった茉理の首筋や太股に、太い蛇のようにゆっくりと蠢《うごめ》きながら絡みついていく。その様は実に官能的で、捕われた茉理の喉の奥を熱くひりひりさせた。

唇で耳をなぶられ、ぴちゃぴちゃとわざと音をたてて甘噛みされる。

鏡の中から、惚けたようになっている茉理を挑発する黒宮の眼差しは、茉理の身体をカッと熱くさせた。狭い空間に充満する、黒宮の滾るような熱と硝煙のようなオスの香り。

それはまるで媚薬の如く、茉理をくらくらとさせた。

「クロ、さ……ねぇ、恥ずかしいから」

キャミソールの下に潜った黒宮の熱い手が、茉理の汗ばんだ肌を撫で上げる。そして下着ごと胸を強く揉み込んできて、茉理はひゃぁっと身体を震わせた。

「鏡を見て」

黒宮の艶やかな声に誘われるように、再び鏡を目にすると、黒宮は下着ごとキャミソールを上にずらし、露わになった胸を両手で揉んでみせる。

生々しくも淫らな光景に、茉理は赤面して目をそらした。

「気持ちよさそうだ。ほら、潤んだ目をして可愛いよ、鏡を見てご覧」

鏡に映るのは、黒宮を求めるとろんとした顔。茉理の身体がさらに熱くなった。

「ここも、もっと強くいじってほしいと自己主張してる。いやらしいな」

黒宮の両手の人差し指が、屹立している胸の頂きをひっかくように何度も弾く。

「や、あ……んっ、ああ……」

黒宮が、茉理の耳元で甘く誘惑の声を響かせる。

「俺の腕の中で、もっと淫らになれ」

「……っ」

「もっともっと俺を求めろ。理性なんて捨てて、一心不乱に俺を求めろ。もっとがむしゃらに俺を堕としてみろ」

三面の鏡が黒宮を映し出す。

それだけで、茉理はたまらない気持ちになってしまった。

もっともっと黒宮が欲しい。

数日前に彼に刻まれた快楽が、再生される。

もっと触って、もっと気持ちよくしてもらいたい。

他になにも考えられないくらいに、黒宮から激しく愛されたい――。

「クロさん……」

黒宮に呼びかけた茉理は、鏡の中で胸をいやらしく愛撫されていた。気持ちよさそうな自分の顔に煽られ、腰を揺らしてそれ以上を彼にせがんだ。

こんな自分を見せるのは恥ずかしいのに、それでも……彼が欲しい。強い衝動におかしくなりそうになりながら、茉理は半開きの口から甘い吐息を漏らして口走る。

「……キスをして。キス……したい」

彼の高い熱に直接触れあえる、蕩けるようなキスを。

「……きみは、どこでそういうおねだりを覚えてきたのかな。……妬ける」

黒宮は苦々しく笑うと、茉理の身体を半回転させ、噛みつくように茉理の唇を奪った。お互いの背中に腕を回し、狭い空間の中でくちゅりくちゅりと音をさせ、ぬるりとした舌を絡み合わせる。甘い声に唾液の音がまざり、更衣室は淫靡な空気に満ちた。

茉理の太股を、黒宮の手のひらが這う。そして茉理の熱く蕩けそうな秘処に、ズボン越しに猛る分身を強く押しつけられた。

その感触に感嘆のため息をついた茉理は、応えるように淫らに腰を揺らしながら、濃厚なキスを甘受する。そして――。

「……ここまでだ」

「え……？」

銀の糸を繋ぎながら唇を離した黒宮は、悠然と笑う。

「きみは着替えがあるだろう？　それとも他人に見られると興奮する性癖でもあるのか？」

「今さらそんな……。仕掛けてきたのはクロさんの方じゃ……」

「へぇ、だったらきみは、スーツ店の試着室で、不埒にも最後までしたくなっていると？」

黒宮はにやりとした。いやらしい気分で相手を求めていたのは自分だけだったのかと、茉理は羞恥にカッと赤くなる。

「しかし、きみにぐらりときたことは認めるから、そうだな、達成率三十%というところか。あと七十%、頑張れ」

黒宮は笑って、わずかに消沈する茉理の頭を撫でる。茉理はその手を払うと、黒宮をキッと睨みつけて言った。

「わかりました。ここで引き下がるのは、たとえなけなしでも、わたしの中の女が廃ります。でしたらお望みどおり、クロさんをロックオンさせていただきます」

ヤケになって茉理がそう言うと、黒宮は耐えきれず笑い出した。

「そうか。じゃあ次に期待しよう」

「どうしていいのかまったくわかりませんが、頑張ってみます」

黒宮は眩しそうに目を細めながら茉理に言った。

「願わくば……」

「はい？」

「身体だけの関係にならないことを」

　黒宮は自分の上着を拾うと、切なげに笑って出て行った。


　やがて茉理がおずおずと試着室から出て来て、揉み手の店長と共にいる黒宮に尋ねる。

「ど、どうでしょうか？」

　すると彼は、腕組みをした片手で口元を押さえて、斜め上を見た。顔が仄かに赤い。

「いや、その……似合うんじゃないか？」

「あ、ありがとうございます」

　黒宮の赤面が伝染したかのような表情で茉理が試着室に戻る。

　狭い空間では、頭も身体も黒宮を意識しすぎて、おかしくなりそうだ。

　室外からはぼそぼそと声が聞こえてくる。

『……ゃま。女性は具体的に褒めた方が……ぐぅっと、もうひと押……昔にお教えしました、正拳突きの……』

（なにを言っているのはわからないけど、外の声が聞こえるということは、外も中の声が聞こえるんだよね。気をつけなくちゃ）

『鷺沼さまより承って……坊ちゃ……具体的なサイズはわからな……と』

茉理がいつもの戦闘服に着替えて出ていくと、忌々しそうな顔をしている黒宮の横で、茉理からスーツを受け取った店長が、にこやかに言った。

「ではお包み致しますね。お代は、黒宮さまから頂戴しております」

「はい、お願いします。クロさん。素敵なプレゼント、ありがとうございました」

今度は素直に頭を下げた茉理に、嬉しそうに黒宮は笑う。

包装を終えた店長が、店の出口まで包みを持ってくると、それを茉理に手渡しながら言った。

「黒宮さま初の女性への贈り物。喜んでいただけたなら私の感動もひとしおです」

「戸田！」

「え、戸田？」

「あ、ああ、戸田さんと言おうとしたんだ」

「そ、そそそうですよね、坊ちゃま」

「坊ちゃま？」

「い、いえいえ、黒宮さまです。私の孫とよく似ているので……」

「そ、そうなんだ。よく間違われて」

ふたりは、引き攣ったように笑い合う。

「お孫さんのことを、坊ちゃまと言うんですか？　それっていいところのボンボンに使う名称では……」

すると黒宮は必要以上に咳き込み、店長が背中を甲斐甲斐しく撫でる。

「失礼。さあ行こう」

「またお越し下さい」

（なんだかよくわからないけれど。仲良しさんなんだな……）

夜空の下、贈り物をしてくれた男性と手をつないで歩く。

酒も飲んでいないのに、ほわほわと高揚した気分になる。

考えてみれば、こんなときめきは今までなかった。

今日もまた、どこかでお泊まりになるのだろうかなどと密かに茉理は思っていたが、あっという間に家に着いてしまった。

すぐに帰ろうとする黒宮に、慌てて茉理が言う。

「本当になにもないですけれど、お茶でも……」

安っぽい誘い文句だったろうかと茉理がドギマギしていると、黒宮は笑って茉理の頬に手を添えて言った。

「悪いがそれは今度に。今夜はどうしてもしないといけない仕事がある」

「そう、ですか……」

「……そうやってあからさまに落ち込まれると、帰りたくなくなる」

黒宮は苦笑して、茉理を自分の胸に掻き抱く。

「帰らなくてもいいのに……」

「……本当に悪い子だな、きみは。俺がどんなに我慢しているのかも知らずに」

「我慢、しているんですか？　三十％なのに？」

「上がってきているからだろう？」

黒宮は艶然と笑い、茉理の顎を手ですくい上げると唇を重ねた。

視線が絡み、今度は荒々しく舌を搦めとられて貪られる。

熱を帯びた眼差しを向けながら、黒宮は言う。

「……次は帰さない。きみの自由をすべてもらうから。そのために今、あちこち手配している。……だからそれまで、待っていて」

茉理はこくりと頷いた。

無性に離れがたい。信じてもいいとわかったのなら、もっと寄り添ってみたいのに。

否応なく彼が欲しいと思うこの渇望に、身を任せてみたいのに。

「おやすみ」

ちゅっと音をたてて、額に熱い唇が押し当てられ、その日は終わってしまった。

黒宮によって着けられた火は、身体に燻ったまま。

特売で買ったTシャツにホットパンツ姿で、タオルを敷き布団にしている茉理は、なかなか寝つけられず、気分転換にスマホのネット記事を見ることにした。ざわつく心を落ち着かせるため、和み系のページでも見てみようと検索すると、〝まんまるアニマル〟というページがあったので、それを開いてみた。

「か、可愛い……」

それは手作りの、動物のぬいぐるみ達。手乗りサイズでまんまる、ふわふわもこもことして、見ているだけで顔が緩む。ＷＥＢデザインは大企業の公式ページのように立派であるが、あくまで個人の趣味のページらしく、通販など販売はしていないらしい。

「売っていたら、全部欲しいなあ……。作者は『しろたん』さんか」

茉理は、枕にしているクマのぬいぐるみを撫でる。

「わたしに手芸の才能があれば、このクマも生まれ変わらせてあげることができるのに」

洗うことしかできないけれど、これはこれで愛着がある。妙香寺にすべてを奪われたが、それでもこのぬいぐるみだけはここに残ってくれた。自分を見捨てないでくれたようで嬉しい。

最後に明日の天気予報と占いのページを見た。

「明日は快晴。それなのに占いでは『水難に注意　ラッキーアイテムはレインコート』。うん、気にすることはないわ。……よし、欠伸が出て来たし、もう寝られそうね」

そして目を閉じた茉理は、数秒後にぱっちりと目を開けた。

「あれ、どうしてクロさんも、わたしの家を知っていたんだろう……」

……今夜は、黒宮の残像がなかなか消えていきそうにない。

第三章　その男、射程内におく

その日は予報どおり、朝から快晴だった。

午前中ずっと外出していた深雪は、一時過ぎに事務所に戻ってくる。

そして部屋の隅、大きな観葉植物の陰に隠れるように蹲《うずくま》っている茉理を見つけ、驚きの声を上げて駆け寄った。茉理はそこで、コンビニのおにぎりを食べていた。

「あとのちゃん、こんなところでどうしたの？　それにその恰好は……」

眼鏡にひっつめ髪。いつもの姿に、半透明の白いビニールのレインコートを着ている。

「アクシデント回避のための自己防衛アイテムです。百円ショップで買ったものですが優秀です」

「お外は快晴よ。なぜ室内でそんなものを……」

「……今日は朝からわたしが歩くと天気雨に見舞われます。事務所ではやたらコケる皆さんに飲み物を浴びせかけられ、お客様にお茶を持って行けば、吹きかけられそうになる。そんな状態でお昼です。どんな汁がどこから飛んで来るかわかりません。新調したスーツを死守するため、皆さんのお昼が終わるまでここに避難し、食べ終わったようなのでお昼にしようと……」

「だったら応接室はどう？　今日、来客予定はないはずだし」

「それが……使わせてもらおうとしたら、天井から水漏れが。今業者さんが来て、原因を調べてくれています。そんな感じで、どこに行っても水につきまとわれる今日。占いでは『水難に注意』とあり、ラッキーアイテムはレインコートでした」

疲れ果てた顔の茉理に、深雪が哀れんだ目を向けた時、来客を知らせるチャイムが鳴った。

「あら、黒宮さんだわ」

「え？」

茉理の顔にぱっと生気が戻る。

「それと……鷺沼さんね。ああ、この時期だからか」

深雪は、あまり好意的ではないような口調でぼやいた。

眼鏡をかけた黒宮はいつもどおりに闇色に包まれ、仏頂面だ。対して鷺沼は、大輪の薔薇に囲まれたどこかのホストにしか見えない。闇に光、実に対照的だ。

茉理が声をかけようとした時、鷺沼が深雪に声をかけた。

「深雪ちゃん、久しぶりだね。しばらく会っていなかったから恋しくてさ。どう、今日の仕事帰り。是非深雪ちゃんに見せたいものがあるんだ」

立ち上がるタイミングを逃してしまった茉理。鷺沼は気づいていないようだ。

「おほほほ。一言一句、前回と同じ台詞ですわね。ここは法律事務所であり、事務代行業ではありませんの。とりあえず、お片づけはご自分でしましょうね。大人ですから」

(前に氷見川さんが言っていた、片づけができない馬鹿者って、鷺沼さんのこと?)

「そんなつれないことを言わないで。僕を助けてよ」

「お手伝いが欲しいなら、白雪《しらゆき》を呼びましょうか? 潔癖症の妹は、なんて言うでしょうね」

(白雪? 確か鷺沼さん、氷見川さんの妹さんと知り合いだったっけ)

「ちぇ……」

鷺沼が視線を落とした時、茉理と目が合った。

「もしかして……茉理ちゃん?」

いつもズバズバ言い当ててくるのに、鷺沼らしからぬ疑問系だ。

自分だと確信を持てないほど、レインコート姿は怪しすぎたのだろうか。

そういえば、鷺沼とは、ひっつめ髪と眼鏡という仕事モードで会ったことがないことを茉理は思い出す。一度目に会った時は完全にオフモードだったし、二度目の時は仕事帰りだったが、髪を解いて眼鏡を外していた。ならば、より同一人物だと考えにくいだろう。

(どんな恰好をしていても、わたしだって見抜いてくるあたりは、さすがだけど)

「あら、あとのちゃん、鷺沼さんとお知り合い?」

「はい、たまたまなんですが。鷺沼さん、黒宮さん、いらっしゃいませ」

立ち上がって茉理が挨拶すると、きょろきょろしていた黒宮がこちらを向いた。

そして――黒宮は笑いを堪え、鷺沼は笑いを隠そうとせず爆笑した。

「茉理ちゃん、その頭に眼鏡……雨合羽《あまがっぱ》！　若いとはいえ大人女子が、晴天の日の室内でそんなものを着ているなんて。ぶははははは」

涙を流して笑いながらも、鷺沼の目は鋭さを宿している。

「ミニエプロンでないということは、全方向から新しいスーツを防備する必要があるのか。なに、今日は水難の卦《け》でも出てたのかい？」

「……鷺沼さん、大当たりです。新しいスーツを着ていることも、どうしてわかったんですか？」

するとと鷺沼は、さらに大笑いした。

「鷺沼、うるさいぞ。仕事の邪魔になる」

こちらにやって来た黒宮は、厳めしく怒りながらも、茉理を見る目は優しい。

茉理は突然の黒宮の来訪に心踊らせ、レインコートを脱いで、スーツを着ているところを見せた。

すると黒宮は、嬉しそうに微笑み、茉理に尋ねた。

「アポなしで来てしまいましたが、鷹山先生にお会いできますか？」

「少々お待ち下さい。聞いてきます」

茉理は朗らかに笑うと、鷹山の元に走った。

茉理がお茶を出しに行くと、黒宮、鷺沼、鷹山は共に真剣な面持ちで話し込んでいた。

（なにか深刻なトラブルでもあったのかしら）

黒宮と鷺沼が鷹山の部屋から出てきたのは終業時間間近だった。鷹山が茉理に言う。

「茉理さん。今日はもうお帰り。そうだ、黒宮くんに送ってもらうといい」

「ひとりで帰れますが」

「いやいや、黒宮くん。茉理さんをお願いするよ」

今日の鷹山は、ずいぶんと過保護で強引だ。客である黒宮をなぜ巻き込むのだろうと、茉理は内心訝しく思ったが、黒宮はすんなりと引き受ける。

「わかりました。では帰ろうか、後埜さん」

鷺沼はスマホで電話中だったが、黒宮に耳打ちすると先に出てしまった。

そのため、支度を終えた茉理は、黒宮とふたりきりで事務所を出た。

「クロさん、わたし大丈夫ですから」

「これからきみのお宅にお邪魔していいかな」

黒宮の真顔に、茉理はときめいてしまう。

急ぎの仕事はもう終わったのだろうか。

——次は帰さない。きみの自由をすべてもらうから。そのために今、あちこち手配している。

（そういうこと？　これは誘われているの？）

真意はわからないが、嫌だとは思わない。むしろ昨夜、自分で誘ったくらいなのだ。

「でもあの……ベッドがないから、激しいのは……身体が痛くなるかもです」

両手の人差し指を突き合わせながらそう言うと、黒宮は眉間に皺を刻んで考え込む。そして数秒後、ようやく茉理の言葉の意味を察したようで、片手で顔を覆って言った。

「そういう意味ではなく、話があるんだ」

早とちりをしたことを悟り、茉理は真っ赤になって狼狽する。

「だ、だったら先にそう言って下さいよ！　……なんだ、期待して損をしちゃった」

小声の本音は、しっかりと黒宮の耳にも届いていたようだ。

「期待って……」

「こ、言葉のアヤですって！」

「いや……でも期待されているのなら」

「冗談です、冗……イタタ！」

茉理は慌てるあまり、街路樹の小枝に髪を縛っているゴムをひっかけてしまった。

「本当にきみは、ついていないよな。普通こんな程度の小枝にひっかからないぞ」

「お好きに言って下さい。ああ、もう切っちゃおう」

茉理はゴムを切って髪を解くと、眼鏡を外した。

太陽の下、艶やかな髪が波打つ。それを眩しそうに黒宮は見つめ、やがてふたりは歩き出す。

穏やかな帰り道が不穏な空気に包まれたのは、やけにうるさいエンジンの音だった。

人通りのない道の先で、ブゥンブゥンとエンジンをふかす大きなバイクがこちらを向いて待ち構えていた。

跨がっているのは、黒いヘルメットを被った男だ。

手には物騒な鉄パイプが握られていて、茉理の顔が警戒に強張る。

「……そこの女、あれはどこだ」

男が茉理に尋ねた。すると黒宮が、茉理を背に隠しながら言う。

「あれとは、ガンパウダーのことか？　別名硝煙《スモーク》。若者達に流行っているアッパー系のドラッグ」

（ドラッグ⁉）

「わかっているのなら、早く出せ。その女が隠し持っていることは調べがついているんだ」

茉理は首を横に振って、黒宮に知らないと伝えた。

「ガンパウダーを使ってお前達はなにをしようとしてる？」

「うるせぇんだよ。グダグダ言うなら、力尽くで聞くまでだ」

男は鉄パイプを持ったまま、バイクで突進してくる。

「屈め、その場に！」

なにか既視感を覚えながら、慌てて茉理は黒宮の言葉に従った。

間一髪で茉理の頭上で鉄パイプが空を切る。

「ひっ!!」

バイクはキュルキュルと音をたててターンして、再び黒宮と茉理のいるところに戻ってくる。屈んだままの茉理の前にゆらりと立った黒宮は、鉄パイプが空を切って自分を襲う寸前で長い足を振り上げ、身体全体を捩るようにしてパイプを蹴り落とした。

その反動で男は、バイクごと横に滑るようにして倒れる。

しかし受け身の姿勢をとって体勢を立て直したその男は、腰のポケットから折りたたみ式の鋭利なアーミーナイフを取り出した。

「クロさん！」

それを黒宮に突き出すが、黒宮はさっと身体を翻《ひるがえ》して躱《かわ》す。

突き出されたその腕に自らの手を絡めるようにして、そのまま一本背負い。

地面に叩きつけた後は、男の手首を踏みつけてナイフを奪い、男の首筋に手刀を食らわせて気絶させた。

それは十秒あまりの出来事だ。あまりの鮮やかさに、茉理はすっかり呆けてしまう。

黒宮は男のヘルメットを取る。意外に若い、金髪頭の男だった。

黒宮はその顔をスマホで撮影し、どこかに送ったようだ。

「クロさん、強すぎやしませんか？」

「そうか？　それでも社長にはまったく歯が立たない。皆でかかっても、瞬殺だからな」

「社長さんって、どれだけ……」

「上には上がいるということさ。よし、行こう。大丈夫か、立てる？」

差し伸べられた手を取り、茉理は立ち上がった。

危険と隣り合わせだったのに、不思議と怖さはない。

（きっと、クロさんを信じていたからだ……）

「まずは、きみの家に行こう。バイク男の仲間が来たら危ない」

「わかりました。でも、あの人を放置でいいんですか？」

「生憎、俺達は警察ではないから逮捕の権限がない。先刻知り合いの警察官に連絡したから、もうそろそろ……ああ、来たな」

喧しいパトカーのサイレンが近づいてくる。

「110番に電話しなくても、クロさん専用の警察官が来るんですか？　あ、もしかしていつもクロさんを呼んでいる男の方ですか？」

「まあな。昔取った杵柄という奴だ。さあ行こう。あの警察官と鉢合わせする方が、俺には厄介だから」

「厄介って、クロさんはヤクザとか前科持ちとかお尋ねものとかなんですか⁉」

「あははは、俺の経歴は黒くないから安心して。いつも我慢して彼に会っているのだから、今回ぐらいいいだろう。下手に相手をすると本当に厄介だから。……行こう」

警察官を厄介扱いする黒宮を見ながら、茉理は思った。

この男、何者だと。

黒宮とふたりきりかと思いきや、部屋に招いた覚えも入室を許可した覚えもないのに、時間差で鷺沼と白取が普通に入ってくる。

(わたしの個人情報っていったい……)

興味深げに部屋を見回していた鷺沼が、美しい笑みを見せて言う。

「茉理ちゃんの家は、本当になにもないね。見事に持ち去られたな」

「はい、お茶も出せずにすみません。……って、あれ？　家財を持ち去られたことってお話してましたっけ」

「あれ、どうだっけ？」

考える余地があるということは、黒宮が洩らしたのだろうか。

(まあ、鷺沼さんに聞かれたら隠せる気がしないから、別にいいけど)

黒宮は、白取と共に浴室に籠もったきり出てこない。

浴室は換気扇の調子が悪いため、誰もいない時はドアを開けている。そのためリビングからは丸見えだ。そんな扉が今は閉められ、大の男ふたりが入ったままなのだ。

時折話し声が聞こえてくるが、シャワーの音は聞こえてこない。

ふたりでいったいなにをしているのだろう。

「お、ずいぶんと年季の入ったぬいぐるみだね」

鷺沼はクマのぬいぐるみを撫でた。

「あ、それだけ置いていかれたんです。たぶんみすぼらしくて、売り飛ばす価値がないと思ったんでしょうけれど、わたしにとっては思い出の品なので、凄く心強いんです」

「きみはこういうキモカワ……っていうのかな、そういう系統が好きなの？」

「いえいえ。普通に可愛いものが好きです。それも昔は可愛い顔をしていたんですけれど、ある意味老化現象かも」

その返答に鷺沼が笑った時、浴室のドアが開いて黒宮と白取が出て来た。

「解除は成功だ。遊佐が場所を特定している」

黒宮がそう言うと、鷺沼は頷く。

「解除？」

意味がわからない茉理が黒宮に尋ねると、黒宮は手のひらにある小さな機械を見せる。

「ああ。盗撮器」

「と、盗撮器？　浴室にですか⁉　うち、なにもないのに、どうしてそんないかがわしいものだけはあるんですか？　それにクロさんうちに入ったことがないのに、どうして盗撮器があるのがわかったんです？　真っ直ぐ浴室に行きましたよね？　それはわたしの家の場所を皆さんが知っていることと関係があるんですか？」

まくしたてるように一気に尋ねると、黒宮は静かに答えた。

「順を追って説明するから座って」

「……わかりました」

　恐らくこれから聞く話は、鷺沼が言っていた守秘義務に関わることとなのだろうと茉理は察した。鷺沼も白取も、黒宮を制するつもりはないようだ。

「俺達はリスクマネージジメント会社をダミーにして、シークレットサービスという警護や危険調査などをしている調査員だ。ＳＰと言えば想像がつくだろうか」

「ＳＰ……」

「ああ。日本でＳＰとはSecurity Policeの略称で、公安や警視庁の警護課の指揮下にあるが、俺達はあくまで一般企業であり、警備隊員や身辺警戒員と呼ばれるものに近い。時に探偵業のようなこともしながら、依頼者から依頼を受けて動き、成功報酬をもらっている。うちの会社は、一般人の依頼は受け付けない。あくまで顧客は著名人や要人など、表沙汰にできない裏の事情を抱えた者達を救済するために存在している。多額の金をもらう代わりに、人殺し以外の任務達成率は百％を誇る」

「……」

「鷹山先生はご存じだ。鷹山先生の協力があってこそＳＳＩは合法的に動けるし、鷹山先生の幅広い人脈から顧客が流れてくる。実戦第一で過ごしてきた俺達と、あの社長だけでは会社は運営できない」

「実戦……」

「俺は元公安だ。鷺沼は元心理分析官、白取は元特殊急襲部隊（ＳＡＴ）、他には元内閣情報調査室の情報調査員、元麻薬取締官がいる。だから皆、格闘技術もあり銃が使える」

（平和な日本で、ヤクザと警察以外に、銃を扱える職業があったんだ……。『だから』と言われても、半分以上、どんな職業かわからない……）

「なんだか凄そうな前職ですね。だけど転職なさったわりにはお若いですよね、皆さん」

「ああ、最年長の白取が三十三。次が俺と鷺沼だ。俺達は早くから腕を買われ、一般とは違う特別枠でそれぞれの管轄に入ったが、きちんと資格もあるし経験値もある。俺達は皆、社長にスカウトされて四年前からSSIに入った」

　SSIメンバーは超エリートなイケメンで構成されているようだ。

「数週間前、SSIに依頼が来た。それは千駄ヶ谷ヒルズの落成式での要人警護だ」

「千駄ヶ谷ヒルズって、銃乱射事件の……」

「ああ。依頼主に怪我はなかった。だがその犯人というのが、経済界の大物の息子だった。父親の力で報道規制がかけられ、表に出ることはないが」

「だから実名報道してなかったんですね。確か乱射中、奇声を上げていたとか。精神鑑定にかけられる途中で逃走……でしたっけ」

「そうだ。イカれた放蕩息子が銃を手に入れ、凶行に至った。それは間違いなかったんだが、取り押さえた時に……口から漂っていた匂いと、能面の表情と血走った目が、ただの精神異常ではない気がしてな」

「どういうことですか？」

するとも鷺沼が答えた。

「僕達は、ドラッグの可能性を考えているんだ」

そういえばつい最近も、その物騒な単語を聞いた気がする。

「加えて言えば、その放蕩息子は、『天賽の妙香会』の信者だった。曼珠沙華と呼ばれる赤い入れ墨をひとつ腕にしていたんだ。それは『天賽の妙香会』に入信している証拠で、位が上がるほどに、曼珠沙華の花の数が増えるという。だから放蕩息子は下っ端だ」

茉理の脳裏には、街頭演説をしていたイケメン集団が思い浮かぶ。

「『天賽の妙香会』って、新興宗教のですか？　入信者が美男美女で、赤い花が描かれた黒い旗を掲げて、よくイケメンばかりが街頭演説している」

「ああ、その妙香会だ」

だとすれば、彼らも皆仲良く曼珠沙華の入れ墨をしていたのだろうか。

「あそこは容姿のいい若者はもちろんのこと、著名人の子供達が多く入信しているから、金にも困らない。きみは妙香会の教義についてなにか知っているか？」

「少し耳にした程度です。ずいぶんと日本を変えたいんだなと思いましたが」

「妙香会が掲げている理念は革命。それに基づいて信者と思われる男達が複数件、銃で要人を狙う似たような事件を起こしている。そしてそのどれもに報道規制がかかり、犯人は逃走しているんだ。これは入信者の親が力を使って、証拠をもみ消したのだと思っている」

「もしそうだとしたら、かなりやばい宗教なんじゃ……」

「そうなる。しかし現状、内情を調べたくても妙香会の中には踏み込めない。だから、誰が妙香会に銃を流しているかを追おうとしたが、妨害に遭って行き詰まる。ドラッグを追おうにもドラッグの流入経路を特定できない。……しかし、妙香会幹部と繋がる信者をようやく見つけ、そいつの動きを見張っていたところ、偶然きみと再会した。それが土曜日のことだ」

拉致されそうになった時、タイミングよく黒宮が現れたのはそれが理由だったようだ。

「あの人達、信者さんだったんですか……」

「恐らくは。きみを介して、ガンパウダーというドラッグの名前を具体的に耳にすることになった。理由は不明だが、きみが巻き込まれていることは間違いない」

「わたし……銃もドラッグとも無縁で生きてきましたが……」

「それでも、実際きみの家に盗撮器は仕掛けられ、きみの動きは見張られている。きみの家からガンパウダーを回収したかったんだろう」

「それが意味不明なんですけれど。それに盗撮器が仕掛けられていたってことは、わたしが知らない間に誰かがここに出入りしていたってことですよね。鍵が開いていたことなんてなかったのに」

「茉理ちゃん。盗撮器や盗聴器などは、知らないうちに取り付けられているものさ。コンセントの中、電器の中、そして茉理ちゃんの場合は？　クロ」

「浴室の高棚にあったシャンプーの底に加工してあった」

浴室外でシャンプーのストックを保管していた茉理は、そこにシャンプーを置いた覚えがなかった。さらにシャワーを浴びていてもそこに、ないはずのものがあることにも気づかずにいた。

「僕達が妨害していなければ、茉理ちゃんのあれこれが、裏に流出していたかもしれないよ。わざわざお風呂場っていうところに、男の性《さが》を感じるよね」

鷺沼が笑い、白取もくつくつと笑った。

「笑い事ではないが」

黒宮だけは、不機嫌そうな顔をしている。

「それで、妨害っていうのは……」

「茉理ちゃんに渡したものがあるだろう？　あれさ」

鷺沼がウインクをする。

鷺沼から渡されたもの――。

「まさか、ボールペンですか？」

茉理は銀のボールペンを取りだしてみせた。

「そう。これは盗聴や盗撮に使われるある電波を特定して、こちら側に知らせてくれる。さらにこちらが指示すれば、遠隔操作でその周波数を混乱させられる。きみの家に仕掛けられていることがわかったから、敵に悟られない程度に妨害していた」

「味方探しにも使える、ただのボールペンだと思っていたのに……」

「はは。しかもそれはＧＰＳつき。だから僕達はきみの居場所を把握していた。シロが目視できみに近づこうとする不審な男を追い、結果きみの姿を見失っても、クロがＧＰＳを頼りに救出にいけた」

「……っ」

「ここ数日、茉理ちゃんの動きを見ながら、敵の動きも見ていたけれど、どうも不可解でね。きみの生活範囲内に怪しい男達は常にいるのに、なにもせずにただきみとすれ違ったかと思えば、狙ってくることもある。一貫性がないのが非常に気になっているんだ」

（常に怪しい男なんていたんだ……。でもそれがわかるっていうことは、彼らもわたしの動きを見張っていたということだよね。だとしたら、クロさんも仕事として、わたしに接していたの？）

茉理は、胸の奥にちくりとした痛みを感じた。

それと同時に、ある疑惑も捨てきれずにいた。

黙り込んでしまった茉理を見ながら、黒宮は言う。

「銃といい鉄パイプの男といい、最近は明らかにきみに直接危険が及んでいる。相手の動きがわからない以上、俺達はきみの安全を確保するために……」

「クロさん」

茉理は黒宮の話を遮るようにして言った。

「とてもお忙しいのに、皆さんでわたしを守ろうと、四六時中見ていて下さる理由は、妙香会の内情を調べたいから……という理由だけですか?」

　わずかに黒宮の漆黒の瞳が揺れる。

「ふと思ったんです。千駄ヶ谷事件、不特定多数の乱射であるのなら、誰が狙われたのかわからない。わたしがクロさんに落成式での要人警護をお願いするのなら、命は無事であっても、自分が狙われている可能性があるそんな怖い状況で、仕事は終わったから、はいさようなら……と言えるかなって」

　壁に寄りかかるようにして立つ白取が、口の端を吊り上げているのが見えた。

「それと、誰の命もとらなかったのが故意的……つまり脅しですね、その可能性だってある。だとすれば、今後別の誰かが、その要人だけではなく、脅しの手段として要人の家族を狙う可能性だってある」

　面白そうに笑っている鷺沼の顔も、茉理の視界に入ってきた。

(考えてみれば鷺沼さんは、初めて会った時から、わたしの名前を知っていたわね)

「落成式ですら警戒して警護を依頼した依頼主は、今後も自分や家族の警護を頼まないでしょうか。その家族に利用価値があるのならなおさら」

　そして——視線を床に落とし、静かにため息をついている黒宮に、鷺沼が言う。

「……クロ。茉理ちゃんはきっと、正解に行き着いていると思うぞ。確かに守秘義務はあるけれど、茉理ちゃんは無関係ではない。きちんと言っておいた方がいいと思う。シロはどう思う?」

「鷺沼に同感。嬢ちゃんは馬鹿じゃない」

（白取さんが喋った！　しかも、嬢ちゃん……。いや年下だから嬢ちゃんだけれども）

密かに衝撃を受けている茉理に、黒宮は前髪を掻き上げながら言った。

「――落成式の件を踏まえて、今度はきみの警護を依頼されている。……後埜総帥に」

（やっぱり……。クロさん達は、じいちゃんの警護をしたんだわ）

「だったら、わたしが後埜源治郎の孫だということも知っていたんですか？」

「ああ」

黒宮の返事に、茉理はため息まじりに呟いた。

「知らないのは、わたしばかり。今もなおわたしは、じいちゃんの手のひらの上か……」

〝ウシロノマツリ〟と主張した自分を、黒宮はどう思っていたのだろう。

なにか言いたげに口を開いた黒宮を制し、鷺沼が言った。

「茉理ちゃん。後埜総帥の依頼は、きみに気づかれないようにというのが条件だった。だからきみに気づかれてしまった時点で、この依頼は続行できなくなった」

「え……」

「僕達は一般人からは依頼を受けない。しかし著名人やその家族からの依頼なら別だ。ホテル王・後埜源治郎の孫であるきみの依頼ならば」

「……っ」

「警護は信頼関係で成り立つ。だからきみが僕達……いやクロを信頼してくれるなら、僕達SSIは全力できみを守ろう。しかし信頼できないのならば、僕達はきみから手を引く。きみがどうなろうとも知ったこっちゃない。僕達は、別の仕事にとりかかるまでだ」

「おい、鷺沼！」

茉理は苦笑した。

「鷺沼さん、意地悪です。自分になんの心当たりもないことで、命を狙われているかもしれない心細い状況で、ぽんと放り出そうだなんて」

「だからきみに選択権をあげているんだ」

依頼するかしないか、その二択を〝選択権〟として作り上げ、鷺沼は笑ってみせた。

茉理は背をぴんと正して正座をし直すと、床に両手をついて黒宮を見た。

「黒宮さん。今まで重荷だった後埜源治郎の孫娘として、お願いします。わたしのキャパを超えたクズ男達から、わたしの日常を取り戻して下さい」

恐らく、ホテル王の孫だという出生もなにか意味があるのだろう。

この世が運ではなく、不条理な作為が入り混じってできているのなら、この危機も不運だったという理由で済ませるわけにはいかない。抵抗するためにはSSIが、黒宮が必要だ。

そんな茉理に、黒宮は片膝をつくようにして言った。

「我がSSI、ご依頼をお受けし、後埜茉理さまをお守り致します」

「うしろのですけどね」

茉理がそう言うと、全員が笑った。

「よし茉理ちゃん。そうと決まれば話は早い。さあ、身の回りのものを……って、なにもないか。だったらそのまま行こう」

「どこへですか？」

「クロの家。しばらくクロと同棲だ」

「な、なぜに⁉」

「ここは危険だってわかっただろう？　完全に『妨害してます』とわからせるような電波を出したんだから、そのうち家に直接乗り込んでくるぞ。いいの？」

「よくはないけど、それならホテルにでも……」

「そんなお金あるの？」

「う……。でもほら、クロさんにご迷惑がかかるし」

「まるで構わないが」

黒宮は即答すると、茉理に耳打ちをする。

「言っただろう？　次は帰さない、きみの自由をすべてもらうからと。ようやく、俺の家で保護できる手続きが終わった。これで夜も、安全な場所に置いておける」

「え、あれはそういう意味だったんですか？　わたしてっきり、めくるめく一夜にすると誘われているのだと。そっか、保護だけか……。また早とちりしちゃった」

途端に片手で顔を覆った黒宮が項垂れた。その耳が真っ赤だ。

「ぶはっはっは。クロ、茉理ちゃんが期待しているぞ。頑張れ」

鷺沼が大笑いしている。白取も肩を震わせているようだ。

（しまった。鷺沼さんと白取さんがいるのを忘れていた……）

後悔しても後の祭りだった。


黒宮の家は、都心にあるタワーマンションの二十三階。

一階にはコンシェルジュや警備員がおり、セキュリティも厳重だ。

ぴかぴかに磨かれた大理石の床といい、まるで高級ホテルに来たかのようだ。

部屋に入れば、夜景が見える大きな窓に、黒いインテリア。簡素ではあるがモデルルームのように、センスがいい。リビングだけでも、茉理の家の２ＤＫの総面積より大きい。

黒宮は仕事が忙しく、滅多に家に帰れないと言っていたが、これでは宝の持ち腐れだ。

（シークレットサービスって、高給なのかしら。まあ、身体張っているから当然か）

茉理は黒宮に勧められて風呂に入る。

茉理の家の狭い浴室とは違い、無駄な空間が多い。壁にはよくわからないボタンがついていて、まるで映画やテレビドラマに出てくるセレブの浴室のようだ。

「はぁ……。足が伸ばせるお風呂なんて、じいちゃんの家の檜風呂以来だわ」

ほこほこと身体から湯気をたてて風呂から上がると、黒宮はリビングにいた。白いラグの上に座り、テーブルに載せたノート型パソコンで仕事をしているようだ。

背広とネクタイはソファに無造作に置かれ、ワイシャツのボタンをふたつ外している。眼鏡をかけ、片肘をついて考え込む物憂げな様子は、どこか色気がある。

「上がりました。ドライヤーも使わせていただきました」

そう声をかけると黒宮が顔を上げた。なにかを言いたげに目を細めた黒宮に、茉理が小首を傾げる。

「いや、その……なんでもない。さっき買ったコンビニの飲み物は、冷蔵庫に入れてある。好きなものを飲んでくれ」

「ありがとうございます」

2LDKの間取りは黒宮から既に教えてもらっている。隣り合わせのキッチンに行き、木目調の洒落た冷蔵庫を開けようとしたが、茉理は、ふと黒宮を振り返った。

（珈琲、淹れてあげたいな）

「クロさん、珈琲ってあります？　一緒に飲みませんか？」

「こっちは気にしないでくれ。自宅のようにくつろいでくれれば……」

「わたしが飲みたいんです。ついでにクロさんの分も淹れます」

そう言って笑うと、黒宮は苦笑して、珈琲メーカーや珈琲豆の在処を茉理に教えた。

茉理は適当なカップに珈琲を淹れて持っていくと、黒宮は嬉しそうに顔を綻ばせる。

「ありがとう。ちょうど飲みたかったんだ」

「ふふ、じゃあ気が合いましたね」

茉理がテーブルの角を挟んで黒宮の右隣に座ると、黒宮はパソコンの蓋を閉じた。

「もしかして、この距離でも守秘義務違反？　だったら向こうに……」

「いや、そうではなく。なんというか、気になってしまって集中できないから、休憩する」

「気になる？」

「その……Tシャツやショートパンツから伸びる手足が、悩ましくて」

黒宮の顔が仄かに赤い。

「……クロさんって、純情そうに見えて結構むっつりですよね」

するると珈琲を飲もうとしていた黒宮は吹き出しそうになった。

「もしかして、三十％より上がったりしてます？」

茉理が笑ってからかうと、黒宮がじとりとした目で言う。

「きみは三十％から上げたいのか？」

「もちろん。そういう勝負ですし！」

「勝負……」

黒宮は実に複雑そうな顔をした。

「でも今は勝負はお預けですね。お仕事の一環で保護していただいているのだし、クロさんにはそういう下心がないことはわかってますから」

するると珈琲を飲もうとした黒宮は、項垂れた。

「どうしました？」

「くそ……」

「え？」

「本当にきみは、俺を煽るよな。……ちょっと説教だ。こっちにおいで」

そして黒宮は眼鏡を外すと、自分の真横のラグを手で叩いて、茉理を呼んだ。

「いえいえ！　居候の身で、家主の隣なんてとんでもない」

「いいから、おいで」

茉理は仕方がなく珈琲をことりとテーブルに置くと、黒宮の右隣に座った。

次の瞬間、黒宮は茉理の身体を抱き上げ、そのまま自分の膝の上に載せる。

「あ、あの……」

「きみはもっと、男心を勉強した方がいい」

ぶっきらぼうにそう言い、黒宮は茉理を抱きしめる。

服越しに伝わる、心地よい黒宮の体温と男の匂い。

そして……硝煙の香り。

「クロさん、今銃を持ってます？」

「いいや。危険が迫っている時でなければ持たないよ」

銃がなくとも、黒宮からは硝煙の香りがする。

物騒な匂いなのに、黒宮のこの香りを嗅ぐと不思議に心が落ち着く。

「仕事だとはいえ、銃を使って大丈夫なんですか？」

「俺達は銃の扱いに関して素人ではない。その経歴と、社長や鷹山先生の知り合いが、公安のトップや国家の中枢にいてね。ＳＳＩのうしろ楯になってくれている。普通は民間企業で拳銃を持つことは難しいが、俺達にはちゃんと許可が下りているから、安心してくれ」

「そうですか。……クロさんは、銃で人を撃ったことはあるんですか？」

その問いに、黒宮はしばし間を置いてからぼそりと言った。

「ああ。だが、足だろうと手だろうと人を撃つのは怖い。だからよほどのことがなければ撃とうとは思わない。ほとんどは威嚇だ」

（そういえば、最初の時はタイヤ、次の時はゴミを狙って、直接相手を撃つことはなかった）

「……ＢＡＲで会ったのは警護の一環で？」

「いや。あの時の俺は完全にプライベートで、ＢＡＲで会ったのは偶然だ。きみを抱いたのも、仕事とは関係なく、俺の意志だ」

「……そうですか」

茉理は密かにほっとする。あのＢＡＲでの出会いは作為的に仕組まれ、抱くことで警戒心を取り除こうとしたのではないだろうかという疑念もあったからだ。

「あ、あの……もうそろそろ」

茉理の身体が、あの日の情事を思い出して疼き始めている。

おかしな気分になる前に、距離を取りたい。

「なに？　俺には下心はないんだろう？」

漆黒の瞳の奥に見え隠れする情欲の炎。それはゆらゆらと揺らいで、茉理の中で燻《くすぶ》る火種を煽っていく。

このまま黒宮の火とひとつになって燃え尽きたい。だが今は我慢しないといけない。

本能と理性が鬩《せめ》ぎ合う。

「それとも、してほしい？　きみが好きな、いやらしいこと」

耳に囁かれて、服の下に忍んだ手が、茉理の下腹部を撫で上げる。

「ここの奥を、また突いてほしい？」

艶やかな声が子宮にダイレクトに響いた。

「ク、クロさん、そうやって女の子をいつも誘惑しているんですか？」

「俺から誘惑したのは、きみひとりだけだよ」

黒宮から漂う破壊力があるフェロモンにあてられて、茉理はわめいた。

「それは、たいていは女の方から誘惑されるっていう自慢ですか⁉　だからわたし如きの誘惑では、堕ちないぞアピールですか⁉」

「それでも三十％は堕ちている」

「む……」

「ははは。きみは見ていて飽きないな」

恐らく黒宮は、まだまだ余力があるのだ。

こんなに触れてこんなに熱を感じられる距離にいるのに、意識しているのは自分だけ。

(堕とされているのは、わたしの方かもしれない……)

年上の余裕？　それとも自分に魅力がなさすぎるから？

「……突然黙り込んでどうした？」

「こんなに接触していても、クロさんは、またしたいと思わないんだなって」

「え？」

「また抱きたいと思えない、わたしが女として欠けているものはなんなんでしょう。それがいつもクズ男に騙される原因のような気がして。本当に三十％から上がるのかなとか」

「……きみは、セックスだけが堕とす方法だと思っているのか？」

「え？」

「俺ときみとの間には、セックスしか必要ない？」

悲しげな口調は、セックス以外の絆を強めたがっているかのようだ。

「だってわたし、もう身体しか武器がないし。と言っても、実際には武器にもならないものですけれど」

「なにが武器かは、堕とされる俺が決めることだ。それに抱きたくない女からの連絡をひたすら待っているほど、俺は暇人でもないぞ」

漆黒の瞳の奥に、確かに熱が揺らめいている。

「また抱きたいと思ってくれているんですか？」

「ああ。きみが思っている以上に、抱きたいと思う気持ちを我慢しているよ」

「今も？」

「今も」

茉理は破顔し、黒宮の首に両手を回して抱きついた。

「へへ。やった！　いやらしい気分になっちゃったのは、わたしだけじゃなかった」

茉理が身体を押しつけたのは無意識だった。

「……あのな。だからセックス以外でも……」

黒宮が言葉を止めたのは、嬉しそうにしている茉理と目が合ったからだ。

「そんなに俺とセックスしたい？」

「はい！」

「それはセックスが好きになったからではなく？」

「やだなあ、見境なく男に盛るビッチみたいに言わないで下さいよ。クロさんだからしたいんです。勝負があってもなくても、クロさん以外にしたいとも気持ちよくなれるとも思わないし……んう」

次の瞬間、茉理の唇は、苦しげに目を細めた黒宮に奪われた。

熱い舌にねっとりと舌を搦めとられると、ぞくぞくが止まらない。

「ん、ふう……んん」

水音が響く中、黒宮の手が茉理のシャツの下を這い、細い腰に巻きつく。そして自分の方にぐっと押しつけながら、やがてその手は茉理のショートパンツの中に忍んでいった。

黒宮の手が茉理の尻を揉みながら、隘路に滑り落ちていくに従い、茉理の背がしなる。

くちゃ、と粘着質な音がして、黒宮は離した唇を持ち上げた。

「凄いな。キスで？　それとももっと前から？」

しかし茉理はそんな恥ずかしい質問に答えている余裕などない。蜜を溢れさせる花園で、黒宮の指が動いたからだ。

「あっ、ああっ」

快感に身を震わせ、茉理は胸を突き出すようにして黒宮にしがみついた。

シャツを突き上げる胸の頂きを見て、黒宮は上擦った声で問うた。

「……さっきもまさかとは思ったが、下着はつけてないのか⁉」

「つけてない……。夜は……、ああぁっ、クロ……さん、そこ、気持ち、いい……」

無意識に浮かした尻。太股からは蜜が垂れている。

「本当にきみは……。警戒心がなさすぎだ。他の奴にもこうなのか？」

「んんっ、あ……っ、だって……クロさんに、警戒なんて……っ」

「……男じゃないから？」

「違……っ、クロさんなら……食べられ、ても、いいから……あぁん」

「っ！　本当に……、煽りすぎた、きみは！」

黒宮はTシャツの上から、突き出た茉理の胸の頂きに吸いついた。

「や、んっ、や……っ」

わざと唾液たっぷりに吸ってみせると、茉理は腰を揺らして喘ぐ。

黒宮はショートパンツを下着ごと抜き取ると、秘処を愛撫している指を、潤みきった蜜壺の中に差し込んだ。

「ああ……」

茉理の蜜壺が、黒宮の指を喜んできゅうきゅうと締めつけているのがわかる。それに負けじと指は動き、内壁をひっかくように擦っていく。

茉理は髪を振り乱しながら喘ぎ、やがてその身体をソファに押しつけられ、仰向きにさせられた。引き抜かれる指。直後にはしたないほどに両足を大きく左右に広げられ、ぐいと身体を持ち上げられてふたつ折りにさせられる。

照明の真下で丸見えの秘処を両手で広げて、上からじっくりと覗き込む黒宮の目は、猛々しくぎらついている。恥ずかしいと訴えていた茉理も、今から食べられてしまう切迫感と興奮に、ついぞくぞくして弱々しい声を上げた。

「ああ、たまらないくらいにうまそうだ。こんなに綺麗なピンク色を、蜜に濡らして」

陶酔しきったような声。黒宮がゆっくりと舌なめずりをする。

それはまるで肉食獣の淫靡さを見せつけられているかのようで、茉理の内股が戦慄《わなな》く。

期待に蜜を溢れさせるその場所に、黒宮の顔が近づき、吸い立てた。

「あああああ……っ」

頭を振ってより強く吸引されると、あまりの気持ちよさに狂ってしまいそうになる。

「クロ、さんっ、だめ、それ、だめっ」

至近距離で、黒宮にそんなことをされているのを目の当たりにする。

それは羞恥であり至福であり、様々な感情が複雑にまざり合う。

（クロさんに、あのクロさんに……えっちなことをされてる）

甘さが滲んだ声が紡ぐのは拒否の言葉。茉理の両手は黒宮の肩を押そうとして、黒宮にその手を取られた。指の間に黒宮の指が絡み、きゅっと握られる。

黒宮は、ぬかるんだ花園を細めた舌でぴちゃぴちゃと舐め、甘い眼差しを茉理に向けた。

挑発的にも見える艶然とした切れ長の目に魅入られ、茉理はただ乱れる。

「ああん、ああっ、気持ち、いい。気持ちいいの、クロ、さん……っ、気持ちいい」

やがて迫り上がるものに流されるようにして、茉理は悶えながら上り詰めていく。

黒宮の熱い眼差しから目をそらすことができないまま、涙を流した。

「クロ、さんっ、わたし、わたし……きちゃう、きちゃうっ！」

黒宮の眼差しが優しく細められ、愛撫が激しくなった。

「ああ、あああっ」

急激に膨張した大きな官能の渦。

それに取り込まれた茉理は、腰を浮かせるようにしながら、勢いよく爆ぜた。

黒宮は、すやすやと寝息をたて始めた茉理を見て、苦笑した。

「……こんなに無防備な姿で寝るとは。ああ、今日もまた眠れないな、俺」

やはり彼女は、疲れていたのだろう。

半開きになっている、愛らしい唇。それに己の唇を重ねて舌を侵入させると、茉理の舌の感触に、下半身にずんと衝撃がくる。頭がおかしくなりそうなほど激しく渦巻く欲情。

黒宮は心を無にして、その渦をやりすごす。

「我慢しているこちらの気も知らないで、なんてストレートに蕩けた顔で迫ってくるんだ。俺、悪いことを教えてしまったかな。それにしても、俺だから抱かれたいなんて……ああ、くそ。落ち着け」

公安時代の名残で仕事中は特に無愛想になる自分に、茉理はいつも冷ややかな視線を寄越していた。

距離を詰めたくても詰められず、好意を持ってもらえないことに、どれだけ煩悶していたのか、彼女は知るまい。

彼女と偶然会ったＢＡＲ。彼女の男達の話を聞いて次第に余裕がなくなっていった自分は、長年想い続けていた至宝を、自分の欲で穢してしまった。

欲の衝動に負けた自分が情けなくて、それで嫌われたのではと焦った。

結局は誤解ではあったけれど、身体だけを求めていたわけではないと証明したいのに、それでも女として開花し始めた彼女の魅力に、逆らえなくて。

最後までしないことを免罪符にしてきたけれど、このままでは時間の問題だろう。彼女の隅々までを貪り、蕩けるような幸せを知ってしまった身体が、暴走してしまいそうなのだ。

「身体だけではなく、俺の心も求めろよ。そうしたらきみが壊れるまで抱くことができるのに」

茉理の頬を指で突くと、顔を顰めた。それが可愛く、黒宮の顔が綻んだ。

——ありがとう、守ってくれて。

——あなたならきっと、たくさんの人を守れるね。

「俺を堕としてみろなんて、よく言えたものだ。俺はもう、とっくの昔に堕ちきっているというのに」

……わかってもらいたいのだ。自分が守りたいものを。もう二度と、あの時のように闇には沈むまい。

黒宮は背広の内ポケットから、薄汚れたキーホルダーを取り出す。

愛らしいパンダの顔。だが、やけに小さな身体は男性ボディービルダーのようなムキムキマッチョで、しかも股間はもっこりとした、奇妙な生き物。

会社創立時の忙しさに疲れ果て、こっそり眺めて茉理を想っていた時、手伝いに来ていた深雪に見つかり、連鎖的に鷺沼にもバレてしまった。

深雪が言うには、ひと昔前に流行った『パンダマン』というキモカワ系の走りらしい。このキーホルダーを大切にしていることが露見してから、深雪と鷺沼が妙な誤解をしているようだが、気にしない。むしろこれに関しては、触れないでほしいと思う。

「しかし……凄いよな、このキャラクター。これを好きだという人間がいるなんて」

黒宮は声をたてて笑ってしまった。

次の日、黒宮に付き添われて茉理は鷹山の事務所に行った。

黒宮がベッドに運んでくれたおかげで、久しぶりの快適な環境でぐっすり眠れた茉理は、肌の色艶がいい。反対に黒宮はどこか疲れた顔をしていたが、忍耐ゆえとは知らない茉理は、仕事が忙しいのだろうと思って呑気に労った。

鷹山は既に昨日、黒宮と鷺沼が訪問した際に、茉理の境遇とＳＳＩの警護の必要性を聞いていたようだ。そしてその帰り道、実際に茉理は危険な目に遭いそうになった。

どこに魔の手が潜んでいるのかわからない現在、公に警備をつけることで茉理の自由は制限される。つまり、事務所内はいいとして、お使いとして外に行く際にも、都度警護がつくことになる。

黒宮は鷹山に、場合によっては茉理が出入りするこの事務所も危険が及ぶ可能性があること、そしてそうならないためには、目に届くところで待機をしてもいいかを、相談したかったらしい。

茉理としては、徹底した警護は嬉しいが、それによって忙しい黒宮達の時間を拘束するのが心苦しかった。たとえ仕事とはいえ、自分のためということにどうしても恐縮してしまうのだ。

相談された鷹山は、フォッフォッと笑って言う。

「茉理さんが今までどおりここで仕事をするために、優秀な調査員である黒宮くん達を、ただの送迎係にしてしまうのは忍びない。かといって毎日定時まで応接室で待機……というのは、きみもやりづらいだろう」

「こちらのことはお構いなく。土砂降りの中、何時間も外で待機していたこともあります。ただ私としては警護するにあたって、先生方のご迷惑にならない形を取れたらと」

「こちらにまで気を遣っていたら、茉理さんを守るに守れなくなるな。ではこうしよう、茉理さんには、出張という形で黒宮くんのところへ出向き、そこで事務の手伝いをしてもらうということで」

鷹山はにこやかに言った。

「事務と言っても機密に関わるものではなく、一般的な書類作成や経理など、茉理さんができる範囲で。彼女も、ギブアンドテイクの方が肩身が狭くならなくてすむだろうし」

鷹山が茉理に向ける視線は優しい。

(先生ってやっぱり凄いんだわ、わたしのこともわかって下さるなんて)

「茉理さんは優秀な職員だ。だからこちら側も自信をもって派遣ができる」

「しかし彼女が抜けたら、こちらの方が……」

「昨日、職員達と話してみたんだ。すると皆が口を揃えて言った。茉理さんの帰りを待って頑張ると。帰ってくるということならば、受け入れると。……愛されているね、きみは」

茉理は、いつもからかってばかりの先輩達の厚情に目を潤ませる。

「ＳＳＩへの事務指導は深雪さんに提案された。鷺沼くんが困っているとか。茉理さんならきっと、なんとかできるだろう」

たぶん深雪は気を利かせてくれたのだ。鷹山と同じく、茉理がやりやすいようにと。

（ああ、なんていい事務所なんだろう！）

「茉理さん。どうだね、ひとりでやれるかね？」

「はい！　出張のお仕事、やらせて下さい！」

「いい返事だ。これで黒宮くん達も雑務から解放されて、きみを守りやすくなるだろう」

すると黒宮が、苦笑して言う。

「それは正直、ありがたいです。お恥ずかしながら、事務処理をずっと放置していたツケが回り、最近ずっと徹夜続きになっていますので」

「あはは。きみのところは相変わらずだね、仕事が忙しいから、事務も大変だ」

「仕事があるのも、ご紹介下さる先生のおかげです」

「いやいや、きみ達の能力と人柄だよ。さあ、もう行くといい。少しでも茉理さんの力を必要としている同僚が待っている」

黒宮が苦笑して茉理を促した。

鷹山の部屋を出ると、職員達が立ち上がって茉理を見ている。

だから茉理は先輩達に頭を下げて言った。

「少しの間だけ出張してきます。また戻ってくるので、その時には思う存分こき使って下さい」

深雪が茉理を抱きしめた。

「早く戻ってきてね」

茉理は帰る場所もなく、孤独だと思っていた。しかし、世界はこんなにも温かい。

「はい、必ず！」

戻るべき場所は、ここにある——茉理はそう思いながら、事務所をあとにした。


黒宮が所属するＳＳＩは、港区赤坂にある。

官公庁のある永田町に近く、都心のわりにはひっそりとして坂道が多い地域だ。

連れられて到着したビルの一階には『ＳＳＩリスクマネージメントサービス』と看板が掲げられていた。

「ここにはほとんど俺達は顔を出さない。客が訪ねてきたら、連絡をもらって来ることがあるくらいだ」

「氷見川さんが事務指導したのは？」

「こっちだな。あの時は創立したばかりでダミーの職員もおらず、俺達もみんなこっちにいたから」

「……ダミーの職員さんに、こっちで事務のお仕事をしてもらえばいいのでは……」

「依頼人のプライバシーに関わるものだから、できるだけ他人の目には触れさせたくない。となればやはりその案件に関わった人間がすべきなのだろう」

黒宮は笑いながら、壁にある四角い機械の溝に、カードのようなものを通して親指をくっつけた。すると、ピッという機械音がして、ただの壁だと思っていた左側がスライドして開く。茉理は驚いて仰け反る。

「ＩＤと指紋認証。これが一致しなければ開かない」

中は剝き出しのコンクリートの壁。それに沿って歩くと、大きな自動ドアが見える。

黒宮はその横にある一点にカードをつけ、名前を言った。するとドアが開く。

今度は声紋認証のようだ。

「て、徹底していますね」

「はは。それだけ、ここでの情報の取り扱いは慎重にしなければいけないということだ。仕事を持ち出すことができるのならば、自宅を拠点にしてもいいんだけれど」

中に入ると、鷲が翼を広げたようなロゴを掲げたパーティション。

その奥には――空間が広がり、ファイルや書類が雪崩を起こしていて、それらと戦っているのか飲み込まれているのかわからないイケメン達がいた。

絶句する茉理の横で、黒宮は盛大なため息をつく。

「……あっちには機密文書もあるし、なにより仕事ができるスペースがない。だから会議室をきみの席にしよう」

黒宮はすぐ傍のドアを開けた。

かなり大きな部屋で、応接セットとミーティングセットが両方設置され、トイレや給湯室まである。

「ソファにでも座っていて。今、あいつらを呼んでくるから」

茉理が事務協力することになって、一番に喜んだのは鷺沼だった。

書類を両手に抱えてやって来ると、潤んだ目で茉理を見て、茉理の手を両手で握る。

「……茉理ちゃん。きみこそが救世主だと、僕は常々思っていたよ」

（凄いわ、どんなに疲れ切った顔をしていても、背景に満開の薔薇が見える……）

入れ替わるようにして白取と、見知らぬ眼鏡姿の理知的なイケメンがやってくる。

「遊佐碧人《あおと》と言います。よろしく、後埜さん」

「よろしくお願いします」

名乗らなくても誰もが自分の素性を知っている。茉理は〝うしろの〟と言い張ることをやめた。

それぞれが機密漏洩に関わらないものを持ち運んできて、会議室もあっという間に書類だらけになる。

持ち込まれた事務の問題は、まさしく混沌《カオス》。

（おかしいわ、タイトルを見れば仕分けできるはずなのに）

鷺沼はやはり、片づけからのスタート。

「俺が触れると画面が割れるんだ。いつもパソコンとの相性が悪くて」

白取はひび割れたパソコンを指さして首を傾げる。

（不思議に思うのはわたしの方。どんな凶悪な使い方をしているんだろう）

遊佐と言えば設置したパソコンのキーボードをカタカタと叩き、難しいプログラムを組んでいるように見える一方で、一般的な表計算ソフトでさえ使えない。

「遊佐さん……、パソコンはお得意なんですよね」

「ああ。内調では捜査用プログラムを組んだり、ハッキングをしたりしていた」

得意げに眼鏡のフレームを指で持ち上げる。

内調とは、内閣情報調査室の略らしいことは先程本人から聞いたばかりだ。

正直茉理にはピンと来ないため、適当に相槌を打つ。

「で、集計ですが、表計算ソフトで関数を使えば、簡単にできあがるんですけれど」

「俺はあのソフトは嫌いだ。人間は誰しも得手不得手がある」

ドヤ顔で言い切られては、茉理は引き下がるしかなかった。

（氷見川さん。事務の基本ができない彼らは、四年経っても相変わらずのようです……）

茉理が根気よく補助し続けて二時間あまり。正午を目前にして、散乱していた書類は、少しずつ片づいてくる。

(ああ、ちょっぴりスペースができた。ずいぶんと遠い道程だった気がする……)

「いやあ、さすがは深雪ちゃんの愛弟子の茉理ちゃん。おかげで、今日終わらせないといけない分の三分の一が終わったよ。まだ午前中なのに、このペースは凄い」

皆も同意する。

(今日の分の三分の一。あとどれくらい残っているんだろう……)

茉理は気が遠くなりそうで、そのままテーブルに突っ伏したくなってしまった。


昼食は黒宮が全員分の弁当を買って来て、会議室で和気藹々《わきあいあい》と食べた。

「さて、スタミナ弁当で腹も膨れたし。茉理ちゃんの件にかかるか」

鷺沼の声に、一同が頷き、ミーティングセットの方に赴いた。

「シロ。今朝の茉理ちゃんの自宅の周辺の様子はどうだった?」

警護対象が黒宮の家に移っても、茉理の通勤エリアは引き続き調査されていたらしい。

「また違う三人がうろついていた。締め上げると、〝アトノマツリ〟という女からガンパウダーを回収できねば女を拉致しろと、写真が配られていることを白状した」

白取がテーブルに出したのは、茉理のオフモードの写真――。

遊佐が首を捻りながら言った。

「……焦点が合っていないから、盗撮されたのだろうけれど、凄くブレていて、ぱっと見る限りにおいては、本当に後埜さんなのかわかりませんね。長い黒髪は特徴になるかも知れないけれど、だいたい実際の後埜さんは眼鏡をかけていて髪も縛っているんだし」

途端に鷺沼が指を鳴らした。

「ユサ、それだ。仕事でもよく外出している茉理ちゃんに、いつも接触していなかった理由。見つけられなかったんだ」

鷺沼と同じ考えに至ったらしい黒宮が、きょとんとしている茉理に言った。

「きみは朝、その髪型と眼鏡で出勤しているよな」

「は、はい。仕事スタイルなので」

「きみが襲われた土曜日、きみはオフモードだった。そして銃口を向けられた水曜日もオフモードだった。そして昨日。街路樹の枝にきみはゴムをひっかけ、髪を解き眼鏡を外した。その直後だ、バイクで襲われたのは」

言われてみればそうだ。

「それ以外の移動は、茉理ちゃん、その恰好だった？」

「そうですね。月曜日と火曜日は酷く目が腫れたからサングラスで歩いていたりしてましたし、木曜日からはこのスタイルに戻ってましたし。しかしそんな理由で……」

すると遊佐が眼鏡のフレームを指で押し上げながら問うた。

「俺、よくわからないんですが、そんなに眼鏡を外して髪を解いたら、違うんですか？」

すると茉理を除いた全員が、「違う」と声を揃えた。

「後埜さん、オフモードにしてもらえるか？」

「わたしは……そこまでご期待に添えないかと思うんですけれど」

茉理が眼鏡を外して髪を解く。艶やかな黒髪が波打ち、ぱっちりとした目が現れる。

すると遊佐は目と口をあんぐりと開けたまま、石のように固まって動かなくなった。

「あ、あの……遊佐さん？」

「茉理ちゃん。ユサは放置でいいから。向こうが茉理ちゃんのオフモードのみを追いかけているのだとすれば、いくつかの謎は解けるな。少なくともオンモードでいる仕事関係ではなく、茉理ちゃんのプライベートで接点があったとしか思えない」

「でもわたし、ドラッグを見たこともなければ、ガンパウダーなんて聞いたこともないし」

「誰かから渡されたり、話を聞いたりとかも？」

「ないです。家に盗撮器が仕掛けられていたのなら、仕事姿で家から出て行くことはわかりそうなものですよね。鷺沼さんにボールペンを借りたのは、ついこの前だし」

「それなんだよな。機械の不調で盗撮できていない場合を除いて、茉理ちゃんのオンモードが知られていなかったのだとすれば……」

鷺沼の言葉を、黒宮が受けた。

「盗撮器が仕掛けられたのは、きみが家にオフモードで戻り、仕事姿で出かける前にボールペンを受け取った、その期間に限定される」

「ボールペンを受け取ったのは土曜日。ということは……金曜日？　家に戻ってきた時は、もうこの姿だったから……」

黒宮がハッとして茉理に言った。

「詐欺師。きみの家財を持ち逃げしたクズ男だ」

「え？」

「そいつは、きみのオフモードを見ているんだよな？　確か。仕事の時の姿は一度も見せていない？」

「すべてこの姿でしたね」

黒宮は切れ長の目を細めて言った。

「そのクズ男がきみに近づいた理由は、ドラッグの回収だろう。同居するふりをして、家捜ししたが見つからなかった。そのありさまを隠蔽したいのか……、いや隠し場所ごと奪うために、家財すべてを持ち逃げしたとしたら？」

「ちょっと待って下さい、クロさん。わたしはドラッグのこと、一度も聞かれてませんよ。それが目的なら、偽装結婚しようだなんて面倒なことをしなくても」

するとと黒宮の顔がわずかに歪む。

「きみは……。まだそいつを庇うつもりか？」

「違いますよ。ただ、目的があるのにずいぶんと回りくどいやり方だなって……」

「茉理ちゃん、その男と会う直前に、誰かとその偽装結婚とやらについて話した覚えは？」

「ない……いえ、ありました。その直前に、占い師にわたしの境遇を話して。運命の人が現れると言われたから、その気になったというか」

「運命の人……」

なにやら黒宮が不機嫌そうに唸る。

「当たっていたんですよ。キーワードは『硝煙の香りがする』『正義』、『もう出逢っている』……、その人、妙香寺さんとは、落とし物を拾ってあげたことがあり、花火師だから硝煙の香りがするだろうし、名前が正義と書いてマサヨシだったし。その日に運命の人が見つかったと喜んで」

「茉理ちゃんが会った占い師はどんな人？」

「名前とかは知りません。新宿駅から少し離れた袋小路のところにいる、エキゾチックな恰好をした人です。占いが当たっていたから後日お菓子をもってお礼に行ったんですけれど、その時はもう姿が見えませんでした」

「占い師もグルか、あるいは妙香寺がその占いを聞いていたか。本当に占い師だったかを含め、消えた占い師の調査は難航しそうだな。ユサ、妙香寺正義、花火師！」

ようやく遊佐が動き出した。パソコンがあるところに向かうと、茉理から妙香寺の情報を聞き出して、カタカタとキーボードを叩く。そして、皮肉げに呟いた。

「……たぶん、ひっかかりはしないだろう。妙香寺なんて聞くだけでも妙香会を意識しているとわかるし、正義というのも占い結果を踏まえた気がする。どう見ても胡散臭すぎる字面だ」

（胡散臭い……。わたしは運命を感じたというのに）

隣で黒宮が腕組みをしながら呟く。

「ただ……どこかにドラッグがあると見込んですべてを持ち去ったのなら、なぜあの盗撮器を置いていったのだろう。わかりにくい場所にあるとはいえ、痕跡を消した上でひとつだけ証拠を置いていったということは、まるであれに気づいてほしいかのようだ」

確かにそれは無意味だし、矛盾だ。

「念には念を入れたとも考えられるが、クロの言うとおり、そこに妙香寺の複雑な主張を感じるな」

「わたしを騙すことになって罪悪感があったとか……」

茉理が聞くと、黒宮が睨みつけてくるため、しゅんと項垂れる。

「あるわけないですよね、ハイ……」

「妙香寺の真意がどこにあるかは置いておいて、妙香寺が茉理ちゃんに接触した時点で、茉理ちゃんがドラッグを持っていると確信していたわけだ。ということは、茉理ちゃんがそう思われる根拠は、それ以前にあったのかもな」

「それ以前……」

その時遊佐が言った。

「……ヒットしませんね。前科者のデータベースにも、氏名の漢字や平仮名アルファベットを入れ替えてみても掠りもしません。官報の破産者リストにもないです。妙香寺正義は完全に偽名です。後埜さん、顔は？　身長とか身体の特徴があれば」

茉理は思い出せる限りの特徴を言うと、また遊佐が検索にかける。

「茉理ちゃん。話を戻すけれど、妙香寺と会う前に、茉理ちゃんと接触した男はいない？たとえば元彼とか。ドラッグ系の話とか出なかった？」

鷺沼が遊佐と共に画面を見つめながら尋ねる。

「恋人ではありませんが、その三週間くらい前、別のクズ男が家に出入りしていたことがありましたが、そんな物騒な話はしませんでしたね」

「どんな男？」

茉理は唸りながら、幽かな記憶の中からなんとか特徴を挙げる。

クズ男は綺麗さっぱり忘れるようにしているため、簡単には詳細を思い出せないのだ。

「ひとつ年下で、無職の好青年風チャラ男……確か、ナオくんと言いました」

「馴れそめはナンパ？」

「いえ、帰宅途中に角から現れた彼とぶつかって。角刈りの怖いお兄さんに追いかけられていたので、彼を近くにある車の陰に隠し、怖いお兄さんにはあさっての方向を指さし、助けてあげたんです。ナオくんは数日前に財布を落としてしまっていたらしく、お腹がきゅるきゅると鳴り響いているのがやけに可哀想で。そういえばわたし、前の日に鍋で大量にカレーを作ったなと……」

「まさか家にあげたのか⁉　しかも手料理まで振る舞って」

　黒宮が目くじらをたてるが、茉理は反論する。

「節約中で、人の食事代を出す余裕がなかったんです！　一応は警戒していましたが、食事が終わるとすぐ彼は帰りました。そして次の日、家の前で待ち伏せされ、また食べさせてくれと。空腹を知らせるあの悲痛な音を聞いたら拒めず、その日もカレーを。さらに次の日も現れました。さすがにカレーの具が足りなかったので、野菜を買いにスーパーに走りました。家に戻ると、留守番させていた彼が、勝手にわたしのバッグを漁り、通帳の中身を見ていまして。怒って追い出して、終わりです。もう二度と家にやってくることもありません。まさか三度目の正直で、クズの本性が出るとは」

「偽装結婚は持ちかけたのか？」

　黒宮の問いに茉理は首を横に振った。

「持ちかけていません。元々怖いお兄さんに追いかけられていた男ですから、さすがに結婚相手にはどうかと思って。実際はやはりクズだったので、いい判断でした。あれ以来、貴重品をバッグに入れておくと抜き取られて危ないと思い、家の中で鍵がかかる鏡台にしまったら、まさか次のクズ男にそれごと持ち去られてしまうとは……」

「後埜さんはクズが好きなのか？」

　複雑そうな顔で遊佐がそう尋ねた直後に、プリンタが動き出す。

「別に好きなわけではないですが、たまたまわたしに近寄ってくるのはクズばかりで」

するとと鷺沼が、印刷されたなにかの用紙を持って戻ってくる。

「純情一途なクロはクズだったのか？　クズ宮……ぷぷっ」

「……黙れ、詐欺沼」

黒宮の返答を聞いて、それまで黙っていた白取が吹き出した。

白取の笑いのツボはよくわからないが、茉理は意味深な鷺沼の言葉の方が気になった。

「え、純情一途って……クロさん本命がいたんですか？」

「あのな……」

黒宮は頭痛でも起きているかのように、こめかみを手で押さえてため息をついた。

（クロさん、否定しないの？）

鷺沼は、呆然としている茉理に耳打ちした。

「クロにはいるんだよ。七年間ずっと想い続けている人が」

「……鷺沼、お前なにを言ってる」

「なにも～」

黒宮の片想い。知らなかったとはいえ、黒宮を求めて抱かれていたことに、茉理は罪悪感を覚えた。胸の奥がちりちりと痛い。

（そういえば、最後までしたのって……お酒が入った最初だけだった）

いつもねだるのは茉理の方であり、それを宥めるように甘い言葉をくれるものの、結局昨夜だって彼は茉理だけを果てさせて、最後までしなかったのだ。

（もしかして……酒の力を借りてわたしを抱いてしまったのを後悔してる？　その後はわたしがうるさいから、仕方がなく？）

彼のあの情熱は、自分の身体を通して別の女に注がれていたのか。

身体が繋がっても、心が繋がることはない。きっとこの先もずっと。

そう思うと、胸がじくじくと痛む。

彼は優しいから、困っている自分に手を差し伸べただけなのだ。

ヤクザに追われているクズ男を助けた、自分となんら変わりなく。

黒宮には、長年想い続けている女性がいるのだ。そんな男をいくら偽装と言っても自分と結婚させるわけにはいかない。彼の純情を穢《けが》してはいけない。……いずれ結ばれるだろう、彼が愛した女性にも失礼だ。

「……ちゃん？　茉理ちゃん、大丈夫？　顔色が悪いようだけれど」

気づけば何度も鷺沼が呼んでいたようだ。黒宮も白取もじっとこちらを見ている。

「だ、大丈夫です。すみません、ぼーっとしてしまって」

茉理はへらりと笑って見せた。その瞬間、黒宮の目が訝しげに細められたが、茉理は無視した。

テーブルの上には、写真を印刷したようなものが数枚並んでいた。

「ようやく茉理ちゃんのマンションの防犯カメラのデータを、見せてもらえた。これは金曜日、午前中。引っ越し業者が茉理ちゃんの家財を持ち出している。この中に妙香寺はいる？」

「この中ということは、このクマさん引っ越しセンターの人になりすましているということですか？」

「ああ。主らしき一般人はいなかったから」

写真は拡大されていて鮮明ではない。一枚一枚慎重に見ていた茉理は、ある一枚を手にすると目を細めて、それを差し出した。

「たぶん、この人がそうかと思います」

愛らしいクマのマークがついた帽子を被り、茉理のソファを運んでいる。

（まさか変装までして持ち出していたなんて）

「ソファを運んでいる男ね。ユサ、ピックアップできる？　動画で見たい」

今度は全員で遊佐の見つめるパソコンの前に集まり、妙香寺と思われる男のみを中心に再生した動画を眺めた。

「……ストップ」

黒宮が声を上げ、遊佐が動画を制止する。

黒宮が、ソファを持ち上げようとして動きを止めている、うしろ姿の男を指さした。

「持ち上げた瞬間、腰が見えただろう。ここに入れ墨がある」

遊佐が拡大すると、鬼のような怖い顔の、赤い入れ墨が見えた。

「赤い不動明王の入れ墨だ。これを持つ男をひとりだけ知っている」

黒宮の顔も声も非常に強張っている。そして鷺沼も顔を硬くさせて言った。

「『天妙組』幹部、芳賀猛《はがたけし》。茉理ちゃんの家財を持ち逃げしたのは、ヤクザだ」

「ヤ、ヤクザ……妙香寺さんが……。そんな怖い雰囲気ではなかったんですが」

（むしろ白取さんの方がヤクザに思える……とは言えないけど）

「でも茉理ちゃんは、硝煙の匂いを嗅ぎ取っている」

「……っ、それでも皆さんだって銃を……」

茉理は言葉を切って考え、そして言い直す。

「妙香会って、なにかお香のようなものを身につけたりしてるものなんですか？」

「よく知ってるね。そうだ。香の匂い袋を信者は身につけるらしい。それが〝妙なる香〟ということで」

「そうか。だから伽羅《きゃら》の匂いがしていたのか。でも妙香寺さんからは感じなかった……」

「伽羅？」

黒宮の問いかけに茉理は頷いた。

「じいちゃんがよくつけていたものなので。それとよく似た香りを、最初と二度目にわたしを襲った相手から感じました。だけど三度目のバイク男からはしませんでした。嗅ぐ暇がなかったのもありますが」

するとと黒宮が言った。

「あの男だけは、妙香会の曼珠沙華の入れ墨はなく、身元の照合は難航していると聞いたが。だとすれば、天妙組の兵隊だったのか」

「妙香会と天妙組が協力関係にあるのかは、現在不明。どちらにしろ、天妙組の幹部自らがドラッグ回収に乗り込んだけど、見つけられなかった。今さら顔を見せるわけにいかない芳賀にしたら、今度は兵隊に茉理ちゃんを回収させるしか、取る術はないだろうね」

「完全に誤解なのに……。だいたい家捜しして見つからなかったんですから、ないものだと思わないものなんでしょうかね？」

「絶対にあるという確信があるのだろう。……とすれば、茉理ちゃんへの恩を仇で返したチャラ男が怪しいな。ヤクザに追われていて、さらにきみの家に入っているんだ」

「じゃあ彼が隠し場所を吐けばいいじゃないですか」

「それができない状況なんだろうな」

「そんな……」

　完全にとばっちり、いい迷惑だ。

（本当にわたしって、男運が悪い……）

「天妙組と妙香会が繋がっている確たる証拠が欲しいな。しかし、天妙組には簡単には踏み込めないし」

　黒宮が腕組みをして、神妙な顔で呟く。

「そんな無理矢理にしなくても、妙香寺……いえ芳賀さんに正直に話せば、きっと……」

「ふふ、茉理ちゃん。簡単にいけば苦労しないよ。とりわけ天妙組も芳賀も凶悪だし」

「凶悪……」

少なくとも騙されるほどには好感度はあった。自分から同居を提案したくらいなのだ。

同一人物ならば、かなり演技力があるヤクザだ。

「主任。後埜さんの家からトラックが通ると思われる主要道路までのカメラ映像をまとめました」

遊佐がこんな短期間で、どんな技術を駆使して情報収集したのかはわからないが、画面は上空からのアングルとなり、赤い丸印が動いている。

「このルート……池袋、か。妙香会や天妙組の施設はないのに、なぜ池袋だ？　……遊佐、この引っ越しセンターは現存するのか？」

「……公式ページはありますが、東京拠点ではなく千葉のようです」

「とすれば……」

目を細めた黒宮が言う。

「堂々と家財を持ち去るあたり、場慣れしている。何度も繰り返しているのなら、裏ルートで売買なり処分なりができるバッタ屋や古物商が必要だ」

「トラックが止まりましたね。この周辺となると……。あ、ありました。かなり大きな敷地面積を持つリサイクルショップです」

キーボードをカタカタと打ちながら遊佐は言う。

「当たりかもしれません。天妙組と関わり合いがありますね、この社長。経歴を見ると、過去に天妙組の産業廃棄物処理を請け負っていたことがあります」

すると黒宮が、腕組みを解いて言った。

「恐らくそこの社長は、天妙組のしのぎ担当のヤクザの端くれだ。そこをあたってみよう」

第四章　その男、考えて攻める

東京の副都心池袋――。

繁華街から離れた場所に、そのリサイクルショップはあった。敷地内に建ち並ぶ、複数の倉庫を店舗として開放しており、それぞれの倉庫には定価の七割程度の値段がつけられた、破格値の家具調度が展示されている。

時刻は午後五時過ぎ。ちらほらといる買い物客にまじって、黒宮と茉理がいた。

大雑把に陳列されている家具の中、茉理はある白いローチェストに駆け寄る。

二番目の引き出しを開けようとすると、ガタガタと音がするだけで開かない。

「これは間違いなく、わたしが使っていたローチェストです。これを開けるのはコツがあって、右側を持ち上げながら、一気に……」

茉理が言葉どおりにすると、すんなりと引き出しは開いた。

「悔しいですね。ローチェストだけではなく、足が傷ついていたテーブルも、お金が入っていた鏡台もベッドも、わたしが使っていたものがすべてありました。盗んだものなのに、こうやって値段をつけられているなんて！」

「買い戻すか?」

「中古ショップで三点五千円で買ったのに、ローチェストだけで一万円ですよ。なにが嬉しくて、元値より高く中古品を買い戻さないといけないんですか!」

「あははは、そうだな。今度新品を見に来よう。きみにプレゼントしてやる」

「いいですよ。また違うところで安いものを買ってきますから」

「……もっと安くあげる方法がある。このまま俺の家に住めばいい」

甘い顔で黒宮は言う。

(本命がいるのに、そんなことを言っちゃうんだ)

思わず顰めっ面をした茉理に、黒宮が悲しげに問う。

「俺との同棲、そんなに嫌?」

「当然です。ちなみに同棲ではなく、同居、いえ、ただの居候です」

(線を引いておかないと……)

「あいつ……芳賀とは同棲しようとしていたのに、俺とは嫌か」

黒宮は不機嫌そうに吐き捨てた。

「クロさん。本命を大切にして下さい。七年も想い続けているんでしょう?」

「なぜ、それを……」

茉理は否定しない黒宮に苛立ち、ぺこりと頭を下げた。

「無理矢理、偽装結婚の相手をお願いしてしまい、ごめんなさい。もうやめましょう」

「は？」

「わたし、別の人を見つけます。クロさんは、本命と幸せに……」

黒宮は目を見張ると、茉理が言葉を言い終えぬうちに彼女を強く抱きしめて言う。

「俺は、他に好きな女がいるのに、きみを抱くような軽薄な男に思えるのか？」

「でも、現実に……」

心地よい硝煙の香りが、今は辛く感じる。

「……俺には、恋い焦がれている女がいるよ。確かに」

黒宮から向けられる熱い視線に、茉理の胸が苦しいほど痛む。

「好きでたまらない女がいる。狂おしいくらいに」

茉理の頬に、黒宮の片手が添えられた。

惚気話など聞きたくない。

彼の口から、たった二年の付き合いしかない自分の名前が出ることはないのだから。

「それは——」

ああ、自分は……彼に愛されたいのだと、茉理は気づいた。

他の女を見ているこの男を、好きなのだ。

いつも欲情してしまうほど、彼だけは特別だった。

（なんで今、自覚しちゃうかな……）

「……ごめんなさい、聞きたくないです」

好きだから、黒宮を困らせたくない。

「俺は、言いたい。だけど、ここで言うべき話ではないのもわかる。だからこのあと、食事に行こう」

場所を変えてゆっくりと、どれだけ他の女が好きなのか語りたいのだろうか。

茉理はただのセックスフレンドだから、線を引けと。あくまで本命で満たされない部分を茉理の身体でなんとかしたいと……そう言いたいのだろうか。

「悪趣味です。クロさんは、そんな話を聞かされるわたしの気持ち、全然考えてない！」

茉理は思う。今まで自分が、結婚までする関係に恋愛を持ち込もうとしてこなかったのは、いずれ必ず別れが来ることに、自分が耐えきれないから予防線を張っていたのだと。

血が繋がった家族ですら、その愛情には期限があったのだ。見知らぬ他人のように背を向けられるその瞬間が、本当に辛かったから。

結婚などまだ先の話の、片想いの段階で、こんなにも苦しい。

身体だけを繋ぎ、心を繋いでこなかったツケが、こんなにまで心を蝕んで傷を広げる。

大好きな黒宮が本命だと言うのだから、彼の恋が叶うよう協力してあげればいい。

……だが、それができない。

彼の心と体が、他の女と結びつくと思うだけで、胸が張り裂けそうになる。

「そこまできみは……芳賀がいいのか？」

そんな心を知らず、黒宮が、恐ろしく低い声で唸るようにして言う。

「なんでそこに芳賀さんが出てくるんですか！　本命がいるクロさんには関係ないでしょう？」

怒気を帯びた声を響かせると、黒宮もまた憤るようにして返す。

「関係ならある！　俺はずっときみを……」

しかし、その先の言葉は出てこない。

代わりに黒宮は、辛そうに顔を歪めて言った。

「頼むから、これが終わった後、俺の話を聞いてほしい。それしか方法が思いつかない。きみが特別に思う芳賀と、同じ土俵に立たせてもらうためには！」

まるで黒宮を特別視してほしいと懇願されているようだ。

どうしてこの男は、違う女を好きなんだろう。

どうして七年も想い続ける本命がいるくせに、こんなに熱い眼差しで自分を見つめるのだろう。

「頼む、真剣な話なんだ」

もしかしてそれが彼なりのけじめのつけ方なのか。どんな関係でも彼にとっては、別れ話はされるものではなく、自分から切り出すものなのかもしれない。

（クロさんのプライドか……）

茉理は傷に塩を塗られる思いで、項垂れるようにして頷いた。

茉理が嫌々返事をしているのがわかったのか、黒宮も、沈痛な面持ちになり唇を噛みしめた。


——取引の話をしたいので、社長に会わせていただきたい。

黒宮が女性店員にそう声をかけたところ、にこやかに社長に取り次いでくれた。

店は殺風景な倉庫なのに、社長室だけはやけに金ピカで華美な内装が目につく。

異質なのは神棚。その脇には、曼珠沙華のような模様が描かれた提灯が飾られている。

神棚の横にはその模様を紋とした、黒い着物の男達の写真がずらりと並んでいた。

そんな社長室の黒い革張りソファに埋もれているのは、リサイクルショップの社長、箕《みの》輪《わ》蓮《れん》爾《じ》だ。彼は、相当の修羅場を潜ってきたことを想像させる傷痕を顔に刻んでいる。

うしろに控えて立つスーツ男は、どう見ても堅気ではない。

それを向かい側のソファに座って見ている茉理は、過剰反応するヤクザセンサーに怯え、逃げ出したい心をぐっと抑える。正直、黒宮からも逃げ出したいが、今は隣に居てもらわないと恐怖で発狂しそうだ。

「取引したいって？」

社長の声は嗄れていて、聞き取りづらい。

黒宮が偽の名刺を取り出して、渡す。

「ほう……、大手のリサイクルショップか」

ＳＳＩから出る際に遊佐が手渡していたのは、これだったようだ。

「はい。この膨大な商品を是非うちでも扱わせていただきたいと思いまして」

「メリットはなにかね？」

「それはご相談で」

「では、そちらの売り上げの七割をもらおうじゃないか」

「ははは、盗品や奪い取ったものを、ただで手に入れているのに冗談がキツイ」

（クロさん、なんで挑発するの⁉）

「なんだと？　脅すのか⁉」

「私は天妙組のしのぎ仲間になりたいわけではなく、確認に参りました」

なにかドタバタと室外から音がする。

「ほう、確認？　そんなことができると思っているのかね？」

社長が手を上げると、うしろに立っていた男ふたりは、懐から黒い銃を取り出した。

そして銃口が、茉理と黒宮両方に向けられる。

恐怖に歪む茉理の顔を、社長は愉快そうに見て言った。

「動くとそれが火を噴くよ、アトノマツリさん」

（素性がバレてるってことは、やっぱりこの社長も天妙組系列！）

「それとも……私の女になってみるかね？　可愛がってやるぞ」

茉理の背がゾクリと震え、彼女は反射的に言ってしまった。

「おかしな冗談はやめて下さい。わたしにも相手を選ぶ権利があります！」

途端に社長の顔が醜く歪み、茉理は自分の失言に気づいた。

「今、自分がどういう状況にいるのか、わからせてやろう。……入れ！」

すると奥と右側のふたつのドアから、この場にそぐわない、清涼な雰囲気のイケメンが数人、銃を持って現れた。彼らが近づくにつれ、硝煙ではなく伽羅の匂いが強くなる。

(彼らは妙香会の信者ね。ここの用心棒よりも銃の持ち方が覚束ない気がする)

茉理は青ざめながら、素人目でそう判断した。

黒服達は暴力のプロだ。強行突破するのなら、信者の方だ。

二対八の対峙。逃げることだけを必死に考える茉理の横で、黒宮が平然と言った。

「妙香会が出てくるのは想定済み。案外早かったですね、もっと時間稼ぎの無駄話が続くのだと思っていましたが」

銃口に狙いを定められたまま、いつ引き金を引かれるかわからない危機的状況の下、なぜそんなに挑発するのかと、茉理は青ざめる。

「わかっていて、ここに来たのか」

社長が黒宮に尋ねる。

「はい。天妙組と妙香会の繋がりを確かめるのが、私の仕事ですので」

「お前、サツか？」

「残念ながら、違います。あなたはお尋ね者の彼女を見つけて、天妙組ではなく妙香会に連絡をした。彼女を必死で探しているのは妙香会の方なんでしょうね。そしてきっと、妙香会からもらう多大な謝礼金は、天妙組への上納金になる」

「な……」

「しかし、神棚に飾ってある提灯の模様と同じ曼珠沙華のバッヂをつけて、うしろに控えているのは天妙組の組合員さんでしょう？　いいんですか、仁義を通さず利益の方を優先してしまって。芳賀幹部に連絡をした方がいいと思いますが。もしなんなら、私の方から連絡を入れましょうか？」

するとと明らかに、社長の顔色が変わった。

（なにかおかしいわ）

黒宮はここまで饒舌に毒を吐く男ではない。しかも銃口まで突きつけられているというのに。

そして黒宮が時折、柱時計に視線を向けていることに気づく。

やがて時計の針が六時を示した時、黒宮がこう続けた。

「では確認は終えましたので、帰らせてもらいます」

「なんだと!?　この期に及んで帰れると思うとんか！　ええい、こいつらを捕まえろ！」

社長がありふれた脅し文句を言い放った次の瞬間、黒宮は銃を持つ黒服の男に向けて、重厚なテーブルを足で蹴り上げた。そして、茉理の手を引いて近くに引き寄せると、ふたりに襲いかかってきた信者のみぞおちを掌打し、ひっくり返ったテーブルの上に三人分の身体を積み上げて重石にする。

　やがてテーブルを横に放った黒服達は、黒宮に銃口を向け、憤然とした表情で引き金を引く。

（ひぃぃぃぃぃ！）

　黒宮は茉理を肩に担ぐと、駆けた。黒宮の後を追うようにして、銃弾が壁に打ち込まれるが、黒宮の動きの方が素早い。

　黒宮はそのまま、銃を構えていたもうひとりの黒服の男に突進すると、男の手首に手刀を入れて、銃をもぎ取る。男の顎を肘で跳ねあげると同時に、弾を充塡していた別の男の真上にある写真を銃で撃ち落とし、男の頭上に落下させた。

　背後に立つ信者が、茉理を捕まえようと手を伸ばしたが、黒宮が機敏に反応して壁に叩きつけた。さらにもぞもぞと動く影が視界に横切ろうとすると、黒宮の銃が火を噴く。

　社長だった。威嚇された彼は銃に驚き、恐怖のあまりそのまま失神してしまった。

　その直後にドアが開き、鷺沼と白取が銃を持って現れる。

「あれ、もしかして終わっちゃってる？　やっぱり仕事が早いねぇ」

「六時だと言ったろう、来るのが遅い！」

「あの……会社を出る時、六時に集合という打ち合わせをしていましたっけ？　皆さんは車で待機だったような」

「ははは、茉理ちゃん。その後クロからメンバーに一括メールが来たんだ」

「いつの間に……」

「ああ、きみの家具が見つかった時点で連絡をしておいた」

「クロ、録音はOK？」

黒宮はポケットからボイスレコーダーを取り出すと、鷺沼に放り投げた。鷺沼が再生をしてみると、きちんと会話は録音されているようだ。

「事務所のPC情報はユサが抜いている。何人かの妙香会の信者は取り逃がしてしまったけど、裏手にあったクマさんマークのトラックは確認済み。警察は間もなく来るだろう」

「了解。ここで使っていた銃は、千駄ヶ谷と同じ型だ」

「ブローニングM1910か」

黒宮が頷いた時、黒宮のうしろで倒れていたはずの黒服が、身を起こして銃を構えたのが茉理の視界に入った。

黒宮に向けられる銃口。

「クロさん、危ないっ‼」

茉理が黒宮を庇おうと両手を広げた。

黒宮は身体を捻るようにして茉理を抱きしめると、そのまま床に沈んだ。

パアアアン。

弾丸が発射され、黒宮の肩を掠る。それと同時に、白取の弾丸が男の腹部を貫いた。

「クロさん、大丈夫ですか⁉」

「きみは！　なんて危ないことをするんだ！　俺を庇う必要なんてない、迷惑だ！」

　茉理は黒宮の剣幕に縮こまった。

　危ないと思ったら自然に身体が動いていた。ただそれだけなのに、余計なことをしたと言わんばかりの怒声に茉理は消沈する。

「……クロ！　茉理ちゃんは、死んだお前の同僚じゃない」

　指摘された黒宮は唇を噛みしめる。やがてパトカーのサイレンが聞こえてくると、黒宮は茉理の腕を摑んで引き起こしながら、自分も立ち上がる。

「鷺沼、このあと、頼めるか？」

「任せとけ、こっちで処理しておく。今夜はお前いらないから。……腕は大丈夫か？」

　黒宮は苦笑して、負傷した腕を元気よく上げた。

「悪いな、俺の正念場なんだ」

　遠くから黒宮を呼ぶ男の声がする。それは、茉理が幾度か耳にしたことがある、いつもの警察官のものだ。

　呼びかけられた黒宮は慌てて、しゅんとしている茉理の手を引いて走った。


　タクシーの中で、茉理は俯いたままだ。黒宮が話しかけても、一切反応がない。

黒宮はお手上げ状態になり、ため息をつくことしかできない。

そんなため息を聞かされて、茉理は余計黒宮に嫌われてしまったと悲しくなった。

「前職の現役時代に……俺はそこそこ射撃の腕があると自惚れていて」

流れる夜景を見ながら、黒宮がおもむろに語り出す。

「危険な任務でも、俺ひとりで大丈夫だと過信して……敵が俺に銃を向けているのに気づくことができなかった。そして引き金が引かれ、同僚が俺を庇って身を投げ出した。さっきのきみのように」

「……」

「その結果、俺はなにもできないまま目の前で同僚を死なせてしまったんだ。俺の銃では同僚を守れなかった。それ以来俺は、人を撃とうとするとその同僚の最期を思い出して、身動きできなくなり……このまま職に就いていていいのかと自信を失った」

茉理は言葉が出なかった。

「国民を守るのだと大義を振りかざして家を出た。弱者から金を巻き上げる強者側の家族とは縁を切って、正義感に燃えていたのに、同僚ひとり守れない。ちっぽけな存在だと思い知らされて、やさぐれた」

茉理は、かすかに震える黒宮の手をそっと握った。

「だからだ。同僚と同じことをしたきみが、死んでしまうのではないかと思って。だから俺……」

「もういいですよ、クロさん。わたしは不用意なことをしてしまいました。素人の自分にできることなんてなにもないのに、クロさんのトラウマを刺激してしまって、本当にごめんなさい」

茉理は頭を垂らした。

「俺も謝りたい。無条件で守ろうとしてくれたきみを怒鳴るなんて。大人げなかった。背後に注意を払っていればよかったんだ。プロ失格だ」

ずんと落ち込む黒宮を見て、茉理は慌ててしまう。

「いや、そんな落ち込まなくても……。ちょっとクロさん、顔を上げて下さいよ」

「きみともっと、話をしたい。仕切り直しをさせてくれ。あまりにもみっともなくて、不甲斐なくて泣けてくるから」

ただの愛人なのだと宣言される、そんな仕切り直しは要らない——。

そう口にできない茉理は、拳を強く握りしめた。

黒宮が茉理を案内したレストランは、東京の夜景が一望できる、落ち着いた店だった。

ウェイターは、にこやかにスポットライトの真下にある席にふたりを案内する。

それは店の最奥で、二面に煌びやかな夜景が広がる贅沢な場所だ。

茉理はどんな話を切り出されるのか不安に押し潰されそうになり、早々に化粧室に立った。

化粧が剝げ、陰鬱な表情をしている茉理の顔が鏡に映る。

プレゼントしてもらった上質のスーツにはまったく不似合いの、くたびれた自分の姿がそこにあった。

こんな顔や姿で、よく黒宮に抱いてもらいたいなど大それたことを思えたものだと、乾いた嗤いが止まらなくなる。

化粧を直して席に戻ると、茉理の心臓は不穏な音をたてた。

茉理が座るはずの席には、ワインレッドのワンピースを着て、長い髪を垂らした女性が座っていたのだ。彼女は肘をテーブルにつけ、親しそうに黒宮と談笑している。

戸惑っている茉理に気づいた黒宮と、黒宮を見て気づいた女が茉理に顔を向けた。

華やかに匂い立つような美女だ。しみったれた自分とは正反対で、茉理は泣きたくなる。

「子猫ちゃん、カモン」

女は艶笑すると、ウェーブがかった髪をさらりと搔き上げながら、人差し指を揺らす。男でなくてもふらふらと引き寄せられてしまうこの吸引力。白い腕は細く、大きく開いている胸元からは、胸の谷間がはっきりと見える。甘い香水が、近寄った茉理の鼻腔に広がった。

「子猫ちゃんの想い人は、凱？」

長い睫に縁取られた大きな目が、揶揄するようにわずかに細められる。

（凱……。名前呼び……）

「わたしの名前は子猫ちゃんではないです」

「あらそう、子猫ちゃん。質問の答えは？」

黒宮を凱と呼び、黒宮もそう呼ぶことを許している女性がいる――。

茉理は頭を鈍器で殴られたようなショックを受けながらも、クズ男を介した修羅場は散々経験してきたので、怯まずにはっきりと答える。

「クロさんには、本命がいます。わたしはただの……取引先の客です」

黒宮がわずかに表情を崩したことに気づくことなく、真っ直ぐに女を見据えて。

「ふぅん？　だったら子猫ちゃん。私と凱の関係はなんだと思う？」

茉理を子猫と言い張る強情なこの女は、美魔女だ。危険な香りを振りまいて、獲物をおびき寄せたら頭からがぶりがぶりと食らい尽くすような、そんな肉食獣の目と鮮やかな緋色の唇。

「わかりません。それとわたしは、子猫ではないので」

「あら、子猫ちゃん。わからないんだったら、ちゃんと見て。私と凱の関係」

女は、テーブルの上に置かれている黒宮の手に、ごてごてと宝石をあしらった指輪だらけの手を、白蛇のように這わせながら言った。

「彼から身体も心も情熱的に愛されているの。毎回腰砕けよ」

黒宮はなにも言わない。言わないということは、否定する気はないということなのかと、茉理は唇を噛みしめた。胸の奥が、嫉妬に引き攣れそうだ。

彼女が、黒宮の本命なのだろうか。

女の武器を十分に備えたこの美魔女を、黒宮は七年も欲しくて堪らないと思ってきたのだろうか。

それを自分に宣言しようとしたのだろうか。あくまで茉理は、身体だけの関係なのだと。

「あなたは、クロさんが好きなんですか？」

「ええ、大好きよ。何度も何度も寝るくらいだものね」

足元から崩れ落ちそうになりながら、茉理は気丈ににこりと笑った。

「……両想いおめでとうございます。末永くお幸せに」

これ以上ここにいるのは、胸が苦しくて無理だ。涙を堪え、茉理が踵を返して去ろうとした時だった。

「あーはっはっは、いーひっひっひ」

美魔女が魔女の如く笑い出した。テーブルに突っ伏し、拳でどんどんと叩きながら、身を捩っている。

「嫉妬どころか、幸せ願われちゃったわ。あははは、やだもうお腹痛い！」

茉理は思わずぽかんとして、この展開がなにを意味するかを必死に考えていた。

だが思考回路が停止してしまったのか、なにも浮かんでこない。

ゴホン、と咳払いをして黒宮が言った。

「もうそろそろいいでしょうか、社長」

「社長⁉」

するとと女は、ブランドもののバッグの中から、小さなケースを取り出した。そして茉理を呼ぶと、中に入っていた一枚の名刺を手渡す。それは黒宮のものと同じデザインだった。

『SSIシークレットサービス　社長　桜庭《さくらば》恭子《きょうこ》』

女……恭子は、零れる涙を指で拭い、笑いながら言った。

「久しぶりに会社に行ったら、皆が言うの。凱が今夜はデートだって。あの朴念仁《ぼくねんじん》が誰とデートしているのかと思ったら、相手はこんな子猫ちゃんとは。しかも子猫一匹を手懐けることもできずに、そっぽ向かれているなんて。いやもうなんなのこれ、あはははは」

恭子は失礼にもまた笑い出した。

「ちょっとお顔を見たくて、お邪魔しました。じゃあ子猫ちゃん、次期社長候補の凱をよろしく。この万年無愛想男を、その存在で笑わせてあげて。では私、ダーリンとデートに行ってきます！」

そして「遅れる！　遅れる！」と、慌ただしく出て行ってしまった。

「ええと……」

黒宮は、額を手で押さえながら言う。

「すまない。突然現れた社長が、どうしてもきみに会いたいから黙って見ていろと言われて。ああやって、ひとり勝手に騒がしく場をかき乱すのが好きな人なんだ」

「はぁ。もしやあの方が、クロさんが敵わないという？」

「ああ。武芸の達人の社長は、あれでも今年五十一歳だ」

「ごじゅう……」

見かけは二十代後半。それを隠す化粧の威力は凄まじい。あの細くて悩ましい身体のどこに、武道の達人と言わしめる力があるのか、皆目見当がつかない。

「クロさんは次期社長さまでしたか」

「それはあの人が言っているだけだ。俺にはまだ、みんなをまとめ上げる力はない」

それは拒絶ではなく。最終的には会社の全責任を完全に担うつもりで仕事をしているという強い意志の表れだと、茉理は感じた。あのとても武芸の達人とは思えない美魔女の社長も黒宮を見込んで、主任という皆より高い肩書きを与えたのだろうし、黒宮自身もきっと、ＳＳＩという仕事が好きなのだろう。

それにしてもあの美魔女がただの社長で安心した。密かに胸を撫で下ろした茉理が椅子に座ると、ぶっきらぼうに黒宮が言う。

「ところで、両想いとか、末永く幸せにとはなんだ？」

黒宮は茉理を見る眼差しに力を込めた。

「え、あの人が本命さんだと思って」

「……なあ。きみは、俺が場所を変えてまで言いたいことって、他の女に関する惚気だと思っていないか」

「はい、だから悪趣味だなと」

「ならば俺は、想っている女がいながら、きみを抱いたのだと？」

周りに誰もいなくてよかった。黒宮の物言いはストレート過ぎる。

「そうでしょう？　所詮クロさんは、人助けでわたしと寝ただけだし」

黒宮の眉間に、くっきりと皺が刻まれる。

「俺は同情だけで女を抱く趣味はない。俺がきみを抱いたのは、俺がきみに惚れていたからだ」

「は？　本命さんは？」

本命という存在に囚われる茉理は、黒宮の告白部分をスルーしてしまう。

「だから本命はきみだ。もういい加減察してくれ。俺は昔からずっときみが好きだ。抱きたいから抱いていたんだ」

黒宮が声を絞り出すようにして言うと、茉理は混乱にしばし目を瞬かせ、そして驚いた顔で言った。

「わたし、クロさんと会ったのは二年前ですよ⁉」

「……これに記憶は？」

黒宮は内ポケットからキーホルダーを取り出した。照明の真下で光り輝くのは、愛らしいパンダの顔。だが身体は小さな人間の男のもので、ボディービルダーのようなムキムキマッチョである。

「な、なんですか、この気持ち悪……失礼、リアルなパンダは」

「本当にきみはこれに記憶がないのか？　七年前だぞ、七年前！」

「七年前、わたしは高校生ですよ。ＪＫです！」

「高校生のきみが、俺に渡したんじゃないか」

「へぇ⁉」

「言っただろう、同僚を死なせてしまいやさぐれてたって。その俺に、人を守ることの意味を教えてくれたのがきみだ。これはきみがくれたんだ。きみの大切なものだから、感謝の気持ちとして受け取ってくれと」

照明の真下で、かくかくとムキムキマッチョが股間を動かす。

なぜそんなところが動くのか。無性に気味が悪い。

「でもわたし、こんな奇抜なものを好むようなセンスは……ん？」

思い出したのは、まだ両親がいた頃だ。中学時代の友達と遊ぶために待ち合わせていた場所に早く着きすぎてしまい、暇でガチャガチャをしたこと。

そして友達のウケを狙って気持ち悪いイラストがついたものを選び、カプセルの中を確認せずに、顔がぼんやりしている男に渡したような気もする。自分の大切なものだと嘘をついて格上げして。

「いやだけど、七年前って言ったらクロさん二十一歳じゃないですか。その若さで公安っていうのはちょっとおかしくは……あ、そうか、特別枠でしたか」

「ああ。俺は海外の飛び級制度を利用して、十八には大学を卒業してる。そして特別枠で公安にできた新設部署に入った。鷺沼も似たようなもので、彼とはそこからの付き合いなんだ」

（今さらりと、凄い経歴を披露された気がする）

「俺は自分を過信しすぎて、同僚を死なせてしまった。その後は廃人さながら、流されるようにして生きていた。ある休暇の日、暇つぶしに寄ったデパートで、ある女子高生が酔っ払いを相手に果敢に戦っている場面に遭遇した」

茉理は、ぼんやりと思い出す。待合い場所のデパート中央の椅子に座っていたら、目の前にいるワンカップを手にした酔っ払いが、隣の老婆に金をせびり始めたことを。

そして老婆が断ると、勝手に彼女のバッグから財布を取ろうとしたその手を、茉理は摑んで怒鳴ったのだ。

――いい加減にして！　それと、なぜ皆見て見ぬふりなの⁉　助けを求めている弱い人間を無視するなんて、卑怯よ！

男が逆上して拳を振り上げた。殴られる――思わず目を瞑って覚悟をした茉理に、その拳が振り下ろされることはなかった。突如現れた若い男性に、茉理は助けられたのだ。

――ありがとう、守ってくれて。

――あなたならきっと、たくさんの人を守れるね。

せめてお礼になにか渡そうとしたが適当なものがなく、手元にあったキーホルダーを渡したのだ。

安っぽいキーホルダーに付加価値をつけるため、「これはわたしの大切なものだけれど、お礼として受け取ってほしいの」と、自分の大切なものという大仰な修飾語をつけた。

「それがこれ……」

七年前の自分に言ってやりたい。どうしてもっとましなものにしなかったのか。洗いざらしのハンカチでもよかったじゃないか。

「強くなれた気がしていた俺は、同僚の死で自信を失った。そんな俺の心に高校生のきみの言葉は響いた。俺にもまだ人を守れる。同僚のように二度と人を死なせないために、俺は助けを求めている人間を守りたいと」

「別に、特別なことを言ったつもりはないですが」

「その普通の言葉の意味が、俺に欠けていた。俺の原点なんだ、きみの行動と言葉は。きみのすべてが俺を変えて目覚めさせた。俺を奮い立たせてくれたきみに、ずっと礼を言いたかった」

黒宮は茉理の前で、頭を深々と下げた。

「ありがとう。あの時あの場所に、きみがいてくれて」

真剣な黒宮の眼差しは、生真面目で誠実な彼の性格を顕著に表していた。

「……それからの俺は、要人警護ばかりしていた。以前、後埜総帥のSPとして、自宅にお邪魔したこともある」

「え……」

確かに茉理の祖父の家に、ＳＰは複数いた。

挨拶してもろくに返事はなく、そういう生き物なのだと思うようになった。サングラスをかけているためにどんな顔をしているのかわからなかった。まして、その中にイケメンがまざっていようとは誰が思うだろう。

「ついでに言えば、きみの両親が蒸発してきみの家にヤクザが押しかけてきた時、ヤクザを倒したＳＰが俺だ。後埜総師と共にいた」

「え……ヤクザから守ってくれたの、クロさんだったたんですか？」

「ああ」

茉理の心に感動が湧き上がる。

黒宮は、いつでもどこでも、自分の窮地を助けてくれていたのだ。

飛びつきたい衝動を必死に抑えて、茉理は文句を言った。

「じいちゃんの家ででも、声をかけてくれれば……」

「任務中は私語厳禁だ。気の緩みが、どんなことを引き起こすかわからないからな。とりわけ後埜総師は敵が多かったから常に緊張していて。気がついたら任務が終了し、後埜家から出ていたという感じだ」

「……クソ真面目ですね」

「だから鷺沼や社長に朴念仁だの唐変木《とうへんぼく》だの言われている」

黒宮は、不本意だと言わんばかりにむくれた顔で答えた。

「要人警護はやりがいはあったが、対象は権力がある社会的強者だけだ。権力さえ持っていればどんな悪事を働いていようとも、俺達は上からの命令に従い、守らないといけない。そのことがひっかかっていた俺に、桜庭社長が声をかけてくれた。調査の上で守るに値すると判断してからする要人警護はどうかと。俺達にも拒否権があるビジネスだと彼女は言った。組織の駒ではなく、自己判断ができるのなら守りたい者を守れる……それで俺はＳＳＩに入った」

「そうでしたか……」

「ひとりの女子高生と出会い、彼女に恥じない男になりたいと思ってここまできた。結局その女子高生がクズ男にひっかかって苦労をしているのは知らずにいたけれど、鷹山先生のところに来てくれたのは本当に嬉しかった。そして、いつもきみに会えるのを楽しみにしていた。思わず顔が緩んでにやけてしまうほど」

（……嘲笑われていたわけではなかったんだ）

「しかし民間会社に勤め、任務で鷹山先生のところに来ていたのでないならば、少しぐらい事情を教えてくれてもよかったのでは？」

「……総帥のお許しが出ていないから、距離を縮められなかった」

「お許し？　クロさん、じいちゃんとなにか約束をしていたんですか？」

黒宮は含み笑いをするばかりで、答えない。

「教えて下さいよ。だいたい、あの抜け目ない狡猾なじいちゃんが、昔自分のＳＰだったクロさんがその後ＳＳＩにいることを知らずに、警護を依頼してきたとは思えません」

「内緒だ。……というのが、俺の話。俺は七年前の女子高生を想い続けてきた。つまり本命というのは他の誰でもなくきみだ。そのことはメンバーも知っている。他になにか、疑問に思うことはあるか？」

黒宮の顔は真剣ゆえに厳しく、迫力があった。それに気圧された茉理は、俯き加減になりながら、弱々しく答えた。

「ありません……」

黒宮は手を伸ばして、茉理の髪を耳にかけ、指で頬を撫でる。

「俺はあのＢＡＲで会う以前に、きみに百％堕ちている」

「……」

「あんな約束しなくたって、俺は真実の恋人になりたかった。偽装相手でも、他の男を選んでほしくなかった。だけどきみは俺を苦手としていて、俺が近づこうとすると背を向けようとするから。だから強引にいった。身体の関係から始めてしまったのは予定外だったが、俺はいつもきみを愛おしいと思って触れていたよ。遊びと思われていたのは心外だ」

「じゃあなぜ、最初以外は、最後までしないんですか？」

黒宮は苦笑する。

「俺はきみと、心で先に繋がりたかった。だけどあのままなら、きみの身体目当てのただのセフレに思われそうで。事実きみは、俺の身体の方ばかり求めていたし」

「そ、それは……」

「まあ、最初に……盛りすぎてしまった俺も悪かった。ならば、少しでも誠意を持って、ずっと温めてきた俺の想いを伝え、俺自身も見てもらいたかった。身体から始まった関係も特別な意味があると思ってほしかった。ご両親の件で傷を抱えて愛を否定するきみに、他人から注がれる、消えてなくならない……真実の愛もあるのだと信じてもらいたくて」

「……」

黒宮の言葉の数々が、茉理の心を撃つ。

完全に撃ち抜かれた。再起不能になるほど、心のど真ん中を。

熱っぽい黒宮の瞳が、優しく細められた。

「――愛してる」

どくん。

茉理の身体全体が、歓喜に悦ぶ。

顔に熱が一気に集中し、蕩けてしまいそうだ。

自分は今、完熟トマトのように真っ赤な顔をしているだろう。それを見られるのが恥ずかしくて、茉理は両手で顔を覆い隠す。

「おい、卑怯だぞ。人が真剣に……っ」

「卑怯なのは、クロさんです。なんですか、もう！　わたしをどうしたいんですか！」

どくどくとうるさい心臓が口から飛び出しそうだ。

（落ち着け。落ち着くんだ、わたし！）

「……心も身体も俺のものになってくれ」

（ぐぅぅぅ、追撃された！）

「だから、簡単にそういうことをっ」

ばっと顔を上げた茉理の目に、切なげに揺れる黒宮の瞳が映る。

「俺を好きになってほしいんだ。……男として」

意識が朦朧とするほど、心臓が騒がしい。

「……無理」

「……」

「もう好きになっちゃっていますから、これ以上は無理です」

「え？」

茉理は真っ赤な顔で言った。

「クロさんに堕ちちゃいました、わたし」

「……」

「身も心も堕ちちゃいました！　クロさんに本命がいると聞いて本当に辛かったし、さっきも社長さんに妬いてしまいました。ごめんなさい！」

初めて口にする愛の言葉は、聞くのも言うのも恥ずかしくて汗びっしょりになる。

「それは……俺ときみの気持ちは同じと考えてもいいんだな？」

「はい」

「いつ、から？」

「自覚したのは、リサイクルショップで。だけど最初はたぶん、ＢＡＲでクロさんに会った時……」

　途端、茉理のお腹がぐぅぅと鳴った。

　空気を読まない忌々しい音を無視しようとしたが、次はさらに長く哀切な音が響く。

「ごめんなさい……」

　悄《しょ》げる茉理に、黒宮は声を上げて笑った。

「まずは食事をしようか。……今夜はきみを寝かすことができないと思うから、十分に体力をつけよう、お互いに」

「……っ！」

「そんな期待する視線を寄越すな。この場で抱きたくなるから。俺を紳士でいさせてくれ」

　黒宮はどこまでも甘く、そして魅惑的に笑った。


　カーテンが引かれていない窓には、東京の夜景が広がっていた。

　ベッドのサイドランプだけがぼんやりとついた薄暗い部屋――。

ふたりは黒宮のマンションに帰る余裕もなく、ホテルの部屋にいた。

床には服が投げ捨てられ、封が切られた避妊具の包みが散らばっている。

ベッドの上には、白く嫋《たお》やかな身体と褐色の筋肉質な身体がきつく絡み合っている。

「ん、んぅっ」

何度も性急な口づけを交わしながら、黒宮の猛った剛直が正常位で茉理を貫いた。

「――くっ、挿れただけでイクな」

「そ、そんなこと言われても、は……あっ、ぁん、イッた……ばかりなのに！　クロさん、ああ、んっ、そこっ、そこがいいの！」

ずっと欲しかった灼熱。何度も受け入れればさらに愛おしさが増す。

剝き出しの彼と自分の深層で繫がっていると思うだけでたまらなくなる。

ぐちゅんぐちゅんと粘膜が擦れ合う卑猥な音が、茉理の官能をさらに高めていった。

「クロ、クロさ……っ」

黒宮は茉理を抱きしめるようにして揺さぶりながら、茉理の耳元に囁く。

「そうじゃ、ないだろう？　教えたことができないなら……」

「だめ、抜かないでっ、が、凱……っ」

すると黒宮は、汗ばんだ顔で嬉しそうに微笑むと、茉理の耳を舐りながら言う。

「もっと、俺の名前を呼んで」

熱に浮かされたような艶やかな声に、背中がゾクゾクしてしまう。

「ああっ、凱……や、んっ…大きくなった。そのずんっていうのだめ、そこばかり狙っちゃだめっ」

茉理はぶるりと震えながら悶える。

「ああ、すごいな……茉理の中。俺のを引き千切りそうだ」

黒宮は苦しげに呻くと、半開きの口から悩ましい吐息をついた。

黒宮の盛り上がった筋肉。熱、汗、そして硝煙まじりのオスの匂い。

彼の〝男〟に、茉理の女の部分が奮えて喜んでいる。

自分を包む彼の肌の感触に蕩けながら、快楽の波に身を任せるようにして茉理は喘ぐ。

「凱、好き、好きなのっ、もっと、もっと……欲しいっ」

好きだと自覚したら、もう止まらなくなる。

こんなにも自分は彼が好きで、彼から愛されたがっていたのだと思い知る。

黒宮は優しく微笑むと、茉理の顔にへばりついた髪を掻き上げながら、抽送を深くした。

「ああ、それ……凄いっ、凱が……こんなに奥まで……ああっ」

子宮口を目がけて打ち付けられる剛直。

何度茉理が果てようが、芯を持ち続けるそれは、さらなる雄々しさを見せて茉理を翻弄する。

「凱……っ、好き……っ」

黒宮の身体に顔を擦りつけるようにして訴えると、黒宮は乱れた息の中で言った。

「俺は……愛してる。狂おしいほど、きみを」

欲に掠れた艶やかな声。

鼓膜に吹きかけられる熱い息にも、茉理はびくびくと身体を跳ねさせてしまう。

茉理は自ら彼の唇をねだった。ねっとりと舌を根元まで淫らに絡ませ、互いの唾液をこくりと飲んで貪り合う。口づけの合間に漏れる喘ぎ声が、互いの欲望をさらに煽る。

黒宮は愛おしくてたまらないというように柔らかく微笑み、抜かずに繋がったまま、茉理を自分の身体の上に載せた。

「や……突き刺さる……っ」

「これなら、きみが好きな奥をよく感じられる。もっと……俺に狂えよ」

茉理の尻たぶを両手で押さえると、黒宮は突き上げを激しくして、自身を根元まで押し込んでは引いた。茉理はよがりながら、己の腹を撫でる。まるでそこに子供でも宿しているかのように優しく。

「ここに……凱がいる。凱がびくびく動いている。もっとわたしの中にいて……っ、わたしだけの凱でいて……！」

茉理の独占欲に満ちた声を聞いて、黒宮は余裕を失っていく。

「茉理、茉理……っ、イクぞ、きみの中に……」

「ん、来て。凱……」

抽送は激しくなり、結合部分から滴る白く淫らな液がシーツに染みを作る。

快楽と愛おしさと。

怒濤の波が急激に押し寄せてきて、茉理は耐えきれずに声を上げて弾け飛んだ。

「……くっ」

黒宮は茉理の腰を両手で抱きしめると、ひと際大きく突き上げ、最奥でぶるっと震えた。

「嬉しい……。何度もしてるのに……ああ、いっぱい……」

薄い膜越しに彼の吐精を感じ取り、茉理が歓喜の声を響かせる。

すると黒宮は茉理に向けた眼差しを蕩けさせ、照れたように笑うのだった。

◇　◇　◇

公園の片隅で、幼い少女が泣いている。

そんな少女に眠りを妨害された男が、ベンチから起き上がった。

「ああ、うるせ！　二日酔いに響くっちゅーの。おい、そこのガキんちょ」

「まーちゃん、ガキんちょじゃないもん！」

「お前何歳だよ」

「五歳《ごさい》！」

「お前の指は何本立ってる？」

「んーと、いち、に、しゃん……本？」

「で、お前は何歳だ？」

「ごしゃい！」

とびきりの笑顔を見せられ、男は脱力した。

「……なんで泣いていたんだ？」

「ネコちゃんに石をぶつける遊びを、まーちゃんはしたくないって言ったら、皆がまーちゃんと遊んでくれなくなったの。でもまーちゃん、ネコちゃんに石をぶつけたくない。もし、まーちゃんが石ぶつけられたら、絶対痛くて泣いちゃうもん」

「だったらそう言ったか？　自分がされて嫌なことは、ネコにもしたくないって」

少女は首を横に振る。

「どうして言わないんだ」

「わかってくれないもん」

「教えてやんねぇから、わかんないのかもしれないぞ？」

「わかんないの？」

「俺に聞くなって。いいか、お前には難しいかもしれねぇけど、なにが正しくてなにが正しくないかは、教えてあげないとわかりにくいものなんだ。向こうがわかってくれるまで教えてやる！　悪いことだと思ったら、喧嘩をしても止める。それが正義の基本だ」

「セイギ？」

「ああ。悪者をやっつける奴だ」

「ほー！　こういう奴？」

「仮面ライダーの変身か？　ま、そういう奴だ。正義のヒーローだ」

「まーちゃんもセイギのヒーローになれるの？」

「おー、なれるなれる」

「じゃ、ちょっくら行ってくる！」

「おー頑張れ、アホガキ。二度と戻ってくるんじゃねぇぞ」

少女が意気込んで走り去ると、男はベンチにまた横になり、うつらうつらとし始めた。

そして十五分ほど経過したところで、男の耳元で元気な声が響く。

「おじさん！」

「うわ！　ガキんちょ……なんだ、そのボロボロの姿は」

「まーちゃんがんばった。セカイのヘイワを守ったから、ご褒美ちょうだい」

「大の大人にたかるなんて末恐ろしいガキだ。親の育て方に難ありだな。親はどこだ」

「パパとママ？　トモバタラキっていうところにいるの」

「……ちっ、じゃあ回収は遅いのか。……こら、揺らすな、二日酔いなんだよ。ああ……わかった、わかったよ。買ってやるから寝かせてくれ。アメか？　ジュースか？」

「クマ」

「あ？」

「クマのぬいぐるみが欲しいの。こーんなに大きいの」

少女は両手を広げて、目をきらきらと輝かせた。

◇　◇　◇

「ちゃんと手加減したぞ」

「嘘だ、絶対嘘です。じゃないとこんなに腰が重いわけありません」

茉理の腰は砕かれる寸前で、重い鈍痛に襲われ思わず前屈みになる。

「クロさんはかなり元気ですね。朝から何回すれば気が済むんですか」

黒宮は名前で呼び合いたいと言ったが、茉理は突然凱と呼んだらメンバーにはやし立てられるに違いないので、それを拒否した。抱かれている時以外はいつもどおりにしたいと懇願し、渋々了承させた。

「俺だけが楽しんだように言わないでくれよ。きみがおねだりをしたから……」

「わーわー、可愛い照れ屋さんはどこに行ったんですか」

黒宮の顔は、余裕ぶっている割には仄かに赤い。

「しかしこんなに幸せな時間を味わうと、自分の置かれている立場を忘れそうになりますね。わたしが狙われているから、クロさん達が警護についていてくれているのに」

茉理はベッドの上に腰掛けてぼやく。

「芳賀だけどさ」

黒宮は茉理の横に座ると、茉理を膝の上に座らせ、うしろから抱きしめる。

「きみに怖い思いはさせなかったのか？　暴力をふるったり、襲ったり」

「ないです。ウマが合うというか、いい兄貴分だったのに……」

するると、黒宮は茉理の腹の上に置いた手に力を込めた。

「恋心、本当になかったのか？」

「ありませんって。言うなればクマみたいな人ですもん」

「すまない、その言っている意味がよくわからない」

「え、クマさんの雰囲気わかりません？」

「いや、クマはわかるが……芳賀は、温かみがある男じゃないから。昔から残酷で冷酷で狡猾で。他人を使って自分の手を汚さず、用済みになると容赦なく切り捨てる。そもそも詐欺など生温い方法はとらない。ガラス玉とはいえ、指輪まで用意するなんて、論外だ」

「やっていることはマメですよね」

「ああ。だいたいヤクザの幹部クラスが、自ら動いてきみに接して、あんな引っ越し業者を装って家財を持ち出すこと自体、おかしいだろう。そんなことは下にやらせればいい。それと監視カメラに、一度だけだが芳賀の目が向けられていた。芳賀はカメラの存在に気づいていながら、自分を証明する入れ墨までを見せたということになる」

黒宮は硬い声で言った。

「ど、どういうことでしょう？」

「盗撮器といい、わざと痕跡を残そうとしている気がするんだ。そこに芳賀自身の……きみに対する特別な自己主張がある気がする。……それなのに、きみを狙う兵隊達の動きを止めて、きみを守ろうとしない。だから、ますます不可解だ。なぜ愛する女を危険な目に遭わせるのか」

黒宮は深いため息をつく。

「あの、芳賀さんとわたしは兄妹みたいな関係で、色恋の要素はちっともありませんが」

「きみひとりが、そう思っているだけだ」

「いやいや。だいたい、出会ってまだ十日ほどだし、もし芳賀さんから恋愛的な好意を受けたら、さすがにわたしだって気づきますよ」

「……俺はきみと出会ったその日に好きになった。それにきみは、自分に向けられる恋愛感情にはすぐ気づけると思っているようだが、俺の想いには気づけたのか？」

茉理は言葉に詰まる。二年間も、黒宮に嘲笑われていると思っていたのだ。

雲行きが怪しくなる前に、茉理は早々に話を変えることにした。

「ね、ねぇ、クロさん。もしも部屋からドラッグが出て来たら、わたしってどうなるんでしょうか。解放されます？」

「まず消されるな。関わった者は闇に葬られるだろう」

「だったらドラッグが出てこない今の状況が、わたしにとってはベストだってことですか？」

しかし黒宮は返事をしない。

「クロさん？」

「そうか。見つからない方がいいのか、きみにとってみれば」

黒宮は茉理の首筋に顔を埋めた。

「クマ、か……。そういえばきみの家に残されたのもクマだったよな」

「はい。売っても大した金にはならないと思われた、可哀想なクマですけれど」

「あれは芳賀からのプレゼント……ではないな。どう見ても」

「ええ。あれは……もらい物なんです。五歳くらいの頃、近所で遊んでくれた、名も知らないおじさんがゲーセンでとってくれたもので。当時から可愛いとは言いがたい顔をしてましたけれど、クマのぬいぐるみが欲しかったわたしは、もう嬉しくて。それから何回か遊んでもらいましたが、知らない奴にはついていくなとか、共働きの親に代わって、なにやらいつも説教されていた気がします」

茉理はくすりと笑った。

「もう顔もぼんやりとしか思い出せませんが、二十年前におじさんであるのなら、今はきっと五十代……あるいは六十代。もしかして鷹山先生くらいの歳になっているかもです。今だったらきっとロリコンだのなんだの騒がれるでしょうが、昔のいい思い出です」

「そうだろうな、きみがぬいぐるみを捨てられないくらいだ」

「はい」

「だけど……、ぬいぐるみ以外からドラッグが見つからないとなれば、そのぬいぐるみが怪しいかもしれない。きみが庇護したクズ男にとっても、ぬいぐるみがこんなにボロボロでほつれかけているのなら、中に隠す際にできた切り口や縫い目などの痕跡が目立たなくて都合がいい」

「えええええ⁉」

「ただそれは芳賀もわかっているはずだ。それなのになぜぬいぐるみを回収しようとしないかが気になるが……」

その時、黒宮のスマホが震えた。

「鷺沼からのメッセージだ」

文字に目を走らせた黒宮は言った。

「鷺沼も、あのクマのぬいぐるみが怪しいのではないかと。あれ、俺の家に持ってきているよな。一度家に戻って、ＳＳＩで調べてみよう」


ＳＳＩに戻ると、メンバーはぐったりしていた。朝の日差しにも負けない爽やかなイケメン達なのに、目の下には大きなクマができ、なにやら酒臭い。

そんな中、軽やかな靴音を響かせて、誰かが会議室に入って来た。

黒い大きな麦わら帽子と、黒地にオレンジ色の大きな花柄がついたスリップドレス。

それはSSI社長、桜庭恭子である。

「もう～、なんなのよ、凱。唐変木のくせに、この伸びきった鼻の下は！　ほらほら、しゃんとしなさい、次期社長！」

恭子は背伸びをして黒宮の両頰に両手を添えると、ばちんばちんと黒宮の頰を叩き始めた。

（なんてバイオレンスな社長さま……）

鷺沼がこっそりと茉理に耳打ちする。

「社長は失恋したようで、やけ酒に付き合わされていたんだ。超酒豪に付き合えるウワバミの同僚が今は不在だから、僕達が付き合わされて……潰されてさ」

「うわ……」

（ウワバミさん……わたしがまだ会っていない人がいるんだ）

「珠稀、なにをこそこそしているのかしら～？」

恭子の注視が鷺沼に移り、ようやく黒宮は解放されたようだ。その赤い頰が痛々しい。

「いえいえ社長。お酒が強くてなにより」

鷺沼はいつも華やかさを失わないのに、恭子の前では目が虚ろだ。

「朝までもたないなんて、弱っちいのよ、あんた達。……それで子猫ちゃん。大事そうに抱えているのは、なあに？　凱のプレゼント……にしては、センスがないわね。あ、珠稀。これはもしかして」

鷺沼が頷いた。

「はい。このぬいぐるみに、恐らくドラッグとデータが入っているのではないかと」

「データ？　なんのデータですか？」

思わず茉理が聞き返すと、鷺沼が答える。

「ああ。天妙組だけではなく、妙香会も茉理ちゃんを狙っているところをみると、それしか考えられないんだ。天妙組から銃やドラッグを仕入れている証拠が出てくるだろう」

「あら、わくわくするわねー」

怖いと思う茉理とは違い、恭子は好戦的に目を輝かせる。

「シロ、ぬいぐるみを解体して」

「わかった」

茉理の思い出のぬいぐるみは、機械クラッシャーの白取に渡された。

（解体⁉　なんでよりによって白取さんに……）

「し、白取さん、それは二十年も一緒に過ごした大事なぬいぐるみなので、何卒優しく取り扱って下さい。いたわるように、そぉっと、そぉっと」

「了解」

白取はぬいぐるみの身体中を撫で回していたが、やがて逆さまにした。そしてやけにむっちりとした尻を揉んだあと、ぱしぱしと叩く。

「あ、あの……そぉっと、そぉっと！」

「尻が怪しいな」

「な、なんで机の上からハサミを……や、ちょっ、可愛いお尻になにを！」

「不自然なほどド下手な縫い目がある。あとで修復してやるから」

「修復って……」

　すると遊佐がさっとスマホを見せる。

「このＨＰは俺が作ったんだが、このぬいぐるみを作ったのはシロさんだ」

それは以前、茉理が癒やされた『まんまるアニマル』のページだった。

「え、だったら、白取さんが『しろたん』……って、ああああ、お尻にハサミを入れるなんて！」

　白取は無慈悲にもクマの尻部分の布を、じょきじょきと切っていく。

　すると――中からぽたりとなにかが床に落ちた。小さな四角い袋が複数。中に白い粉末が入っている。

　黒宮はそれを拾うと、包みを開けて匂いを嗅いだ。

「……匂いは、千駄ヶ谷の犯人の口から匂っていたのと同じだ」

「ガンパウダーって、錠剤でしたよね？」

　遊佐の問いに黒宮は頷く。

「流通分はな。もしかしてこれから錠剤に加工されるのか、その逆か。鑑識に回して成分を調べさせないとわからないが、なかなかの量だな」

茉理は呆然とする。散々枕にしていた、ぬいぐるみの尻にそんな物騒なものが入っていたとは。

確かに硬い尻だとは感じていたが、そういう造りなのだと思っていた。だいたい、枕代わりにするようになったのは、枕を持ち逃げされたからで、違和感など覚えようがなかったのだ。

(寝ている時、無意識にドラッグを吸い込んでいた……などありませんように)

そして茉理は、白取が次にぬいぐるみの首にハサミを入れていることに気づき、慌てた。

「ちょっと白取さん、なにをしているんですか！　そんな猟奇的なこと、あああ……」

しかし白取はそんな茉理の制止も意に介さず、今度は首から手を突っ込んだ。

(ひぃぃ、容赦ない……わたしのクマちゃんに)

「……ここも縫い目が雑だと思ったが、やはりなにかあるな」

綿がつまった頭部から引き抜いた白取の手は、なにかを摑んでいる。

それは、ビニールに包まれた親指の爪ほどの大きさのものだった。

「マイクロSDだな。遊佐！」

遊佐は放られたそれを受け取り、パソコンに接続されている機器に差し込んだ。

椅子に座りキーボードを叩くと、遊佐は言った。

「パスワードを聞かれてます。質問は『両親がいるところ』」

「地名を入れろということか？」

黒宮が尋ねると、遊佐はカタカタとキーボードを叩きながらぼやく。

「半角だから、恐らく英数字で十二文字。該当しそうな地名は……」

「あら、地名とも限らないわ。たとえばParadiseとか抽象的なものでも、ドラッグが合成されているのなら、親となるオリジナルの保管場所とか……」

「十二文字となれば限定されるでしょうが、言語も指定されていないし、候補はかなりの数になりますね」

遊佐がいろいろと入力しているみたいだが、どれもピーとエラー音が鳴って弾かれてしまう。やがて遊佐が手を止め、訝しげに画面を見つめた。

「あれ……右下に矢印のリンクがあるようですね。開きます」

すると、別のウインドウが開かれた。

まず目を奪われるのは、電話を持ったファンシーなクマのぬいぐるみのイラストだ。

吹き出しがあり、字が書かれている
「ウインドウ名は、『ヒント』ですね。ということは、このクマの吹き出し内容がヒントか？」

一同は吹き出しの文字を見つめた。

『私、まーちゃん。今、公園にいるの』

「この言い方は、都市伝説の『メリーさん』か？」

鷺沼の言葉に、茉理はメリーさんの噂を思い出す。

「確か……メリーさんってお人形さんでしたっけ。メリーさんを捨てた少女の元に、非通知で電話がかかってきて、『私、メリーさん。今、○○にいるの』と段々近づいてきて、最後に『今、あなたのうしろにいるの』っていう……」

「クマのぬいぐるみだから、まーちゃんなのかしら。両親のいるところは、公園に関係があるのかしら……？　あら、今度は矢印が右下にあるわ。碧人！」

恭子に急かされるようにして、遊佐は矢印をクリックした。

次の画面ではイラストは同じものだったが、吹き出しの言葉だけが変わる。

『私、まーちゃん。今、五歳なの』

「場所ではなくなりましたが、これ……メリーさんに関係あるんですかね？」

首を捻る茉理の前で、さらに遊佐が矢印を押していき、吹き出しの言葉を変えていく。

『私、まーちゃん。今、泣いているの』

『私、まーちゃん。今、世界の平和を守ってきたの』

『私、まーちゃん。今、ご褒美が欲しいの』

「あら、これでおしまい？　さっぱり意味がわからないわね。まーちゃんって何者？　ただのクマじゃないの？　凱はなにかわかった？」

「いいえ、どの部分が『両親がいるところ』に繋がるのか見当がつきません。なぞなぞか？　それとも文字置換《アナグラム》のような暗号か？」

やがてSSIメンバーは暗号談義を始めた。だが結論は出ないようだ。

それを聞き流し、茉理は眉間に皺を寄せて考え込んでいた。

（ひとつひとつがなにか、やけにひっかかるんだよな……。なんだろう）

クマ、公園、五歳、泣く、世界の平和、褒美。

――おい、ガキんちょ。

突然、脳裏に蘇った男の声。ぱんと手を叩き、茉理は声を上げた。

「答え、わかりました！　遊佐さん、パスワード画面に戻って下さい！」

そして茉理は言った。

「答えは、アルファベットでＴＯＭＯＢＡＴＡＲＡＫＩです」

遊佐が茉理に言われたとおりにキーボードを叩く。そして――。

「ビンゴ……」

「共働き？　そんな言葉、なんで出て来たの？」

メンバーと恭子の視線を浴び、茉理は上気した顔で言った。

「わたし、小さい頃は自分のことを〝まーちゃん〟って呼んでいて。このすべての台詞は、わたしと関連があるものでした。これはわたしが五歳の時、クマをくれたおじさんとの思い出です」

茉理の答えに、黒宮は考え込んだ。

「しかしそのおじさんと、これを隠したと思われる男は同一人物ではないんだよな？」

「違います。どう見てもナオくんは、おじさんではないですし」

「ではなぜ、きみにしかわからないパスワードが……」

「わかりません。案外、ナオくんはおじさんの息子さんだったとかのオチですかね」

「しかし、これだとまるで……」

「クロ、それは後回しだ。中になにが入っているのか見よう。ユサ」

鷺沼に言われて、遊佐が中身を開いた。

「フォルダには写真……画像データだけですね」

写真には、ヤクザと思われる厳めしい顔をした男達が映っている。胸には、リサイクルショップの用心棒が胸につけていた、曼珠沙華のバッヂがあるのもしっかり映っている。場所はどこかの地下駐車場や、倉庫の中。ところどころに、それがどこにあるものなのか、看板など特徴がわかるように映されていた。

その中で、曼珠沙華のバッヂを胸につけた強面の屈強そうな男が、トランクケースを開いて相手の男に見せている写真があった。

相手の男の腕には、赤い曼珠沙華の入れ墨。花は複数彫られているようだ。つまり、ケースを受け取ろうとしている男は、妙香会の信者で上位の立場にいる者なのだろう。

ケースに詰まっているのは、白い粉末が入っていると思われる無数の袋。

別の写真には、たくさんの拳銃や札束が入っているケースが撮影されている。

「間違いないな、拳銃は千駄ヶ谷やリサイクルショップでも見たブローニングM1910。この写真は妙香会が、天妙組から銃とドラッグを買っている証拠写真だ。妙香会としてもこんなものが出回ってしまったら致命的だ」

「しかしわたし、いまいちよくわからないんですが、どうして妙香会に銃とドラッグが必要になるんでしょうか。銃はともかく、ドラッグが革命に必須のアイテムには思えないんですが」

茉理の質問に、鷺沼が答えた。

「親の七光りで育った著名人の子供達は、親を必要としなくてもいいような、自分だけの存在意義を見つけたがる。そこに目をつけた『天賽の妙香会』は不満を抱える若者達に、選ばれた特別性を意識させたんだ」

「選ばれた特別性……」

「そうだ。それにより、ピラミッドの頂点近くにいるはずの自分達が、底辺近くにいるのは不遇で不当だと、社会……強いては社会を動かすものへの反感が強まる。やがてそれは高邁《こうまい》な理想や信念にすり替わり、正義は自分達にあり、その他は悪なのだと排他的独裁の色を強める。それを突き詰めた結果が、革命なのだろうと思う。銃は弱きものにとっての力。ドラッグは迷いを断ち切る勇気。そう考えたら、悪の象徴も意味合いが変わる」

茉理は、狂信者達の興奮を思い浮かべると、頭がくらりとした。

「主任。画像データに、取引以外のものを見つけました。開いてみます」

遊佐の声と共に、画面に広がったのは——。

「この手書きの数字、なんですかね？」

「こっち は……裏帳簿？　日付が十年前のものや最近のものもあるな」

黒宮が画面を指さして言う。

「このやけに古い写真、土下座している男女の前に立っているのは……」

遊佐が拡大すると、ぼやけたその人物の姿を目にした茉理は瞠目した。

「え、じいちゃん？　まだ髪は少し黒いけれど」

腕組みをしながら恭子は言った。

「これらの帳簿類はもしかして、公に出してはいけない後埜グループのもの、ということかしら？」

「な、なんでナオくんがこんなもの……」

「待て。新聞記事がある。拡大してくれ」

それは新聞の切り抜き画像。十年前の日付で爆発事故に巻き込まれた家族の記事だ。

「……見ろ。この息子の名前」

その下にある名前は、『妙香寺正義』とあった。

「え、妙香寺……同姓同名？　……って、この顔……あれ？　遊佐さん、もっと拡大できます？」

茉理はアップになった、白黒の男の顔を見て、言った。

「この顔……おじさんに思える。面影が……」

「おじさん？」

黒宮の言葉に茉理は頷いた。

「はい、クマのぬいぐるみをくれたおじさんの気がします、この顔」

「え、しかし……今なら、鷹山先生と同じ年代なのでは？　二十五だとあるが……」

「あの頃はもの凄いおじさんだと思っていたんですけど。あれ？　だったら芳賀さんはなんで、その名前を偽名に？　偶然？」

首を捻る茉理に、鷺沼は目を細めて言った。

「偶然とは言いがたいな。どこにでもあるような名前じゃない。だとすれば本人か？　茉理ちゃん、この新聞記事の写真、きみの荷物を持ち逃げした妙香寺の顔の面影はある？」

「それが……顔は結びつかないんですが、妙香寺さんにはなにか懐かしい感じはしていたんですよ。会話とか雰囲気とか。それってあの時のおじさんの雰囲気だったのかもしれないなって。それもあって、警戒心なく妙香寺さんに騙されてしまったのかもしれません」

「……現在、芳賀猛と名乗っている男のことを調べた方がいいかもな。まずは芳賀が、茉理ちゃんを騙した妙香寺なのか、きちんと確認する必要がある」

鷺沼の声に、一同は頷いた。

第五章　その男、大事なものを守る

それから数日、ＳＳＩメンバーは調査に奔走していた。

別件での仕事を抱えながら、自分のために皆が時間を割いてくれていることに、茉理は恐縮する。

せめて自分のできることでみんなの役に立ちたいと、仕事の合間にする事務作業がより円滑に進むように、各メンバー用に事務マニュアルなるものを作成していた。

「もう茉理ちゃんはＳＳＩの戦闘員のひとりだね。うちに転職しなよ。きっと社長も即ＯＫだよ」

「いえいえ！　わたしは帰るべきところがありますので！」

「そんなこと言わずにさ……」

鷺沼が茉理に手を伸ばすと、黒宮がぱしりとその手を払う。

「……鷺沼。お前、外出しないのなら、事務！　現実逃避の休憩を続けるな」

黒宮が文句を言った時、彼のスマホが震えた。黒宮はスマホを取り出し、しばらく会話を続けたあと電話を切る。

「白取からだ。マル暴経由では芳賀の過去はなにも見つからなかったようだ。だから、これから情報屋のところに行ってみると言っていた」

「シロもよく、あんなけったいな奴を飼い続けてるよ。どうせ見返りはシロの身体だろう」

「……はい⁉　身体って……え？」

「白取は身体を張ってはいるが、そういう意味じゃないから、安心しろ」

茉理の妄想は黒宮に見透かされていたらしく、苦笑された。

（よかったわ。まんまるアニマルが泣くところだった……）

茉理のクマのぬいぐるみは、白取の手にかかって劇的に生まれ変わった。

ボロボロだった部分は修復され、まるで新品のような輝きを取り戻したのだ。

しかしクマを黒宮のマンションに持ち帰ることはできなかった。なぜなら黒宮が反対するのだ。

家主に反対されてしまえば持ち帰れず、この会議室の椅子に守護神の如き貫禄で座っている。

「おっと、僕の方に来たのは……。よしよし、スマホ画像を無線で印刷！」

やがてプリンタが動きだし、なにかを印刷し始めた。

「これが撮りたてほやほやの天妙組幹部、芳賀猛だ。茉理ちゃん、この男は、きみの荷物を持ち逃げした妙香寺正義かな」

茉理は鷺沼に手渡された画像のプリントアウトを見て、こくりと頷いた。

「はい。間違いなく妙香寺さんです」

その画像は盗撮をしたもののようだ。カメラ目線ではないものの、盗撮にしては至近距離から鮮明に写っている。そのことを指摘すると、鷺沼は教えてくれた。

「実は超酒豪の社長と渡り合えるウワバミ仲間が、天妙組に潜入しているんだ」

こんなに近くから盗撮ができるくらいだ、信用させることに成功しているのだろう。

写真の芳賀からは、以前黒宮が言った冷酷さというものは感じられず、茉理が記憶する妙香寺そのものだ。

「その写真におじさんの面影はある？」

それに対して茉理は首を捻った。

「……やっぱりおじさんの顔ではない気がします。新聞記事みたいにピンと来るものがなくて。でも改めて考えれば、やはりおじさんと雰囲気は似ているなあ。クズでも好感度が下がらないし。整形説が濃厚かも」

「まあ、茉理ちゃんが『運命の人』だと信じてしまったくらいだからね」

鷺沼は揶揄するように言いながら、不機嫌そうなオーラを出す黒宮を見た。

最近芳賀の話題がのぼると、黒宮は必ずご機嫌斜めになる。

「タバコ吸ってくる」

黒宮は立ち上がって部屋から出て行った。

「え……クロさんタバコ、吸うんですか？」

「基本吸わないんだけれどね。見た目以上に、キてるんだな」

「なにがです？」

「ん……。クロ、公安でトラウマを抱えてさ」

「あ、同僚さんが亡くなってしまった時の……」

「茉理ちゃんには言っていたんだ。あのショックでクロはピカ一の射撃の腕がありながら、人に向かって銃を撃てなくなった。思い出すんだろう、同僚が死んだ瞬間を」

「……」

「それは、鳴り物入りで入った新部署では役立たずということ。それで、銃を持たなくてもいいような簡単な警護に回されてやさぐれていたようだ。優秀なクロにしてみれば、誰にでもできるように思える警護しか仕事がなくなったことに、かなりプライドを傷つけられ、追い詰められていたと思うよ」

茉理は黒宮の傷を思い、心が痛んだ。

「クロにとって誰かを守るというSSIの仕事は、トラウマと背中合わせのものだ。実際にトラウマは克服できてはいない。それでもクロは、全力で誰かを守りたいと、守ることが己の正義だと思って頑張っている。もっと楽にすればいいのにさ」

鷺沼は慈愛深い眼差しをした。

「そんなクロだけど、怒りを静められない時はタバコに走る。タバコといっても、一本だけど。本当に年に数回、あるかないかぐらいのもの。タバコを吸わせるに至らせる出来事はすべて、トラウマに関することだ」

茉理は目を細めた。

「今ここで、クロさんのトラウマや怒りに触れるようなことを話していましたっけ？　話していたのはただ……」

「同僚に発砲したのは、芳賀なんだ」

「え……」

「その頃はチンピラで、ただの兵隊のひとりだったようだけれど。だから以降、芳賀の悪い噂を聞くたびに、そんな奴を野放しにして、同僚を死なせた自分の無力さを嘆き、自分を責める。本当なら芳賀を殺してやりたいだろうけれど、芳賀を殺しても同僚が生き返らないことはあいつもわかっている。命を守ることを生業にしている以上、どんな者でも命を簡単に奪ってはいけないことも。だから普段は怒りを見せずに平然としているけれど、でも……、茉理ちゃんは芳賀と仲がいいからね」

鷺沼が苦笑する。

「え、わたし、芳賀さんの被害者ですよ」

「被害者でも、なにか割り切れないものがあるようだ。それはそのおじさんとやらに起因しているのかもしれないけれど、クロにとってみれば、芳賀に同僚だけではなくてきみまでも奪われるかもしれないという不安がある。強迫観念と言った方がいいかな」

「そんな……」

「クロは口がうまい方ではないし、ずっときみに嫌われていると思っていたフシがある。しかもきみは芳賀に対しては、最初から話しやすくて好感度が高かったんだろう？　それを聞いているクロにしてみれば、面白くないだろうさ」

「うわ、わたし……なにも知らずに」

「はは。要するにクロの嫉妬さ。自分以外の男を目に入れてもらいたくないんだよ。だから僕達が茉理ちゃんを構うと、あいつはどんな時も目で追ってくる。信頼関係があってもそうなんだから」

「クロさんのヤキモチ……」

「ああ。本当に、あいつは茉理ちゃんを溺愛しているよ。ぬいぐるみを持ち帰らせないのだって、クロの領域《テリトリー》で芳賀との思い出に浸ってもらいたくないんだ。ま、そう言えないのがクロなんだけどね。……さて、そろそろ帰ってくるかな。なんだかんだ言って、きみを放置しないはず……ほらね」

　鷺沼の言うとおり黒宮が現れたので、茉理は声をたてて笑ってしまった。

「僕もそろそろ時間だ。たぶん、二時間近く戻って来られないと思う。シロやユサも同じ頃に帰ると思う。ということで茉理ちゃん、大きな赤ちゃんをよろしく」

　パチンとウインクをして鷺沼が出て行くと、会議室には茉理と黒宮のふたりだけになった。黒宮は茉理の横に座る。

「鷺沼に逃げるな……と言いたいところだが、仕事には間違いない。俺に代わってアポをとっていたしな」

「本当はクロさんが行きたかったのでは？　なんだかわたしの存在が足を引っ張っているようで申し訳ないです。もしクロさんも外に行きたかったらお気軽に。わたし、ここでおとなしく待っていますから」

「俺、きみの専属SPだと思っていたけど」

「でもクロさんの自由を……」

「茉理。俺が離れたくないんだ」

黒宮は茉理の顎を持ち上げると唇を重ねた。

わずかにタバコの味がする。

そして唇が離れると、名残惜しそうに目を細め、何度も触れるだけのキスをする。

茉理は赤くなりながら、黒宮の胸に顔を寄せて横から抱きついた。すると黒宮は茉理の頭に頬を擦りつけながら言う。

「ああ、このまま家に持ち帰るか、ここで抱いてしまいたい」

「だめです。仕事中です」

「つれないな、きみは。家でのきみは、蕩けるように俺を求めてくれるのに。外に行けだなんて、そんなに俺を追い出したいのか？」

「違います。そういう意味では……。きっといい気分転換になるかと思って……」

「鷺沼からなにを聞いたんだ？」

「……芳賀さんのことを少々」

「ったく」

「ごめんなさい。わたしが無神経で、クロさんを怒らせてしまって……」

「違う、そういう意味じゃない。あいつに喋った覚えがなくても、あいつはなぜかいろいろと俺のことを知っているんだ、いつも。まあ説明しなくてもいいから、気楽だけどな」

心を許したような笑みを見て、茉理は呟く。

「……わたし、鷺沼さんになりたいです。クロさんのことをよく知っているから、クロさんのために動けて。そしてクロさんが安心できて……」

「きみがきみでなければ、俺は欲情しないよ」

黒宮は意味深に笑う。

「そうしたら、きみはもう俺に蕩けることができなくなるけど、いいのか？」

開きかけたその唇を、黒宮は再び奪う。茉理の腕が黒宮の首に巻きつき、共にリズミカルに揺れるようにして、ちゅくりちゅくりと音を響かせる。

やがて黒宮がそのリズムを壊すように荒々しく、茉理の口腔内に舌を差し込んだ。ねっとりと舌を絡ませ合い、その舌を吸いながら、手は茉理のスカートから伸びた足に触れる。

「んぅ……」

内股を撫で上げられ、ぶるっと震えてしまう。

わずかに開いたその足の付け根を目指し、黒宮の手が這う。

そしてショーツのクロッチに行き着くと、茉理はキスの合間に甘い吐息を漏らした。

羽毛のように撫でる黒宮の手の動きに、焦れたように茉理の腰が揺れる。

くすりと笑った黒宮が茉理のショーツの中に手を忍ばせると、キスができなくなった茉理は彼の首元に唇を寄せるようにして、熱く弱々しい息を吐いた。黒宮はそんな茉理の頭に唇を落としながら、その手を黒い茂みに滑らせ、花弁を割った。

くちゅ、その音に茉理は頬を染める。

「茉理、聞こえる？　俺の会社で、きみはこんなに濡らして……悪い子だな」

くちゅくちゅ、粘膜が擦れる淫らな音。

「それは、クロ……んんっ」

「いつから濡らしてたんだ？　……鷺沼と話しながら？」

「違……っ、ああ……」

「まさか、芳賀のことを思い出して？」

「違うっ、これはクロさんが……」

熱を帯びた黒宮の瞳に、なにか燻ったものが見える。

黒宮をどうすれば安心させられるだろう。

花園を掻き回され、快感に心乱される中では思考がまとまらない。

「俺がなに？」

「クロさんに……触られると、こうなっちゃうの」

「こんなにいやらしい身体なら、他の男にもすぐこうなるんじゃないか？」

「なら……ないっ、クロ、さん……んぅ、凱、だから」

「俺ならこうなるの？　どうして？」

甘い声で囁かれながら、花園を抉るように擦られる。

「好き、だから。凱、好き……っ」

涙目で訴えると、黒宮の瞳が揺れる。

「信じて。あなたしか、見えない……っ」

途端に苦しげに目を細めた黒宮は、噛みつくようなキスをすると、中指を蜜口にくぷりと音をたてて差し込んだ。

茉理の声は黒宮の口腔内に消える。

無意識に腰を浮かせた茉理の中に、黒宮の指が深く激しく抜き差しされた。

（あ、だめっ、声、だめっ、ああ……）

激しい抽送に、茉理の太股がぶるぶると震える。

（ああ、イク、イっちゃう）

茉理は黒宮の身体を抱きしめながら、切羽詰まった顔を黒宮に見せた。

すると抽送する指の数が増え、茉理の中でぱらぱらと動く。

腰から迫り上がってくる形なきもの。

それは茉理の中を狂おしく駆け抜けた。

「――っ!!」

茉理の下半身が大きく痙攣する。

快楽に弾け飛んだのを見届けた黒宮が、嬉しそうに笑う。

黒宮は蜜に濡れた手を茉理に見せつけながら、指の根元から先端に向けて舌で舐め上げた。

それは蠱惑的でエロティックな光景だった。

「きみも舐めたい？　このとろとろ」

糸を引く様をわざと黒宮に見せつけられ、茉理は真っ赤になって、ポカポカと黒宮の肩を叩く。

それを愛おしげに見つめて笑い、黒宮は茉理の顔中にキスの雨を降らせるのだった。


夕方近くなり、外出していたメンバーが戻ってくる。

掃除をしたとはいえ、自分が蜜を滴らせたソファに皆が座るのがどうも居心地悪い。そしてそんな茉理の心の内を見透かしているように、黒宮は部下達と話をしながら、口元を吊り上げる。

鷺沼が白い粉の鑑識結果を聞きに行った。その結果、クマのぬいぐるみから出て来たのはドラッグで間違いないとのこと。だがそれは厳密に言うとガンパウダーの化学的な構造

を持ちながら、似て非なるものに違法に改造されていたらしい。天妙組か妙香
「ドラッグを密造しようとしていたのかもしれないな。天妙組か妙香会かはわからない会かはわからないが、密造は利益になり資金源となる」

　黒宮が言った。

　遊佐は古巣の情報機関で、芳賀とマイクロSDの持ち主であるクズ男を調べたようだ。

「マイクロSDの主は江藤ナオ。彼はS県から上京し、ホストをして天妙組のチンピラになったようです」

「チンピラ！　やっぱり奴はクズ男だったんですね！」

「とは言っても、抜けたがっていたらしい。天妙組は抜けることは基本認めないから、抜けるために弱みを握って脅迫しようとしたのかもしれない」

　遊佐の言葉を白取が受ける。

「その結果失敗して、追いかけられたと」

「可能性的には。ただ新米のチンピラを芳賀は傍に置いていたようで。目を掛けてはいたようです。しかし江藤が後埜グループ……とりわけ後埜総師と関わった形跡はなく」

「知り得た情報としては芳賀からだとして。芳賀と後埜総師の関係については？」

　黒宮の問いに遊佐が続ける。

「写真で後埜総師の前に土下座していた男女……これは芳賀の両親でした。彼らはN県でペンションを営んでいたようですが、その跡地には後に後埜グループが開発するホテルが

建てられています」

「土地を巡って後埜総帥と一悶着があったのかもしれないな。帳簿の写真を撮ったのが芳賀だとすれば、親が亡くなった件で総帥を恨んでいる線が強い。後埜総帥に関わるデータは芳賀が集め、それを江藤が盗んだんだろう。それは芳賀個人の弱みでもあるから」

「しかし、クロさん。ナオくんは……そんな大それたことをしそうになかったんですけれど。お金を奪うのとはわけが違い、ヤクザと幹部を敵に回すんですよ。でもヤクザに追われていたということは、そうなのかな」

「確かにそんなチンピラには大勝負だな。……遊佐、江藤の行方は？」

「わかりません。二週間前に、風俗から出たところは確認されてますが、それ以降は」

茉理は純粋に驚いた。

「風俗って……そんなお金あったんだ！　それと……改めて考えてみればナオくんって、機械音痴だったんです。だからナオくんが、芳賀さんからおじさんとの会話を聞いてヒントにしていたとしても、パスワードが入るプログラムみたいなものは作れないと思うんですけど」

茉理は疑問を口にすると、黒宮は訝しげに目を細めた。

「だれか協力者でもいるのか……？」

そんな中、会議室に恭子が現れた。

ひまわり柄のサマードレスが眩しい。

「マニキュアが切れちゃったから、買い物に行ってくるわ」

思い立った時に来て、また出かける。本当に自由気ままな社長だ。

「そうだわ、子猫ちゃんも一緒に行かない？　むさ苦しい男達ばかりで、しかも凱が背後霊みたいについていては、ストレスも溜まるでしょう？」

（……イケメン達をむさ苦しいと言えるのはさすがだわ。しかも仕事をしている社員を背後霊って……）

「お言葉ですが社長」

黒宮が異議を唱えようとすると、恭子はちっちっと舌を鳴らして、立てた人差し指を揺らした。

「唐変木にはわからないかもしれないけど、ガールズトークも必要なの。それとも私の護衛では、頼りないと？」

「そうではなく……」

黒宮は渋々と引き下がることにしたようだが、不安そうに茉理に囁いた。

「……社長をキレさせるなよ」

「え？」

「あの人は確かに強いが、機嫌を損ねて被っているネコを放り捨て野生に戻ったら、手がつけられなくなる」

「ほら、子猫ちゃん、行くわよ～」

黒宮の言葉に不安を感じながらも、茉理は恭子に手を引かれて出て行った。

「ふふ、SSIが活気づいて嬉しいわ。いつも愉快に私達を楽しませてくれてありがとう」

別に普通にしているだけだが、美魔女のとびきりの笑みは、否定できない不思議な力があるようだ。

「あの子達、無駄に才能があるために小さい頃からやっかまれ、笑うことも知らずに育ってきたの」

「お知り合いだったんですか？」

「ええ。あの子達をスカウトしたのは、酔狂ではないのよ。年齢的にあいつらは私の子供ぐらいの歳だから面倒をみたくなるというか、私も恵まれすぎた環境の重圧の中で育ったの。あの子達の苦悩がわかるからね」

「ええと？」

「これ以上の詳しいところは本人の許可がないとだめ。個人情報の漏洩になるから。法律事務所に勤めているのなら、それがどんなにいけないことかはわかるでしょう？」

茉理は笑って頷いた。

「ふふ。私には歳の離れた弟がいてね、まあこれが、私以上に自由人で風変わりなのよ。生真面目な凱とはまるで逆で。子猫ちゃんに兄弟は？」

「いません。わたし、ひとりっ子です。母もひとりっ子で」

「そうか。だから余計、後埜総帥は子猫ちゃんが大事なのかなぁ」

「祖父と会ったことがあるのですか？」

「会社の方で何度もお会いしているわ。子猫ちゃんとは初めましてだったけれど」

「じいちゃんは、嫌いな人は二度と会いません。クロさんがじいちゃんのSPだったことを知らずに、じいちゃんがSSIに依頼することはありません。そう考えると、クロさんも社長さんも、何度もじいちゃんに会っているのだから、好かれてますよね」

「確かに総帥は、好き嫌いははっきりしているわね。凱はSPとしてはとても有能よ。だけどひとつだけ欠点がある。今回、あなたを守ろうとすることで、凱がそれを克服してほしいと思うわ」

（それは、公安時代からのクロさんのトラウマなんだろうか）

それがなにか、茉理は聞かなかった。恭子は社員泣かせの社長でありながら、実は社員のことを一番よく見ている人なのかもしれない。

恭子は大きなドラッグストアに茉理を連れて行った。

東京ではあちこちで見かける大手ドラッグストアチェーン、サギヌマドラッグだ。

ふと、鷺沼のことが思い浮かんだが、同じ苗字は全国にごまんと居るだろう。

「うわ、本屋さんまであるんですね！　もうデパートだわ」

「ふふ。見たいものはある？」

「特にはありません」

「だったら……ん、じゃここで気分転換に本でも見てて。私、マニキュアを買ってくるから。そのあと一緒にいろいろ見て回りましょうか」

「了解です」

茉理は『売れてます』とコピーがついた、平積みしてある雑誌の前で足を止めた。

『日本を動かす男達』という特集が組まれている。

ＳＳＩが依頼を受けるハイクラスの男達のことだろうかと思った茉理は、どんな著名人がいるのかと、興味本位でパラパラとページを捲ってみた。

『サギヌマドラッグ社長　鷺沼大樹《だいき》』

（……この写真の顔、歳をとらせた鷺沼さん⁉　まさか鷺沼さんは御曹司？　いやいや、苗字が同じだから似ているように思ってしまっただけよ。これは鷺沼さんにちょっぴり雰囲気が似ている気もする、赤の他人のサギヌマさんよ）

続いてページを捲ると、気になる名前がいくつか現れた。

『内閣官房長官　遊佐春海《はるみ》』

『防衛大臣　白取煌《こう》』

「やばいわ、幻覚というのか妄想というのか。本の写真が鷺沼さんと似ていると思ってから、知った苗字を見ただけで、それぞれの写真がその苗字のメンバーの皆さんの顔に似ている気がしてきたわ。彼らがこんなに超大物の家族なわけないでしょう。苗字が同じなだけ。似てない似てない……」

『黒宮ホールディングス社長　黒宮湊《みなと》』

そこには眼鏡をかけた黒宮を、もっと底意地の悪そうな顔にした男がいた。

茉理はため息をついて、雑誌を閉じる。

黒宮ホールディングスと言えば、茉理でも知っている日本屈指の巨大企業グループだ。

「クロさんが御曹司なら、そっちの仕事をしているでしょうに。嫌だわ、よりによってなんで見知った名前ばかりがこの雑誌に掲載されているのかしら。偶然って怖いわ～」

そう笑った時だった。突然店内で大きな物音がしたのは。

ガラの悪い数人の男達が、店内の商品棚を片っ端から倒している。悲鳴を上げる買い物
客に、男達がさらに怒声を被せていた。

ヤクザだろうか。ここからではバッヂが確認できないが、これは恭子と早く合流した方
がいい。彼女がいくら強いとはいえ、五十代の女性。なんなら自分が盾になって守らねば。

「なにしとんじゃ、われ!!」

店内に迫力ある女の声が響き、あたりがしんと静まり返る。

（なに、女ヤクザまでいるの？）

しかし奥から怒声まじりに登場したのは、恭子だった。

「お前ら、どこの組のもんじゃ！」

完全に目を据わらせた恭子は、そばにいた男の胸ぐらを掴む。

男達はその迫力に飲まれたのか、虚勢を張ることもできないようだ。

隙を見て逃走しようとしている男がいるのを見た恭子は、自分が掴んでいた男を、彼目がけて投げ飛ばす。それを見た男の仲間達が「怪力ババア」と、恭子に暴言を吐くと恭子の顔が般若面のようになる。

「ババア……だとぉぉぉぉぉ⁉」

地雷を踏んだ男達は、瞬時に恭子の制裁の犠牲となり、店内には阿鼻叫喚《あびきょうかん》の如き悲鳴が飛び交う。

（クロさんが心配していたのはこれ⁉　やばい、このままじゃお店が崩壊する！）

荒ぶる恭子を止めようとした時、突如うしろから名前を呼ばれる。振り返った瞬間、ハンカチのようなもので茉理の口が押さえつけられた。

「――っ‼　――っ‼」

茉理の声は恭子に届かない。

体から力が抜け、意識が遠のいていく。

意識が落ちる寸前――、思い浮かんだのは黒宮の笑顔だった。

（ごめん、なさい……）

茉理はひと筋涙を零して、黒宮の名前を呼ぶ間もなくくずおれていった。

「芳賀、か」

最初から、茉理にとっては特別なクズ男だったと、黒宮は思う。

どんなに騙されても、芳賀に対して恨みをぶつけようとしない茉理。

いまだ堂々と肯定的な評価を口にする。

どんなことをされても許してしまえるのは、結局のところ茉理は芳賀に惹かれているのだと思わずにはいられなかった。芳賀になら騙されてもいいと思うほどのなにかが、ふたりにはあったのだと思えて仕方がない。

「芳賀にとって茉理の存在は……」

盗撮器だけではなく、監視カメラの前でも自己主張し、痕跡を残した芳賀。

ドラッグが出てこないのなら、消去法であのぬいぐるみが怪しいと彼だって思い当たるはずなのに、彼は回収指示を出さなかった。

――だったらドラッグが出てこない今の状況が、わたしにとってはベストだってことですか？

同時に、会議室で先程聞いた鷺沼の声が蘇る。

――なあ、クロ。芳賀は、あのマイクロＳＤがぬいぐるみに仕込んであることを知って、ぬいぐるみだけを茉理ちゃんの部屋に、わざと残したとは考えられないか？

「わざと残していった……？」

ドラッグを見つからないようにすることで、まるで茉理を守ろうとしているかのように。

守るために痕跡を残し、守るために自らが動いていた。

他の男が指揮をしたら、茉理が危ない目に遭うから。

「なんだよ、それ……」

だいたい、後埜総師を恨んでいるのなら、茉理がその孫だとすぐにわかりそうなものだ。

茉理なら許してもいいと思っているのだろうか。

黒宮も芳賀も、過去わずかな時間しか、茉理との接触がなかった。

しかし黒宮は言い出さねば思い出してもらえず、芳賀は茉理自らが思い出した。

その違いが意味するところはなんだろう。

――占い師に運命の人が現れると言われたから、その気になったというのか。

「くっそ……」

黒宮はガンと壁を拳で叩く。

ファイルが散乱している元仕事場で、その音はやけに虚しく響き渡る。

――茉理ちゃん曰く、江藤は機械に強くはなかった。しかしあの中には、茉理ちゃんしかわからない思い出をパスワードにしたものが入っていた。そう考えたら……天妙組と妙香会とそして芳賀にも打撃を与える、あのマイクロSDの監修者は……。

その推測が正しければ、自分達はピエロだ。

ただ芳賀の手のひらの上で踊らされていただけということになる。

「昔の男は引っ込んでろ!」

嘲笑うような声が頭の中でこだまする。悪意が籠もったこの声に、黒宮はじっとりと汗をかいた。

――女々しいお前は、黒宮家には必要ない。

――湊兄が親父の跡を継いで社長になった。俺は副社長。後から割り込んでも、お前の居場所はない。

黒宮にはできのよすぎるふたりの兄がいた。

黒宮は物事を慎重に熟考するタイプだったため、一を聞けば十を知るような長男の湊の閃きや、他人を動かすのがうまい次男の巧《たくみ》のような要領のよさはなかった。地道な努力を無意味だとせせら笑う兄達は、黒宮を不出来扱いしてきたのだ。

そんな兄達は父と共に、裏ではいろいろして会社を大きくさせたらしい。そのあくどい武勇伝を自慢し合う家が嫌いで、黒宮は正義感に燃えた。

最難関中学の受験中、試験の途中で吐いた後に引きつけを起こして、病院に運ばれた。試験ができなかったことを罵った両親は、裏金を積み上げて入学を頼み込んだが、学校から門前払いを食らった。それ以外の中学など一家の恥だと、海外に彼ひとりを追いやったのだ。

家族は、帰国しても公安に入っても彼を歓迎しなかった。

――お前は父と兄達を捕まえるために公安に入るのか。国家の犬と成り下がるのか、凱！

――そうよ、凱。なんて恩知らずな子なの⁉

公安は正義の延長にあると思っていた。自分の力で掴んだ天職だと意気込んでいたのに、銃もロクに持ったこともなさそうなヤクザの最下層に、同僚もプライドも信念も奪われた。

自分がしてきたことは、いったいなんだったのだろう。

本当に正しかったのだろうか。

――ありがとう、守ってくれて。

初めて彼がしたことを善意で認めてくれた少女。義務として彼が行ったことに対して、彼女が与えてくれたものは、彼に強烈な印象を植え付けた。守るということに希望を持たせてくれた。

また逢いたい――、気持ちは募ったが、彼女と会うことはしばらくなかった。

だが偶然、彼女と再会する。仕事で守らねばならない相手の孫娘が、彼女だと知った瞬間、運命だと思った。傍にいられる悦びと、傍にいるのに声すらかけられない切なさにもがきながら。

そんな中、暴漢から後埜総師を守り、背中に傷を負った。総師からは礼をしたいからと、望みを口にするのを許されたため、彼は初めて欲しいと思ったものを口にした――。

――ワシがいいと言うまで、なにもしないで待て。守れるのなら、その時考えよう。

いつ許可が出るのかわからない。明日かもしれないし、十年後かもしれない。それでも待ち続けていた黒宮は、とうとう茉理に手を出してしまった。

約束を破ったツケはいずれ支払うことになるだろう。

それでも――。

「茉理を誰にも渡さない」

初めて心から欲しいと思った女性。

自分にとって彼女の存在は、生きる意味だ。

その時、ＳＳＩメンバーが所属するグループチャットに、恭子からメッセージが届いた。

『茉理ちゃんが拉致された！　銃を携帯して大至急以下の場所に集合！』


「ん……」

目を開いた茉理は、ぼんやりとした視界に入った場所がどこなのか認識できず、首を傾げた。

次第に景色がはっきりとしてくる。

白壁に大胆に描かれた、赤い曼珠沙華。

若草色のカーペットが敷かれた広間は、二十畳くらいの広さで、大きな窓もある。

……かすかに伽羅の香りがする。

「ええと、わたし……」

妙香会に拉致されたのだと思い至った茉理は、身体を拘束されていないことにほっとしながら、スマホで黒宮に連絡をしようとした。だがスマホがない。

身体をペタペタと触ってスマホを探していると、やがてひとりの男の声がした。

「あ、スマホですか？　回収させていただきました。警察にかけられたら厄介ですので」

そう茉理に声をかけたのは、やけに見目麗しいイケメンだった。

優しげで馴れ馴れしい言葉づかいに、茉理は妙に警戒心を煽られ、身体を強張らせる。

「大丈夫です。僕は無害で女性に優しい紳士ですから。あははははは」

きらきらの笑顔だが、その目は笑っていない。不気味だから笑わないでほしい。

「でもね、あまり反抗的な態度を取られると、がぶりと噛みついてしまうかもしれません。だから気をつけて下さいね、この建物にいるのは男性が三十人あまり。対して女性はあなただけ。飢えた野生のハイエナの中に子羊が放られたようなものです。ぽーんと」

男の目の中を、上品さの欠片もない冷酷なまでの冷たい光が過ぎった。

「……なーんてね。冗談はここまでにして」

(いや。絶対冗談を言っている人の目じゃなかったし！)

「わたしを……どうする気ですか？」

「どうするんでしょう。実はあそこに下の者達がいるんですが」

その時初めて茉理は、出入り口と思われる場所に、屈強な男が番人のように立っていることに気づいた。茉理に向けられる目がぎらぎらしているように思えて、なるべく目を合わせないように心がけた。

「あの者達を含めたこの建物にいる男達全員、あなたが久々の上玉のため、払い下げられるのを心待ちにしているようなんです。じゃんけんで順番を決めていたので、少しでも回転率と発射率をあげられるようにと、先程、特製の精力強壮剤をプレゼントしてきたんですよ。僕って結構、面倒見がいいでしょう？　効果の発現は一時間後。持続性は三時間ほど。全員が一気に猛獣化……って、あはははは。これも冗談ですけれどね」

(冗談じゃないんだ。本当にそんなもの渡して来たんだ！)

「いやだなあ、そんな怯えた目をしないで下さい。まるで僕が、極悪非道なヤクザみたいじゃないですか。僕は至って常識人、模範的な優等生ですのでご安心を」

男が一見穏やかな言葉を紡ぐたびに、背筋がざわざわする。

脅されると発狂しそうになるから、もうなにも言わないでいただきたい。

「おい、こらヤマ！　びびらせてるんじゃねぇぞ！」

その時、後方で声がした。

(この声……)

「そんなことするわけないじゃないですか。指一本触れずにいましたし。なんならそこの者達に聞いていただければ」

「お前なら触れなくても、相手を地獄の底に沈ませられるじゃねぇか。触れればうちのもんでも病院送り。お前は人の皮を被った狂犬だよ」

「あなたじゃあるまいし、人のことを鬼畜のように言わないで下さいよ、芳賀さん」

茉理が振り返ると、ヤマと呼ばれた男と、親しげに話している妙香寺が目に入る。

(やっぱり芳賀さんは、妙香寺さんなんだな……)

「お久しぶりです、妙香寺さん」

茉理は毅然と笑って言った。

「それとも芳賀さんとお呼びした方が？　または昔のようにおじさんの方が？」

すると芳賀は愉快そうに笑った。

「なんだ、バレてるのか。好きなように呼べ」

芳賀は隠す気はないようだ。茉理が彼に親しみを覚えていたのは、この剛腹さにある。

視界の端で、ヤマと呼ばれた男が下っ端達に外に出るように指示している。

ここで起こることは、外に洩らしたくない類のことなのだろうか。

「じゃあ……おじさんで」

「……おいおい、よりによってそっちかよ。今の俺、そんな歳に見えるか？」

(この言い方、やはり整形でもして若作りしたのかしら……)

「わたしよりも年上なのは確かですし、どんなに姿を変えたところで、実年齢は滲み出るものですから」

「言うなあ、お前。遠慮も容赦もねぇのはガキんちょの頃からだが、少なくとも少し前のお前は違っただろうよ。なにせ俺と結婚しようとしていたんだし？」

にやりと芳賀は笑う。

「偽装です！　それに女は、男によって変わる生き物ですので！」

声をたてて笑う芳賀からは、冷酷なヤクザの幹部という表情は見えてこない。むしろ茉理にとっては懐かしいだけのものだ。妙香寺としての芳賀ともこうして話が弾んでいたのに、なぜ既視感を覚えなかったのだろう。

「お話をお伺いしてもいいでしょうか」

茉理は正座すると、芳賀を見上げた。

「だったらギブアンドテイクだ。ドラッグを渡せや」

芳賀は片足を立てるようにして屈み込むと、茉理と同じ目線になる。

「俺がやったクマに、入ってたんだろう？　ドラッグと、お前が知りたいデータが」

茉理はひくんと眉を動かした。

彼はすべてわかっている。誤魔化すことはできない。

「ではひとつだけお尋ねします」

「お前、それができる立場だと思っているのか？」

「はい。重要かつ重大な確認事項ですので。これこそが真のギブアンドテイクだと」

茉理はポケットの中に入っている、黒宮のボールペンに意識を向ける。

――ＳＳＩは必ずひとり一本、持っている。鷺沼のではなく、俺のを持っていてくれ。妬けて仕方がないから。

きっと黒宮ならば、GPS機能つきのボールペンを茉理に渡したことを思い出してくれる。ならば来てくれるまで、時間稼ぎをするしかない。

（クロさんは、きっと来てくれる）

「わかった。……なんだ？」

茉理は芳賀の顔を見つめながら、毅然と言い放つ。

「おじさんは……ロリコンなんですか？」

「……あ？」

「ロリコンです。幼女趣味というか、成人女性のぼんきゅっぽんよりも、つるぺたちゃんにムラムラする人のこと……」

「意味はわかってるよ！」

うしろでヤマと呼ばれた男が大笑いをしている。

「重要かつ重大な確認事項なんだろ⁉　それならもっと優先して聞きたいことがあるだろう！　俺が誰かとか、お前のジジイとどんな関係があるのかとか、なぜクマを回収しなかったのかとか！」

「最優先すべきことは、おじさんがロリコンかどうか、です」

事務所でのクレーム対応のように、きりっとして言い放つと、さらに後方の笑い声は大きくなる。その中で芳賀は頭を抱え、呻くように言った。

「俺は……ロリコンじゃねぇ！」

「本当に？　クマのぬいぐるみをあげた五歳の女の子を思い続けて二十年。しかし二十五歳になった女には興味が湧かず、『可愛いまーちゃん、おじさんはここにいるよ。さあ、おじさんといけないことしようね』的なアピールをして、クマを回収しなかったんじゃ？」

「だから、ロリコンじゃねぇって！　変態のように言うなや」

「だっておかしいじゃないですか。探し物がどこにあるかわかっているというのに、それをわざと置いて行くなんて。盗撮器も『おじさんはここにいるよ』と、ロリコンを主張しているとしか思えません！」

「してねぇよ。俺はお前を……って、なんでもねぇよ」

簡単に乗ってこない芳賀に内心舌打ちしながら、茉理は続けた。

「『俺はお前を……』なんですか？　やっぱりロリコンじゃ？　ドラッグが見つからなきゃ、愛おしい元つるぺたちゃんを守れる……とか王子様気分では？」

「いい加減、ロリコン呼ばわりはやめろ！　ヤマもうるせぇぞ、さっきから！」

「どう聞いてもつるぺたラブにしか聞こえませんよ。だっておじさんは顔を変えるほどじいちゃんが大嫌いで、わたしは孫娘ですよ？　もしかしてロミオとジュリエット的に、敵の血を引くつるぺたに恋い焦がれていたとか……」

「そんなのただの痛い奴だろうが。それにあの頃はまだ親も死んでなくて……って、おい、俺を誘導尋問するな。このガキんちょ！」

茉理は声をたてて笑った。

「二十年前、わたしと遊んでくれたおじさんはまだいる。どんなに姿を変えようとも」

「……」

「おじさんは、かつてわたしに言いました」

——なにが正しくてなにが正しくないかは、教えてあげないとわかりにくいものなんだ。向こうがわかってくれるまで教えてやる！　悪いことだと思ったら、喧嘩をしても止める。それが正義の基本だ。

「昔のおじさんは親に代わり、聞いてもいないのに、してもいいこと悪いことを教えてくれました。おじさんにはわかっていたはずです。なにがしてよくて、なにがしては悪いことか」

茉理は芳賀を見据えて言った。

「おじさんにとって、ドラッグや銃を扱い、詐欺で人を騙し、暴力でそれを奪おうとする世界の住人でいることは、正しいことなんですか？」

芳賀は答えない。

「今の姿を、五歳のわたしに自信を持って見せることはできますか？」

「取り違えるんじゃねえよ」

芳賀は嘲るようにして笑う。

「……お前が俺に説教をするなど、百年早い」

芳賀は懐から取り出した銃を茉理の額に押しつけた。

しかし表情を変えない茉理に、芳賀は片眉をあげる。

「ほう？　怖くないのか」

「怖くないといえば嘘になります。だけど……おじさんが言ったんです。なにが正しいかは教えてやるものだと。悪いことだと思ったら、喧嘩をしても止めろと」

「この状態が、ただの喧嘩に思えるのか？」

カチャリ。安全装置が外される音がした。

だが茉理は臆することなく、芳賀を真っ直ぐに見て言う。

「おじさん。銃口を人に向けるのは悪いことです。悪い奴にならないで下さい」

「……だったらお前を警護している〝クロさん〟とやらは、悪い奴なのか？」

「なぜクロさんを……」

しかし芳賀はそれには答えず、話を続けた。

「なあ、ガキんちょ。クロさんが、お前に銃を突きつけた俺に銃を向けても、お前は悪いことだとそいつに言えるのか？　銃、持っているだろうが、あいつ」

それはやけに温度が低い声だった。

「クロさんは、人を守るために……」

「だったら俺は守るべきものや信念がないとでも？」

闇が溶けたような暗く澱んだ瞳。

「俺には俺の信じる正義がある。ドラッグや銃を持っているだけで、てめぇの正義だけを俺に押しつけて、善悪を説くんじゃねぇよ。お前が言っているのは、お前の独断と偏見で基準が変わる、まやかしなんだよ！　結局お前は、俺を頭ごなしにクズだと決めつけているだけだ」

茉理は後頭部を鈍器で殴られたかのような衝撃を受けた。

確かに銃を持つ黒宮はよくて芳賀は悪いというのなら、それはただの差別だ。それなら自分が主張する善悪は、主観によって変わってしまうことにもなる。

（そんなの、真実ではない……）

「それと、昔の俺は死んだ。お前のクソジジイに殺されてな」

「な……。爆発事故だと……」

すると芳賀は乾いた笑いを見せた。

「俺の親の土地をあのジジイが奪ったのがすべて。どんな嫌がらせも耐え、泣きながら土下座をしてまで理解を求めたのに、その夜に俺の家は燃やされた。ジジイにな」

「……っ」

「俺はかろうじて生きながらえた。全身が酷い火傷で死ぬはずが、医者の腕がよすぎて爛《ただ》れた肌のまま生かされた。やさぐれた俺を助けてくれたのが、天妙組の組長だった。俺の境遇に同情し、整形費用と芳賀の戸籍、そして生きる場所を与えてくれた。後埜のジジイの復讐で拾った命を散らすなと。ジジイには組が動くからと。だがジジイもしぶとくてな、あの手この手で攻撃を躱す」

芳賀はくつくつと笑う。

「俺は、俺に生きる理由を与えてくれた天妙組に命を捧げている。死んでしまった親っさんの遺言通り、新組長の元若頭と組を守り、発展させるのが俺の正義。その正義を否定するのなら、お前も俺に死ねと言っている悪人と同じだ」

芳賀には芳賀の正義がある。それについては否定できない。

しかし――正義と言い張るのならばなぜ、芳賀の目は揺れているのだろう。

「……生きるのに、理由などいらないじゃないですか」

「は⁉」

「生きたいと思うから生きている。わたしだって一緒です。親に捨てられ、じいちゃんに見捨てられても、それでもきっと明日は希望に満ちていると思うから生きている。だめですか、そういう理由では。他人が与えないといけないものですか？　これがお前の『運命』だよと」

かつて占い師に、芳賀のことを運命だと言われた。

しかしそうではないのだ。占いにではなく、自分が自らの意志で選んだものこそが自分の運命なのだ。

「捨て去ったはずの名前を、わたしに使ったのはなぜですか？　憎いじいちゃんの孫娘だから、わたしを巻き込んだとしても、おじさんは覚えていてほしかったんじゃないですか、本当のおじさんの姿を。だからクマを奪わずわたしの元に置き、そして、わたしに直接危害が及ばないようにしてくれていた。わざとピンボケの写真を配ったのもおじさんでしょう？　きっとわたしの仕事も、仕事姿も調べがついていたでしょうに」

ドラッグが出て来たら、関わっていた茉理は闇へと葬られる。それがわかっていたからこそ、ドラッグが表に出ないように、そして茉理が特定されないように、手を回してくれていた。少なくともドラッグが見つかるまでは茉理の命は保証されるから——そう茉理は信じたかった。

「……黙れ」

「いいえ黙りません。正義を掲げるのは結構なことです。信念は時に人を強くします。しかし、同時に信念は人を弱くもします。なにかに依存すると、それ以外の考え方ができない。信念を失えば生きる意味を見いだせない。正義は、自由な生き方を奪う鳥籠になり得るんです」

「……黙れと言っているんだ！　善も悪もなにもわからねぇガキのくせに！」

「黙りません！　信念という正義が主観によるものなら、善悪の意味合いをころころ変えているのはおじさんだって同じでしょう。そんなおじさんが、誰の正義がおかしいとか、善悪がどうのとか言う権利はない！」

「このガキ……」

「おじさん。わたしが見えてますか？」

茉理は怯まずに芳賀を真っ直ぐに見据えた。

「おじさんがロリコンで幼女にしか興味がないというのではないならば、もう少しで二十五歳になるわたしの姿が見えて、声も聞こえるはずです。それともやはりロリコンだと言われたいのですか？」

するとと芳賀は口元を歪めた。

「……そうやって自分の思いどおりの答えに誘導する悪知恵を、誰につけられた。クロさんか」

「違います。クロさんの同僚です。クロさんは正義の組織に所属する、正義のヒーローですから」

すると芳賀はわずかに目を細め、そして口元を吊り上げた。

「だったら楽しみだ。さっきお前のスマホで電話した。お前を返してほしければ、ドラッグとデータをひとりで持ってこいと。むろん、丸腰で」

「な……っ、クロさんは関係ないじゃないですか！」

「無関係でもねぇだろ。ドラッグやデータの存在を知っているんだから。それと、お前のボールペン、GPSつきなんだろう」

その言葉に、茉理はさらに青ざめる。

「ヤマがそういうのに詳しくてよ。で、あのボールペンを、電話で指定場所にした天妙組本部に持って行ったんだわ。ま、想像はついているかと思うが、ここは天妙組ではなく妙香会だ」

茉理は慌ててポケットからボールペンを取り出す。それは、黒宮にもらったものとは似ても似つかぬ偽物だった。

「仮に、ここに来ようとも、この建物は十五階建て。武装した手下がうじゃうじゃいる。防音設備が整っているこの建物で、なにが起きているのか周囲はわからねぇ。助けなどない」

茉理は愕然とした。

（クロさんが……クロさんが！）

「お願いします、おじ……いえ妙香寺さん」

茉理は両手を合わせて言った。

「どうかクロさんには手を出さないように言って下さい。クロさんを傷つけないないで！そのためなら、わたし……なんでもしますから！」

「なんでもする？」

「はい！」

芳賀の目に光は見えない。

ただ、深い闇が見える。

「だったらお前、ここで輪姦《まわ》されろ」

「は？」

「もうすぐここに、妙香会の教祖様が来る。妙香会と天妙組は持ちつ持たれつの間柄。妙香会が天妙組に莫大な資金を流し、見返りとして天妙組は妙香会に力を与える。そんな上得意様を、時折接待をしなくてはならなくてなあ。そこでお前に白羽の矢が立った。教祖のタイプらしい」

　茉理の顔が歪む。

「教祖は綺麗なものを壊したいという加虐趣味もあってな、同じ趣味の妙香会幹部と貪欲に幸を分け合う。飽きれば天妙組の末端にもお裾分けが回ってくる。ま、骨までしゃぶられるってわけだ。お前が上得意様達を満足させられたら、クロさんの命は取らないでやる」

　茉理の背中を冷たい汗が伝う。

「すべてはお前次第」

「……別のことで交渉したいと言ったら？」

　すると芳賀は銃口を動かし、茉理のすぐ横に向けて発砲した。

　銃弾が茉理の横を擦り抜け、背後の壁にめり込んだ。

　耳がつんざくような音に驚いた茉理はその場に座り込んでしまう。

「人の命はそんなに安くはねぇんだ！　本気で助けてもらいたいなら、お前もすべてを差し出せや！　そんな覚悟もなく、助けろなど簡単に言うんじゃねぇよ！」

　ああ、芳賀は……そうやって生きてきたのだろう。それを肯定してもらいたいのだ。

　彼の生き方は間違っていないと。生きていていいのだと。

　恐らく天妙組だけが、彼の味方であり、彼を守る鳥籠だったのだ。

しかしそれは——盲信、狂信。

妙香会で、銃とドラッグを持てば本気で理想社会を築けると信じる信徒達と、なにひとつ変わりがない。信じられるものがないから、仮初めの拠り所を自分で作り上げた、哀れな漂流者だ。

茉理は遠い記憶を蘇らせる。

——だったらそう言ったか？　自分がされて嫌なことは、ネコにもしたくないって。

——教えてやんねぇから、わかんないのかもしれないぞ？

(どうやって教える？　どうやれば、おじさんの心と、クロさんを助けられる？)

話し声が聞こえた。

開いたドアからは見知らぬ男が現れ、ヤマと呼ばれた男が頭を下げている。

「……教祖様のお出ましだ。お前が抵抗すれば、クロさんは死ぬ。それだけは覚えておけ」

底冷えしそうな眼差しを向け、芳賀はこちらに向かって歩いてきた男達に一礼する。

脂ぎった恰幅のいい男が教祖なら、うしろにつくやけに体格のいい男ふたりは幹部なのか。

欲にギラついた目をした、獣のような男達だ。

手にしているボストンバッグが、やけに恐怖を煽る。

「可愛いお嬢さん、いいことをしようね～」

動けない茉理に吐きかけられる、教祖の生臭い息に気が遠くなりそうだ。

幹部のひとりが茉理を羽交い締めにして、もうひとりが服を引き千切る。

それを見て興奮する教祖の目は、加虐を通り越して狂気を宿しているように見えた。

本能的に恐怖を感じて、茉理の喉元から悲鳴が上がりそうになる。

しかし助けを求めて開きかけた口は、次の瞬間閉じられた。

茉理を見る芳賀の目が、茉理の行動には黒宮の命がかかっていることを思い出せと告げていたから。

だから茉理は、目を瞑った。

闇の中で、獣達が茉理の肌に舌を這わせる。

快楽もなにもない、ただひたすらおぞましさに震える。

……これが、絶望というものなのだろうか。

それともまだ、底知れぬ苦痛が待ち受けているのだろうか。

(ああ、クロさん……)

それでも、彼が生きていてくれさえすればそれでいい。

これしか守る手立てを見つけられなかった自分を、裏切り者だと許さなくてもいいから。

だからどうか、優しい彼が傷つくことがありませんように――。

「――調子に乗るんじゃないよ」

突如威嚇するような低い声がして、茉理の身体からすべての感触がなくなった。

どすんと地震のような揺れに驚いて茉理が目を開ければ、芳賀が叫ぶ。

「ヤマ、お前裏切るのか⁉」

ヤマと呼ばれた男が、教祖達を投げ飛ばしていたのだ。

「裏切る？　馬鹿言っちゃいけませんよ、芳賀さん。僕は仲間になった覚えはありません」

そして男は懐からボールペンを取りだした。

「え、クロさんの⁉」

「いいえ、違います。これは僕のもの。実はこのボールペン、盗聴器にもなる優れもので、すべて筒抜けなのです、黒宮主任に」

眩しいほどの美しい笑みに、くらりと景色が揺れる。

「え、だったらあなたは……」

「ふふふ、山吹千歳《やまぶきちとせ》といいます。『ラブホのクズ男』とでも言えばいいでしょうか」

茉理が目を見開いた瞬間だった。

芳賀の手が茉理の喉元に巻きつき、こめかみに銃口が突きつけられたのは。

「おいおいおい。ヤマ、これまでずいぶん可愛がってやっていたのに、なんだよそれは」

「すみませんね、芳賀さん。仕事なもので」

穏やかに男――山吹は返しているが、その目はやはり笑っていない。

「まさか、うちのもん達に……」

「ええ、少しばかり仕込ませていただきました。もう少しで警察も来ます。あなたは逃げられない。そしてあなたをきっかけに、天妙組は解体されるでしょう」

それは組を守ろうとしてきた芳賀にとっては、忌まわしい事実だったようだ。

ぐるると手負いの獣のように唸った。

「逃げられる！　こうやって、こいつを囮《おとり》に使えば！　組は潰させない！」

「早く気づいた方がいいですよ、芳賀さん。あなたは利用されているだけだ。組があなたに提供したのは、整形費用と戸籍だけ。あなたはその事実から目を背け、命を捧げる忠誠心を見せることで最大限の救いがあったのだと、信じようとしていただけです」

山吹は容赦がなかった。

「あなたがどんなに組に尽くしても、結局は無能な奴らが利を貪り、芳賀さんが尻拭いをする羽目になる。妙香会に銃やドラッグを流すことだって、芳賀さんは元若頭に反対していたと聞きました」

「そんなもんはどうでもいいんだよ。俺は天妙組の人間、芳賀猛。これ以外の生き方はできねぇ！　組を守り、組のために生き延びる。こいつの命が惜しければ、そこをどけ！」

「ふふ、それは無理なお願いです。それにそんなこと、あなたにはできると思いません」

「なんだと⁉」

「なんだかんだ言って、可愛がっていたのは僕より茉理さんの方ですから」

山吹は一歩、退いた。

「だから読み違える。我らの主任が地上から来るとは限りませんよ」

なにかの音が迫っている気がして、茉理と芳賀は同時に窓に顔を向けた。

ヘリコプターだった。はしごに掴まっている黒宮が、手にした銃を発砲した。

ガッシャアアアン！

ガラスの破片が茉理に向かってくるが、芳賀が茉理を庇い、破片を背中で受けた。

「茉理！」

黒宮が窓から、部屋の中に降り立った。

ヘリコプターを操縦しているのは……恭子だ。片手の親指を立ててウインクすると、旋回していなくなった。

「クロさ……！」

手を伸ばした茉理のこめかみに、芳賀が銃を突きつけた。

「茉理を離すんだ、芳賀！」

黒宮が銃を芳賀に向け、そして山吹も銃を構えている。

「くくく、どこかで見かけた顔だと思ったら。クロさん……昔、会ったことあるよな」

芳賀が笑って言った。

「俺があんたに撃った銃弾、誰に当たったったっけ？」

黒宮の瞳に動揺が走り、銃口が震えた。

（いけない、クロさんのトラウマが！）

「主任！」

山吹が、黒宮の異変を感じ取り、慌てた声を出す。

「なあ、クロさん。一度死んだ人間は、銃を向けられたって怖くねぇんだわ。だけどあんたは違うみたいだな。いまだに過去を引き摺って、それでこいつの命を守る？　戯れ言もいい加減にしろよ」

カタカタと黒宮の手が震えている。

「妙香寺さん、やめて。そういう言い方はやめて！」

「うるせぇ！」

芳賀は茉理の前髪をひっぱり上げるようにして、顎の下に銃口を入れた。

「さて、お前達が一発でも撃てば、こいつの命はない。クロさんよ、またお前の前で、人が死ぬなあ……？」

ぐりぐりと銃口が茉理の顎を押し上げる。

「殺されたくなかったら、そこをどけ」

茉理は声を絞り上げるようにして叫んだ。

「正義は――悪に負けません！」

「なにを……」

「負けるのは、自分です。自分に負けたら、すべてがおしまいです！」

それは悲鳴まじりの声だった。

「クロさん、妙香寺さんを逃したらだめです。クロさんのためにも妙香寺さんのためにも！　だから……撃って！　自分が傷つくことを怖れないで、自分の信じる正義のために！」

茉理は、両手で芳賀の腕を拘束する。

「わたしが断言します。凱ならできる！」

茉理が言い放った瞬間、黒宮の揺れていた瞳が一点に固定した。

そして――。

バアアアン！

黒宮が引き金を引くと、間髪容れず、山吹も発砲する。

黒宮の銃弾は茉理の首すれすれのところから芳賀の肩を貫通し、そして芳賀の銃は山吹によって弾かれた。山吹が芳賀を取り押さえ、そして黒宮は茉理をその腕の中に掻き抱く。

黒宮は千切られた服を着ている茉理に、自分の上着を着せた。

「……ごめん」

「大丈夫です。未遂です」

「怖い思いをさせたんだ。……きみを、守れなかった」

茉理は微笑んだ。

「いいえ、守ってくれました。銃は人を殺せるものですが、クロさんの銃はわたしのすべてを守ってくれました。ありがとうございました」

我慢していたものが一気に込み上げ、身体が震えてくる。

それでも茉理は黒宮を安心させるように、気丈に笑った。

「わたし、信じていました。クロさんは、正義のヒーローですから」

黒宮はぎゅっと目を細めると、冷えた茉理の唇を荒々しく奪う。

黒宮からたちのぼる、はっきりとした硝煙の香り。

愛おしい彼に生きて会えたことが、嬉しくてたまらなかった。


部屋の外に出ると、応援に来たSSIメンバーがいた。

山吹のおかげで、メンバー達は芳賀の電話に惑わされることなく、警察と白取が掛け合った機動警察の援軍と共に、突入できたようだ。

茉理なら腰が抜けそうな大仕事に思えるが、そこは超エリートメンバー、前職で既に危険なターゲットへの突入には慣れているらしい。

ヤクザと思われる男達は意識のあるなしに関わらず、不埒な教祖と幹部と共に、ひとつの部屋に入れられ鍵をかけられている。

芳賀だけが手錠をかけられ、パトカーで連行されることになったようだ。

「黒宮さん、本庁捜査一課課長の釘里《くぎさと》です」

聞き覚えのある甲高い声が聞こえてくる。茉理が振り向けば、真夏なのにトレンチコートを着ている小柄な男が、黒宮に敬礼した後、怒濤の如く喋り始めた。

(あまりに早口でなにを言っているかわからないけど、この声……いつもの警官ね。確か

に絡まれると逃げたくなるくらい、ずいぶんぐいぐいと来るアグレッシブな方ね）

　釘里は、黒宮を独占して離そうとしない。

　なにやら寂しい心地になりながらぽつんとしていると、鷺沼が声をかけてきた。

「茉理ちゃん、クロを救ってくれてありがとう」

「そんなそんな。わたしはなにも」

「ヤマの盗聴器を通して茉理ちゃんの声は聞こえていた。茉理ちゃんが身体を張ってクロを信じてくれたから、クロは一歩踏み出せたんだ」

　鷺沼は微笑んだ。

「今までクロは、人に向けて銃を撃てなかった。これは誰かを守ることを生業にしているSSIにとっても痛手だった。だから社長は銃を持つ仕事は、クロには単独ではやらせない。必ずフォロー役をつけていた」

　今回は山吹がフォロー役だったのだろう。

「ようやくクロは、長い闇から抜け出ることができると思う。いつもは自分を強く売り込んでくる釘里さん相手に顰めっ面をしていたけれど、少しだけ愛想笑いをしているくらいだからね」

　鷺沼は、黒宮の横顔を見ながら実に嬉しそうに笑った。

「なぜクロさんに売り込みを？　クロさんはもう警察組織にはいないのに」

「クロの持つコネが欲しくてゴマをすっているんだよ。そしてクロや僕達は、警察の協力が欲しい。ギブアンドテイクの関係さ」

「なんだか切ないですね、自分ではなく付属品の方を求められるというのも。鷺沼さんは、クロさんにコネがなくても、クロさんラブですよね？」

「あははは、そうだね。……どんな僕に対しても、クロは態度を変えなかった。僕にとっての救いは、クロだけだったから」

「どういう意味ですか？」

「ふふふ、そのうちね」

鷺沼は意味ありげに笑う。

「しかしクロの射撃の腕がよくてよかったね。ヤマから聞いたけれど恐らく、一ミリでもずれていればきみに当たるか、あるいは芳賀の心臓を掠っていたかもしれない。誰も死なないようにする撃ち方は、あの一点だけ。それができるのは、クロだけだったと思う」

ただひたすら、信じていた。そして同時に切に祈ってもいた。彼が苦しまないですむようにと。

その結果、黒宮の闇を少しでも払拭することができたというのなら、もしかすると救済というものは……互いに信じるというところから始まるのかもしれない。

芳賀がパトカーに乗り込もうとする時、茉理が駆け寄って声をかけた。

「ガラスの破片から守って下さり、ありがとうございました」

皆の視線を浴びた芳賀は足を止め、振り返らずに笑った。

「お前のクロさんは、無鉄砲で周りを見ていないよな」

茉理は少し前に、黒宮から言われたことを思い出す。

――窓を破ることを強行したのは、芳賀がきみを守ると信じた。そして回収した芳賀の銃には……。

「……そうでしょうか。クロさんもわたしも、ちゃんと見ていますよ、おじさんのことを」

「見ている奴がサツに売るか？」

――芳賀の銃には、銃弾は入っていなかった。

壁に撃ったあの一発で、銃はもはや自分を守るものにはならないと、芳賀はわかっていた。

……人を殺そうとして、銃を持っていたわけではなかったのだ。

「はい。今のおじさんには、法が必要です。法は、裁く側も裁かれる側も差別することなく、平等に人としての権利を守っている。それをどうか感じ取ってきて下さい」

「法律、ねぇ。思い出すのはすべて、社会的強者が弱者を食らい尽くすことの黙認と擁護だけだったけどな」

「そんな扱いをされたら、鷹山裕吾弁護士をご用命下さい。鷹山弁護士は、公正な目で見て力になってくれるはず。百戦錬磨の大ベテラン先生ですが、とても優しいおじさんですから」

「……ジジキラーめ」

「ロリコンの人に言われたくないですよ」

芳賀はふんと鼻を鳴らした。

「ひとつ聞く。あいつに銃で撃てと言ったのは、俺を殺せという意味だったのか？」

「まさか。クロさんなら、クロさん自身やおじさんの迷いや苦しみを撃ち抜いてくれると思ったんです。クロさんは、守らねばならないものがなにかを、知っているから」

茉理は真っ直ぐな目をして、微笑んだ。

「ねぇ、おじさん。人間である限り、なにをしても変えられないものってあると思うんですよ。だから……生きてさえいれば、たとえどんな道を進んでいようとも、何度でも納得できる『自分』のやり直しができるのだと、わたしはそう信じてます」

するとと芳賀はそれには答えず、口元を歪めて言った。

「……正直俺は、このドラッグの件がなかったら、お前のことなど忘れてたんだわ。だけどある時ふと、昔のお前を思い出した。正義のヒーローを気取っていたお前が、今の俺の姿を見たら、どう言うかなって。まあそれは間違いなく、歓迎ではないだろうが。それでもお前なら、昔みたいにアホ面晒して、そのうち笑ってくれるかもしれねぇと思った。お前、頭ん中お花畑のアホだから」

「……五歳児になんという失礼なことを」

「五歳に限定するな。お前二十五にもなっていて、相変わらずアホすぎなんだよ。どこの馬の骨かわからねぇ奴に簡単に鍵を渡すな。危機感を持てよ。安易に結婚しようとするな。ダイヤも偽物と本物の区別もつかねぇし、謝礼金を支払ってまでの偽装なんて……アホすぎて涙が出たわ。いい勉強になったろう」

「も、持ち逃げしておいてなんという言い草……」

（もしかして持ち逃げは、わたしに勉強させるため？　……まさかね）

「しかもなんだよ、あのクマ。いい加減捨てろよ、なんか変な菌でも繁殖してるんじゃねえか？」

「人のクマに、なんなんですか。ちゃんと丸洗いに天日干しをして、とても綺麗です！」

「だったらなんで、あんなにボロボロなんだよ。もっと綺麗に繕えよ」

「人には向き不向きが……いったいなんですか。わたしに、なにいちゃもんを……」

「下のもんに任せておきゃいいのに、俺が出たのは……お前も変わったことを見て安心したかったからだ。俺の生き方は間違っちゃいねぇって。人間は皆、変わるもんだって。でもお前、本当にツッコミどころ満載のアホなままだから。だから……昔のようにひと言申したいんだという『意志』を残しちまった。俺は、お前を守ろうとするような、いい奴じゃねぇよ」

「おじさん……」

「――俺は昔からお前の正義のヒーローにはなれない、ただのおっさんだったけれど、今のお前には、正義のヒーローがついている。だから犯罪者の俺のことなど忘れて、幸せになれ」

「おじさん、わたしは……」

「お前が、身体を張って誰かを守ろうとしたこと。そして俺を、一度だって芳賀と呼ばなかったことに、本当にちょっとだけれど……変わらないものも、あるのかなって思った」

そして乾いた笑いを見せたあと、わずかに震える声で芳賀は言った。

「……怖い思いをさせちまって、悪かったな。……ガキんちょ」

謝罪の言葉を最後に、芳賀は振り返らずに、パトカーに乗り込んだ。

パトカーはゆっくりと発車する。

茉理は見えなくなるまでずっと見送っていた。

涙を流し続ける茉理の横で、曇った表情をした黒宮がそっとその肩を引き寄せる。

そこに、釘里に鍵を渡す、恭子の声が響いた。

「釘里さん。あと三時間くらいしたら、雑魚達を出して下さい」

それを聞いた茉理は涙を指で拭いながら恭子に尋ねる。

「そうだわ。なぜひとつの部屋に押し込んで、鍵を？」

すると、代わって山吹が答える。

「茉理さんに言ったでしょう？　男達に、特製の精力強壮剤を飲ませたって」

「え、あれ……本当だったんですか？」

「はい。でも茉理さんに危害を与えるためではなく。ドラッグを密造している悪い奴らにお仕置きをするためなんです」

「お仕置き？」

「ええ。あの精力強壮剤は、効いてくるのは遅くても、持続性と効力は抜群なんです。宗教家を名乗る肥えた狼と、たくさんの飢えたハイエナがひとつの場所に閉じ込められた時、なにが起きるのでしょうか。三時間後が、楽しみですね」

ふふ。そう笑った山吹を見て、茉理は顔を引き攣らせた。

（お仕置きだと言っている時点で、なにが起こるのかわかっているんだわ……）

現実に戻った彼らは、なにを思うだろう。

彼らはいったいなにを守り、いったいなにを失うのか。

「ちーちゃんはクスリのプロだものね。だから、子猫ちゃんを奪っていった代償は、暴力ではなく」

「クスリにはクスリを、作戦です」

（怖っ！　この大酒豪コンビ、怖っ）

防音設備が整っている建物には、どんな阿鼻叫喚が繰り広げられようとも傍目からはわからない。ただ時間の経過だけが、どんな凄惨な空間だったのかを物語るのみ。

白取が運転するワゴン車が、建物の前につけられた。その車に、皆と共に乗り込もうとする茉理の腕を黒宮が引いて止める。

「すみません、このまま早退させていただきたいのですが」

すると恭子がにこりと笑って言った。

「……わかったわ、お疲れ様。じゃあね、子猫ちゃん」

「ありがとうございます。悪いが、鷺沼。俺の銃を持ち帰ってくれ」

「わかった。暴発したら危ないものな。あ、もう暴発寸前か？　じゃあね、茉理ちゃん」

「主任、茉理さん、それではまた」

「嬢ちゃん、黒宮。じゃあな、お疲れさん」

車が走り去った。

「クロさん、わたしも一緒でいいんですか？　もしあれなら、わたしＳＳＩで……」

茉理は突然自分の身体が、カタカタと震え出したことに首を捻る。

黒宮が助けに来てくれたおかげで治まっていた震動が、静まり返った空間で再発している。もう危険はないというのに。

「あれ……わたし、どうして……」

狼狽する茉理を包み込むように黒宮は抱きしめた。

「俺から離れるな」

「え……」

「きみが生きているということを、感じさせてくれ」

切ない表情で懇願された意味を悟り、茉理ははにかむようにして頷いた。

黒宮のマンション――。

何度も睦み合った寝室に戻ると、黒宮は茉理に噛みつくようなキスをしながら、立ったまま茉理の服を脱がし、自らの服も脱いでいく。

青白い月明かりに照らされて、一糸纏わぬ姿になったふたり。

黒宮はベッドを軋ませながら、仰向けにした茉理を見下ろして尋ねた。

「どこを触られた？」

情欲の滾る瞳の奥で、憤怒の炎が揺らぐ。

それに魅入られたように、茉理はか細い声で言った。

「胸……」

黒宮は舌打ちをしながら、しっとりと濡れた唇で胸を丹念に愛撫していく。

「ひゃあ……っ！」

「その可愛い声、聞かせたのか？」

憤怒と悲哀をまぜた強い目に、羽毛の枕に埋もれながら茉理は首を横に振った。

「感じちゃうの、クロさんだけだもの」

「……っ、そうやって煽るなっ」

黒宮の舌で転がされ、唇で引っ張られた胸の頂きは、愛らしく屹立した。

黒宮が手のひらで念入りに揉み込むと、茉理が弾んだ息をしながら悩ましく啼く。

「クロさん、は……んっ、クロさん……っ、気持ちいい……クロさん」

自分の名前を呼んで悶える茉理の姿に、黒宮の目が苦しそうに細められる。

胸の頂きに歯をあてて甘噛みすると、黒宮の頭を抱く茉理の身体が跳ねた。

「ここは？　触られたのか？」

黒宮が体をずらし、茉理の内股を撫で上げる。

ふるりと震えた茉理は小さく頭を横に振った。

「どうかな、ちゃんと調べないと」

両膝裏に両手を入れて、足を大きく広げた。

「ああ、凄く濡れているじゃないか。……やっぱり触られたんだな？」

「違うの、クロさんに……触られた、から……ひゃんっ」

黒宮は秘処に唇をあてるとじゅるりと吸い立て、頭を振って刺激する。

「やっ、ああんっ、ああっ」

獰猛な口淫に翻弄され、茉理は呆気なく上り詰めてしまった。

しかし黒宮はやめる気はないようで、何度も茉理を弾けさせた。

まるで快楽漬けにして、茉理からすべてを忘れさせようとするかのように。

「ああ、今日は一段と感じやすいな。蜜も……んん、吸っても吸っても溢れる。あの教祖達に触られて、興奮していたんじゃないか？」

「違う、触られてないから……」

「だったら、芳賀？」

茉理を見遣る黒宮の目が、嫉妬にぎらりと光る。

「あいつに……こうされたかったから？」

黒宮を不安にさせているとわかるのに、それでも茉理の胸は歓喜にぞくぞくする。

それは紛れもない、黒宮の剝き出しの男の感情。

それを見せてもらえるのが、嬉しくてたまらない。

「ずいぶんと、切なそうに見送っていたのは……好き、だから？」

「うん、好き」

途端に黒宮の目が見開かれる。

「でもそれは恋じゃない」

茉理は、秘処の上から見つめる黒い瞳を優しく見返して言う。

「恋にはなりません。わたし……クロさんが、本当に好きだから。わたし……浮気できるような簡単な恋をしていません」

「……」

「それにクロさんは……守ってくれるでしょう？　わたしの恋心も」

すると黒宮が笑った。

茉理が思わずどきりとするような、ふわりとした笑いだった。

「ああ、そうだな。俺は……まだ任務終了はできない」

黒宮は身体を伸ばすと茉理を抱きしめた。

肌と肌が重なる心地よさに、茉理はうっとりする。

「これからは俺のために身体を捧げるなんて、馬鹿な真似はしないでくれ。聞いていて、本当に生きた心地がしなかった」

耳元で囁かれ、茉理はくすりと笑う。

「……なにかおかしい要素、あったか？」

「いえ……。クロさんには馬鹿だと言われ、おじさんにはアホだと言われ。わたし、つくづくだめな奴だなと」

「……きみは、だめな奴ではなくて悪い子だ」

黒宮は猛った己の分身を茉理の秘処に滑らせた。

「俺をこんなにさせるんだから」

そのまま茉理はぎゅっと抱きしめられ、距離がゼロ以下になる。

「ん……」

茉理は、秘処に熱い杭を押しつけられ、甘い声を漏らす。

まるで自分が、触れている部分から蕩けてしまいそうな錯覚に陥る。

「そんな顔をして……。気持ちいいの？」

「ん……気持ち、いい……」

茉理はため息まじりに答えると、黒宮の首筋に頬を擦りつける。

「可愛いな。俺も……気持ちいい」

そのまま黒宮は腰を動かす。

すると敏感な部分の表面がぐちゅんと擦り上げられ、茉理は喘いだ。

「ああ、凄い音だな。直接、俺ときみのがまざり合って、いつもより粘っていやらしい」

黒宮も興奮しているのだろうか。声が弾んでいる。

その息も余すことなく欲しくて、茉理は黒宮の唇に吸いついた。

初めて自分から黒宮の口に中に舌を差し込み、茉理から擦り抜けようとする彼の舌を追いかけ回す。

そして絡み合った瞬間、身体に走った甘美な痺れに、秘処がきゅんと疼いた。

もっと黒宮を感じたい――。

舌がねっとりと絡み合う濃厚なキスをしながら、自ら腰を振ってせがむ。

黒宮は茉理の腰に手を回すと、律動を大きくさせた。

「あ、あんっ、ああっ」

秘処全体で、猛々しい黒宮を感じる。

でもそれだけでは足りず、もっと距離を詰めたくてたまらない。

もっとぴったりと、ひとつに溶け合いたい。

「クロさん……。悪い子には、もっとお仕置きして……?」

茉理は息を乱しながら、黒宮に訴える。

「わたし、悪い子だから……中から壊されて、クロさん好みに作り替えてほしい」

すると黒宮は、情欲に満ちた目を細めた。

「わたしを……滅茶苦茶にして？」

黒宮は避妊具を装着すると、横から足を絡み合わせるようにして茉理の蜜壺に押し入った。狭い隘路をぎちぎちと押し開いていくと、やがて歓迎するように奥へと誘われる。蠕《ぜん》動《どう》する花襞は、彼のすべてが欲しいと黒宮を包み、絞りながらゆっくりとうねる。

それは至福であり甘美であり、理性が飛びそうな恐怖でもある。

「は……っ、茉理……」

呻きながら引き抜こうとすると、茉理が許さず、きゅうきゅうと締め上げてきた。

それをなんとか振り切って、魅惑の深層に再び押し入ると、待っていましたとばかりに悦ばれ、さらなる快感を与えてくる。

「ああ、凱っ、気持ち、いい……っ、もっと……っ」

「壊してやる。茉理……っ、俺だけの女になれ」

茉理の甘い嬌声に頭をくらくらとさせながら、貫けば貫くほどに、茉理の中が自分の形に変わっていることを感じて、たまらなく嬉しくなる。

昔も今も、守るということを教えてくれた彼女。

守ることは救いだ。そして救いは信じることから始まる——彼女は身体を張ってそれを示した。

　変わらぬものがここにある。

　変えてはいけないものがここにある。

　彼女の笑顔を守るために、自分はなにができる?

「あっあっ、激しいっ、それだめ、だめ、イク……!」

　果てそうになる誘惑から一旦退き、そして絶頂の余韻に身体を任せる茉理の中を貫き、抽送を再開する。

「わたし、イって……るのにっ、ああ、ねぇっ、それだめ、またイクからっ、凱!」

「壊して……いいんだよな?」

　息を荒くさせて茉理を見ると、彼女はぶるりと身震いをして、黒宮に抱きついた。

　黒宮はかすかに笑うと、正常位で繋がった。

「ああ、おかしく……なるっ、わたし……壊れるっ」

　黒宮は茉理の頭を撫でながら、艶めいた女の表情をその目に焼き付けた。

　恥じらう姿。乱れる姿。

　そのすべてが愛おしい。

　茉理が濡れた目を薄く開けて、黒宮を見ている。

　幸せそうな顔だった。

「このまま……繋がったまま、死にたい」

「……だめだ。俺がきみを死なせない」

「ふふ、有能な……主任さん、ですもの、ね」

茉理は微笑んだ。

「あなたに愛されて……幸せ……です」

……不覚にも涙を落としそうになった。

「それは、俺の台詞」

黒宮はそれを誤魔化すように、抽送を激しくする。

卑猥な水音と、喘ぎ声が重なり合う。

ふたりは何度もキスをして舌を互いに絡ませながら、感じている姿を隠そうともしなかった。すべてを曝け出して高みに上っていく。

「ああ、気持ちいいっ、イッちゃう、凱、イッちゃうの」

茉理が、黒宮の傷痕に爪をたてる。

その傷は、黒宮にとっては忘れてはならない約束の証。

茉理が与える痛みが、暴走する彼に歯止めをかける。

「凱、凱っ、わたし、わたし……っ」

「……ああ、ん、茉、理っ、俺も」

切羽詰まった心地ながら、黒宮はさらに奥へと自身をねじ込んで、茉理の中を擦り上げる。

茉理の中が震えながら収縮を繰り返す。もう限界だ。彼女も自分も。

「はあああんん、んぅ、一緒に、一緒……あああああっ」

「茉理、俺の……くっ、は………ぁっ」

絶頂を迎えた茉理が、黒宮の剛直を強く搦めとって収縮する。

黒宮はぶるりと震えながら、茉理の尻たぶを摑んで引き寄せた。

そして薄い膜越し、より奥目がけて幾度も猛った己の欲を放つと、低く呻いて荒い息をついた。

少し落ち着くと、茉理が恍惚とした顔で見つめていることに気づく。

「凱がイク時って、凄く……色っぽい」

なにか気恥ずかしくなり、黒宮は茉理の唇を奪う。

キスが甘いなど誇張表現だと思っていたが、黒宮にとっては病みつきになりそうなほど甘美だ。

茉理と繫がったままの自分が、すぐに元気を取り戻す。

まるで性に目覚めたばかりの中学生のようだ。

だがこの異常なほどの興奮は、今日の出来事に起因しているのだろう。

……そう、いろいろありすぎたから。

恐らく、昂りが消えない今日は、エンドレスだ。

すると茉理もそれを感じたのか、腰を振るようにして黒宮を誘った。

「……本当にきみは、悪い子だな」

滾る熱は尽きない。

黒宮は獰猛に茉理の内壁に擦り上げると、何度も高みに上らせた。

「凱、好き。凱、好きなの……っ」

快楽に流されながらも、茉理は黒宮に愛を訴える。

それがどれほど黒宮の心を満たすか茉理はわかっていない。

「……俺は。狂おしいほど、愛してる――」

黒宮は茉理の左手の薬指を甘嚙みしながら、愛の言葉を囁く。

重みを持ったその言葉は、黒宮にある決意をさせるのだった。

第六章　その男、重んじて動く

芳賀が連行されてから、二週間が経った。

芳賀は密造ドラッグや銃のこと、別件も含めて自分が関わった犯罪のすべてを白状し、自分がそれを指示していたと、組に関わる全部の罪を被る発言をした。

またマイクロＳＤを運んだ江藤も、芳賀の自供で発見された。それによると芳賀の指示で、茉理に近づきクマに隠したと自白。そして江藤に追及の手が伸びたため、芳賀が隠匿したようだ。

組を守ろうとしながら、同時に組を潰す爆弾も用意していた芳賀。

他人では決して解けないパスワードを設定し、それが唯一わかる組とは無関係の茉理に預けた。

それは矛盾していることではあるが、茉理には芳賀の葛藤のようなものを感じた。

「芳賀さんは既にわかっていたんだと思います。あの組はおしまいだと」

山吹は遠い目をして言った。

「前組長には人望があったようですが、今の組長はとにかく人望がなく。組よりも自分と利益ばかりを重んじる人だったようです。その結果、組は悪事に染まり腐敗していった。しかし、それは決して芳賀さんのせいじゃない。彼がそのすべての責任を負うことはないのに……」

組はいずれ解体されるだろうと、山吹は続けた。

「誰よりも組を大切にしてきた芳賀さんだけが、組の……唯一の良心であり正義でしたから。彼なしでは、組は成り立たない」

芳賀は、黒宮の同僚を射殺したことも自白したようだ。

彼が被ったすべての罪状を合わせれば、社会復帰はかなり遠い未来となるだろう。

そんな芳賀のため、恭子と黒宮が動き、鷹山を動かした。

どんな理由があれ罪は罪だ。しかし、わずかでも情状酌量の余地があるのなら助けてやってくれと。鷹山は快く引き受けた。

そして他メンバー達は、爆発事故は、後埜総師が仕向けたものではない証拠を集めた。

総師は地上げをしようとしていたわけではなかった。借金に首が回らなくなり、借金取りから嫌がらせをされて追い詰められた芳賀の両親から直接現地に呼ばれ、ペンションを高く買い上げてほしいと、土下座で懇願されていたようだ。

即答できなかった総師は、その夜に訃報を聞き、自殺だと思ったらしい。そのことを気に病み、芳賀の両親が作った借金を弁済し、担保に入っていた土地を取り戻してリゾート地にすると、その売り上げをすべて地域に還元していたらしい。

祖父がそう鷹山に話したということを聞いて、茉理は後埜グループの不正のデータを、鷹山づてで祖父に返した。どうするかは祖父次第。後埜グループの内情など、ただの小娘にはわからないと。

芳賀に謁見した鷹山がそのことを伝えると、特に驚いた様子はなかったという。

そして芳賀が言ったのは――。

――本当にアホな奴。せっかく見合いを破談にさせられる〝切り札〟を渡してやったのに。

「鷺沼さんも、あのデータがわたし個人にとって使えるものだと見抜いてました？」

今日も肩を落としてため息をつく茉理に、鷺沼が笑って答える。

「ん……まあね。だから返すと言った時、本当にいいのか何度も確認したけど」

「ということは、クロさんも気づいていたんだわ。なのに、わたしにはなにも言ってくれなかった……」

「ふふふ、茉理さん。主任にあたるのはよくないですよ。主任のお腹もクロですし」

「ははは、ヤマ。いくらクロとて、お前の腹の黒さには敵わないって」

「やだなあ。僕のお腹は真っ白、僕は純白の天使です」

その純白の天使の机の上には、崩壊寸前の書類の山。

天妙組に潜入していた間にさらに溜まった書類を、さっさと片づけられないのは、彼もまた事務能力が全く欠けているからのようだ。

「そうだ、ヤマ。結局、妙香会の教祖達はどうなったんだ？」

「ふふ。ようやく悟りを開かれたみたいです。……いろいろとね」

どんな悟りかは神のみぞ知ると、山吹は意味ありげに笑った。

妙香会にはすぐさま警察の手が入り、武器とクスリは押収された。鳥籠から出された信者達は、飛び立つこともできずに、ひたすら戸惑っているという。

「あ、しろたんさん、アヒルちゃん可愛い！」

白取は窓際に座り、まんまるアニマルを作っている。

もう既に事務は諦めたのか、ただの休憩なのか。

白いもふもふとしたアヒルを作りながら、白取は駆け寄ってきた茉理に尋ねた。

「嬢ちゃん、よかったのか？　芳賀に、親を追い詰めた借金取りは、天妙組だったと告げなくて」

前組長にどんな魂胆があり、芳賀に手を差し伸べたのかはわからない。

それでも事実上両親を追い詰めた集団を守るため、芳賀は命を賭けていたことになる。

「……はい。おじさんの信念を、わたし如きガキんちょが潰してしまっていいわけありませんので」

「そうか」

遊佐は書類に埋もれて、ピクリともしない。

走り書きしていたノートには、微分積分の計算の痕跡がある。

茉理は、どうして集計にそれが必要なのかわからない。

そして黒宮は――。

「すまない、遅くなって」

外出から戻ってきた黒宮に、茉理は立ち上がって微笑んだ。

「では皆さん。このたびは大変お世話になりました」

事件も落ち着き、茉理は自分を待っている場所に戻る決心をした。

始まりがあれば終わりがある。

しかし終わりはまた、新たなる始まりだ。

そうやって人は、出会いと別れを繰り返していくのだろう。

「茉理ちゃん、事務が……事務が！」

「はい。なので今度は、週二で来ます。最初から比べれば、半分くらいは減ったので」

するとメンバーが喜び、それを見た茉理の顔も綻んだ。

その時、再び黒宮の電話が鳴った。その音に遊佐が飛び起きる。電話に出た黒宮は苦笑した。

「……すまない。別件で……すぐ戻ってくるから、もう少しいてくれ」

「わたしひとりで帰れますよ」

「いや、だめだ。帰るなよ、待っててくれ」

何度も念を押すと、黒宮は急いで走って行く。

ＳＳＩ主任は忙しいようだ。

「……すみません。ということでもう少しお邪魔します」

「本当にクロは過保護だよね」

鷺沼の声に、皆が同意するようにして笑った。

「明日の茉理ちゃんの誕生日のために、プレゼントを調達しに行ってたりして」

「さ、鷺沼さん。もう一度お願いします。明日がなんですって？」

「え、茉理ちゃんの誕生日……」

茉理の顔から一気に血の気が引いた。

（忘れてた、忘れてた。なんで鷺沼さんが知っているかわからないけど、わたしは忘れてた！）

……祖父との約束は、明日に迫っている。

黒宮は協力してくれるだろうか。

この場合は結婚も必須だ。難問をクリアして偽装結婚ができたとして、問題はそのあとだ。祖父は、数年単位で後埜グループの仕事をさせるだろう。いくら黒宮が祖父の気に入った男とはいえ、兼業など認めるはずがない。……そしてＳＳＩの仕事は、片手間にできるものではない。

茉理は縮こまりながら、メンバーに聞いてみた。

「み、皆さんはクロさんが次期社長だということに納得されているので？　たとえば鷺沼さんが会社を継ぐとかは……」

「あ、それはないね。皆も同意見だよ、きっと」

「ど、どうしてそう言い切れます？　鷺沼さんだって頭いいし、皆に頼られているし」

「皆、クロだからまとまってる。そりゃあ仕事なら僕だって指示はできるよ、だけど会社を背負うとなればまた別の話だ。クロは強い上に真面目だから相手に信頼されるし、クロの正確な判断力は、企業のトップが持つものと同じだ。うちの社長の判断力を引き継いでいる」

茉理は押し黙った。茉理ですら、そう思う。

「唯一の難点は、依頼人の危機でも、犯人に向けて銃の引き金を引けなかったことだった。クロのトラウマは、僕達のフォローで克服されるものではないし、クロ自身が頭ではなく、身体で乗り越えないといけないんだ。それが人の命を守るということ。……その致命的なクロの欠点が、茉理ちゃんのことで克服されつつある。茉理ちゃんもクロのいい意味での変化を感じているだろう？」

「……ええ。とても表情が豊かになりましたし、前以上に張り切ってお仕事をしているように思います」

「だろう？　茉理ちゃんのおかげで、クロがようやく前を向けたんだ。だとしたら、クロがSSIを背負うことに不安はなにもない。クロが継いでSSIはさらに大きくなるだろう。そうなるように、僕達も全力を尽くすつもりだ。僕達はクロが好きだし、心から信頼している」

他の三人も頷いた。

茉理は反論の余地もなかった。彼らが互いに信頼し合い、黒宮が愛されているのは実感している。

ＳＳＩに不可欠な人材だし、黒宮自身もＳＳＩで人を守ることを誇りにしている。

茉理自身、黒宮にはＳＳＩにいてほしい。

黒宮は――自分都合で、縛れる相手ではない。愛すればこそ、縛ってはいけない。

ならば、祖父に頼み込んでみよう。黒宮が好きだから、見合い結婚をしたくないと。

芳賀の両親の死に慈悲を向けた祖父を、信じてみよう。

「あの……すみません。わたし、これからじいちゃんのところに行ってきます。必ず戻るので心配しないでって、クロさんに伝えてもらえますか？」

（これはわたしの問題だ。わたしがなんとかしなくちゃ！）

茉理は黒宮のいない今、ひとりで祖父の元へと向かう。

戦おう。黒宮との愛を守るために――。


三十畳はある一階のリビングは、豪奢な調度に溢れていた。黒い革張りソファに埋もれるようにして座るのは、杖に手をかけた着物姿の老人、後埜源治郎。齢《よわい》、八十になる。

「じいちゃん。わたし……とても好きな人ができました。だから、見合い結婚をしたくないです。彼と生きたい」

真っ直ぐな目で告白する茉理に、源治郎は目を細めた。

「ならば、連れて参れ。ワシが見極めてやる。お前はこのあと埜源治郎の孫娘、ワシの唯一の血を継ぐ者。お前が婚姻による後埜グループの拡大に協力できんというのなら、その男に後埜グループを大きくできる手腕があることが前提だ」

やはりどうしても、後継者問題になってしまうらしい。

「わたしが好きな人は、クロさんよ。黒宮凱。じいちゃんを守った元公安のSP。そしてじいちゃんが警護依頼した、桜庭社長が率いるSSIシークレットサービスの主任。知らないなんて言わせない」

源治郎は不機嫌そうに顔を顰めた。

「あやつと結婚するつもりか？　あやつ、茉理に手を出したのか？　婚前交渉をしたというのか⁉」

源治郎は段々とヒートアップをして、ガツンガツンと床を杖で叩く。

「い、いやあのね、じいちゃん」

「性交渉をしたのか？」

「し、してない……かな？」

毎日何回もしているなどと、口が裂けても言える状況ではない。

「ならば会わずにいれば、いずれ忘れる」

「せ、性交渉をしていたのだとしたら？」

「なんだと⁉」

源治郎は目をくわっと見開き、まるで鬼の形相。茉理はソファの上で仰け反った。

「あやつ、ワシの孫だとわかっていて、求婚もせずに茉理にそんな仕打ちをしたのか⁉」

源治郎の顔は怒りに真っ赤になり、白目も血走っている。このままでは血管が切れると、茉理は慌ててストップをかけた。

「じいちゃん。血圧上がっているから、落ち着いて、ね？」

「これが落ち着いていられるかぁぁぁ‼」

「じいちゃん、頭から湯気出てる。ひとまず落ち着こう、はい休憩！」

源治郎が病院送りになるのは勘弁と、茉理は一旦退いた。ストレートに言えば許してもらえるかと思ったが、このままだと源治郎の命に関わる。作戦を変更するしかない。

だが、茉理のどんな作戦もことごとく失敗に終わる。

日が変わっても、源治郎は軟化を見せない。茉理の相手が黒宮だと知り、意固地になって反対しているようにも見える。頭ごなしの否定を受け続け、茉理もいい加減、頭に来て叫んだ。

「なんで頭ごなしにクロさんを否定するの？　クロさんのどこがだめなのよ‼」

「結婚前にお前に手を出したことじゃ。不誠実な男に茉理はやれん。お前は別の男と結婚

「クロさんの人柄を知っている上で否定するのは、クロさんが悪いんじゃなくて、わたしがどんな男を連れてきてもだめだと言いたいだけなんでしょう⁉」

そう、演技ができるクズ男を連れてこようが、真剣に求婚してくれる男を連れてこようが。それが黒宮でも黒宮でなくても、この祖父は反対したいのだ。

……自分の事業を継がせるために。

「母さんが駆け落ちしたのがよくわかるわ！　娘より孫より、自分のホテルが大事なんでしょ！　自分のホテルのためならわたしが不幸になってもいいんでしょう！」

「違っ、ワシは茉理の幸せのために」

「わたしの幸せは、わたしの人生にクロさんがいること！　困っている人を守れるクロさんの横にいたい、見つめていたいの。クロさんじゃないとわたしは幸せを感じない‼」

茉理の唇が戦慄いた。

「クロさんは、わたしが初めて心から好きになった人なの！　好きで好きでたまらないの！　クロさん以外に触れたくないし、触れられたくない！」

「……そんなに好きなら、後埜グループの黒宮くんでもいいじゃないか」

するのだ！」

「じいちゃんなんて大嫌い‼」

（この……頑固ジジイ！）

怒りが頂点に達した茉理の言葉に、源治郎が青ざめた。

「じいちゃん、孫のわたしまでクロさんに守ってもらっていたのに、よくそんなこと言えるね⁉　クロさんが身体を張って守る仕事をしているから、わたし達は五体満足なのよ。それをただの会社員に成り下がれと？　クロさんの仕事を馬鹿にしてる⁉」

「い、いや……後埜ホテルは普通の会社ではなくな」

「ＳＳＩの社員は全員クロさん大好きで、クロさんを社長にするためなら、どんな手を使うかわからないから。厳重なこの家にだって簡単に忍びこんで、じいちゃんを締め上げて銃向けるなんて朝飯前よ！」

「ぷぷぷ」

耐えきれないというように漏れ聞こえた声に、茉理はキッとその声がした方角を睨みつける。それは、このリビングの端に直立不動で立つ、複数のスーツ姿の男達から漏れ出たものだった。肩を揺すって爆笑し始める面々を見て茉理は、驚愕に目を見開いた。

「な、なんでここにいるんですか⁉」

それはＳＳＩメンバーだった。

「後埜総帥を締め上げにさ。なんなら銃口向けようか？」

物騒なことを鷺沼は笑顔で言う。

「い、いつから⁉」

「ん……今朝早くから、皆で。立っていたのに気づいてくれないし」

「まるで気づかなかった。なぜここに」

「僕達も、社長の了解のもと報酬を返上した上で、次期社長と元依頼人の恋の成就のお願いに伺ったわけさ。……で、僕達がいるのに、なんでクロがいないか気にならないの？」

「いるんですか、クロさん」

「もちろんだ。僕達の到着より早く、既に後埜家にいたけどね。クロ！」

鷺沼が大声で黒宮の名前を呼ぶと、ドアが開いて眼鏡姿の黒宮が入って来た。

「ク、クロさん⁉」

「……悪い、外で聞いていた」

「なんでここに⁉」

「きみをいただきたいと、お願いに伺った」

黒宮は真剣な目で、そう言った。


黒宮は源治郎の前で正座をすると、固い声で言った。

「総帥。あなたは、私になんでも望みを言えと仰いました。私の願いは変わっていません。茉理さんを、私に下さい」

臆することない、毅然とした黒宮の嘆願。

「待っておれ、と言ったじゃろうに。なぜ茉理に手を出した」

「そのことについては弁解の余地はありません。なので茉理さんをもらえるのが、何十年先になっても私は待っています」

「馬鹿者が。何十年も先になったら、茉理は幾つになっていると思うんじゃ」

茉理は目の前でなにが起こっているのか、まったくわからなかった。きょとんとしている茉理に、源治郎が言う。

「この男は大胆不敵にも、ワシの……ワシの宝物が欲しいと言いおったのじゃ」

源治郎は、ぼろぼろと涙が溢れる目を手の甲で擦りながら言う。

「この男でなかったら、断れるものを。この男は……本当にいい奴なんじゃ」

「あ、あの……じいちゃん？」

「女の結婚適齢期というものが二十五と聞いたから、それまでは誰にもやるものかと思うとったのに、ワシの宝物にツバつけよって！」

意味がわからず説明を求めた先は、苦笑する鷺沼だった。

「総帥はクロを気に入ってたんだ。だけど孫を溺愛している総帥は、はいと渡すわけにもいかず、クロに待てと制止しながら考えた。とりあえずは二十五歳の誕生日までは手元に置いておこうと」

「え、でも見合いをさせようとしていたんですよ、人畜有害な相手と！」

鷺沼は仄かに笑った。

「見合いは、結婚させたくない総帥のささやかな嫌がらせさ。それによって茉理ちゃんが出て行くことにはなったけれど、茉理ちゃんも独り立ちして社会に出られたし、結果的には花嫁修業となった。結論から言えば、茉理ちゃんにとっていい結果になっている」

「なっ」

「茉理ちゃんがクロ以上の男を見つけられればそれでよし、鷹山先生のところにクロが出入りしているのを総帥はご存じのはずだから、茉理ちゃんがクロに恋をしてもいい。それでも総帥はＳＳＩに依頼することで、馬鹿正直に手を出さないでいるクロの背中を押したんだと、僕は思っている。自慢の可愛い孫娘に手を出さないなんて、それでも男かと」

源治郎は横を向くことで肯定し、黒宮は項垂れて目頭を揉み込んだ。

「なんでそんな面倒臭いことを……。だったら手を出されてよかったんじゃ……」

「だめじゃ」

「あはは。茉理ちゃんのお母さんは、総帥の知らないところでお父さんと出会って、駆け落ちしてしまったんだろうし、娘さんにできなかったぶん、総帥の手から最高の幸せをもたらす男を茉理ちゃんにあげようとしていたのだと思う。孫はいつまでたっても可愛い孫だからね」

源治郎はこくこくと頷いた。

身勝手な身内の情。疲れ切った茉理は、痛む頭を手で押さえた。

「もしも、クズ男を連れて来たり、誰も相手を見つけられなかったりしたら、どうしていたの？」

「見合いを強行して、ワシが黒宮くんを連れて来る。ワシが連れて来るんじゃ！」

茉理の眉間の皺が、ぐっと深く刻まれる。

「そこまでクロさんを推すのなら、どうしてわたし、昨日から怒られてたの⁉」

あまりにも源治郎は身勝手で理不尽だ。茉理は思い悩んで、昨夜はロクに寝ていない。

源治郎は目を拭いながら頷き、わめいた。

「ワシの宝物は、生まれ落ちた正午までは、ワシのものじゃ！　それまではやらん！」

正午まではあと五分――。

それでもわずか五分でも自分のものだと、ぼろぼろと男泣きをして主張する老爺には、厳格で有名なホテル王の面影はなかった。

「なにそれ……」

くっつけようとして、いざくっつくと怒る祖父。駄々をこねているとしか思えない面倒臭い過剰愛に、偽装結婚を思い悩んでいた時間はなんだったのだろうと、茉理は、へなへなと床に座り込んでしまった。


正午を知らせる柱時計が鳴る。

「では改めまして……」

黒宮が茉理と共にソファに座り、反対側のソファでぐすぐす鼻を鳴らす源治郎に言う。

「私は茉理さんを愛しています。茉理さんと、結婚を前提でお付き合いさせて下さい」

強張った面持ちのまま、深々と頭を下げた黒宮の横で、茉理は大仰に驚き仰け反った。

「け、結婚⁉」

「この流れで、なんで驚く？」

「いや、だって……」

正直茉理は、黒宮に愛される現在が幸福すぎて、未来が見えていなかった。

恋愛の先には結婚があり、家庭がある——その現実的な流れを考える間もなく、黒宮の人柄を思えばこそ、恋愛の幸せは長く続くと思い込んでいた。それで満足していた。

「俺は最初からそのつもりだったけど、きみは、他のところに行くつもりだったのか？」

「いやいや、そんな」

「今じゃなくてもいい。偽装ではなく、必ず結婚しよう」

真剣ゆえに悲痛にも思える黒宮の目は、強い視線の中に弱々しい光があった。

茉理の手を握ってきた黒宮の手は、緊張に冷えて震撼している。

これは演技ではなく、真剣に重みのある言葉を言ってくれているのだと茉理は感じた。

思いも寄らなかった黒宮との家庭。どう想像してもそこには、黒宮と子供らの眩しい笑顔に満ち満ちているように思えて仕方がなかった。

結婚願望がないまま結婚をしようとしていたが、黒宮とは結婚を自ら望んでしたい。

「……わたし、クロさんと結婚したい。ううん、クロさんだから結婚したい」

茉理はそう言うと、源治郎に向き直って言ったのだった。

「おじいさま。昨日から幾度も言っていましたとおり、わたしはこの黒宮凱さんを深く愛しています。もうわたしの身も心も彼なしではいられません」

「身も……」

「そこだけ反応しなくてもいいでしょう⁉」

「ぐす……」

「結婚前提でクロさんとお付き合いすることを、快く許して下さい。快く！　そうじゃないとじいちゃんを嫌いになるから！」

必殺『ジジ脅し』。それは強烈な即効性があったようで、顔を悲哀にくしゃくしゃにさせた源治郎は、山吹がさっと差し出したハンカチで目を拭きながら、即座に頷いた。

「黒宮くん、孫娘を頼む。ワシの宝物を幸せにしてくれ」

孫に嫌われたくない祖父の一念。快い了承に、場が歓声にどっと湧く。

「もちろんです。必ず幸せにします。総帥、本当にありがとうございます」

「ありがとう、じいちゃん！」

顔を綻ばせて抱きしめ合うふたりに、巷では鬼と呼ばれる源治郎も、目に涙を浮かべて苦笑せずにはいられなかった。

「黒宮グループの方はどうするんじゃ？」

「元々黒宮には俺の居場所がありませんので、お気になさらず」

「ワシも娘夫婦が顔を出すようになるまで時間がかかった。一時は縁を切るとまで騒いだものの、やはり寂しいものよ。日本屈指の巨大グループの頂点に立つ身は孤独ゆえに、血の繋がりが恋しく思うもの。他にどんなに多くの家族がいてもな」

黒宮は複雑そうに目を細めながら、膝の上に置いた拳に力を込めた。

「今度ワシと茉理をきみの実家に連れて行ってくれないか。茉理にとっても家族、連れて行くのはきみの責務だ」

「……わかりました」

〝巨大グループの頂点〟

茉理の頭の中には、雑誌で見た名前が浮かび、まさかそんなことはないだろうと思いながら、茉理は尋ねた。

「あ、あの……クロさんのご実家って、黒宮ホールディングスだとか言いませんよね？」

「え、知っていたのか？」

「い、今知りました。え、皆さんは？」

ＳＳＩのメンバー達は皆揃って、大して驚くこともなく頷いた。

茉理はふと思う。源治郎が彼ら全員を家に入れて面会したのは、黒宮の同僚であることだけが理由だろうか。源治郎はそう簡単に、外部からの訪問者を招き入れるような男だったろうか。

尋常ではないイケメン達のオーラにぶるりと身震いした茉理は、彼らの素性を突き詰めて考えないようにした。

信頼関係で成り立ったものに、今さら親の持つ肩書きは必要ない。ＳＳＩの同僚達は、皆対等なのだ。この先もずっと。

「黒宮くんがご令息でなければ、家柄を理由に突っぱねられたのに。長男だったら、嫁にはやらないと言えたのに。次男でも、なにかあった時に引き継ぐ身の上に、嫁には出せないと言えたのに……」

「ははは。初めて、黒宮の三男坊で生まれてよかったと思います」

黒宮は嬉しそうに笑った。

「黒宮くん。黒宮グループよりは幾分かは小さいが、後埜グループ、継がないか？　ホテルも楽しいぞ。茉理と行きたいところにホテルを建てて、別荘代わりに使えばよい」

「じいちゃんなにを言って……」

「ＳＳＩとの掛け持ちを許して下さり、時期を見てからでもよろしければ」

「クロさんまで！」

「ははは。婿養子になるだろうから、それくらいは覚悟してるさ」

「え、婿養子……」

「嫌か？」

「嫌ですよ。わたし……アトノマツリになりたくない！」

茉理の切実な思いに、皆は呵々と笑った。

「ワシの方は、掛け持ちでも桜庭くんのところに支障がなければ異存はない。きみは向こうの大学で、MBA《経営学修士》を習得しておるんだろう？　それなのに公安に入るとは本当に異質だ」

「ははは、調べられたんですね」

「ああ。きみの粗を探すために調べたよ。ないどころか、まさにワシが求める人材じゃった。経営に関しても優秀なきみなら、掛け持ちでもうまくやれると思う」

「ありがとうございます」

（掛け持ちOKって……わたしのしたことは……）

源治郎は、なにか言いたげな茉理を制して、ゴホンと咳払いをして言った。

「茉理の親のことだが」

「あ、はい。昨日お邪魔して、結婚前提のお付き合いのご了承を得てきました」

「なんと、外堀を固めてきたか」

「はい、もしも総帥に反対されたら、よろしくお願いしますと頼み込んできました。孫である彼女以外に総帥の心を動かすことができるのは、お嬢さん以外にはいないでしょう」

黒宮は悪びれた様子もなくそう言ってのけると、源治郎は禿げ上がった頭を撫でて言葉を詰まらせた。

「ク、クロさん、うちの親の居場所、知っているんですか!?」

「俺達は調査のプロだからな。今度一緒に行こう。ご両親もきみに会いたがっていた。彼らは頼まれたらしいよ、『孫を嫁に出す前に、孫と一緒に暮らしたい』と」

「……じいちゃん!?」

「本当は娘と孫と一緒に住みたかった。しかし娘が嫌じゃと言うから、孫だけでもと。借金を返済してやるからしばらく姿を隠せと、沖縄の別荘を与えた。いいと言うまで出てくるなと」

「お、沖縄？　クロさん沖縄まで行ったんですか⁉」

「ああ、社長の自家用ジェットでね。今朝戻ったから、訪問が遅くなってしまったが」

なんでもないような顔で黒宮は言う。

「すべてはじいちゃんが元凶だったとは。じゃあヤクザもじいちゃんの演出⁉」

「ヤクザは本物じゃ。ワシとてまさかヤクザまで出てくるとは思うとらんて……だがほら、黒宮くんが格好いいところを見せたし。あ、茉理の大学時代の写真も娘達に送っている。それと近々弟か妹も生まれるようだ」

(母さん、確か今年で……四十四歳だったはず……)

もう、自分を捨てた親には会うことがないと思っていた。

(どんな文句を言ってやろう)

それでもこの悦びの日に、恨み言は思い浮かばなかった。

どんなに傍迷惑な家族でも、血が繋がるものとの縁は完全には切れないのである。親でも、祖父でも。

エピローグ

ＳＳＩメンバーが一階のリビングで祖父の相手をしてくれている間、茉理は黒宮を三階の自室に連れて行った。祖父の趣味で甘いピンク色で統一されている。部屋に入るなり、沈痛な表情を見せた黒宮にきつく抱きしめられた。

「なんで、スマホの電源を切っているんだ。俺がどれだけ、よくない不安に駆られていたと思う⁉」

「すみません、充電が切れて。それより、よくない不安って？」

「俺の元に戻ってこない意思表示かと思った。きみが、嫌がっていた見合いを了承して、そっちと結婚する意思を固めたのだと思ったら……。ひとりでいなくなるなよ」

「ご、ごめんなさい。じいちゃんを説得しようと思って……これはわたしの問題だから」

「違うだろう、俺達の問題だ。きみが偽装結婚しようとしている期日が誕生日とはうっかり忘れていて、きみの誕生日にきみとの交際を総帥に認めてもらおうと思っていたんだ」

「え……」

「きみとはなし崩し的に付き合うつもりはない。とりわけ総帥には、きみに手を出してしまった以上、俺の口からそれを告解してきちんと俺なりの誠意を見せたかった。遊びではなく、真剣なのだと」

愚直な黒宮なりの、筋の通し方。

「今朝一階で総帥に会って、きみから、俺との期間限定の付き合いを終わらせて戻ってきたと聞いた……と言われた時は、正直全身から血の気が引いた。茉理の気持ちを聞かせてやるからそこで聞いていろと言われて、二階の部屋の外で硬直しながら聞いていた。きみの啖呵を耳にして、総帥なりの、きみに手を出した俺への仕返しだとわかって、ほっと胸を撫で下ろしたよ」

「……本当にごめんなさい」

「はは。ちょっと、座ろうか」

黒宮は茉理と共に、白木造りのベッドに腰掛けて言った。

「昨日俺、電話で呼び出されただろう？　あれは仕事じゃなかった。きみに渡したいものが、でき上がったと連絡を受けたから、それを受け取りに行っていた」

そして黒宮は背広のポケットの中から小さなシルバーの箱を取りだす。

「本当は、昨日これを渡したかったんだ」

黒宮は茉理の額に自分の額をこつんと押し当てて、茉理の手のひらに握らせた。

「開けて」

促され、茉理はかすかに震える手で、その箱を開けた。中にあったのは――。

「これは……」

六本爪に支えられた一粒のダイヤモンドに、丸みを帯びた白金《プラチナ》のストレートアーム。

内側に刻まれているのは『Gai to Matsuri』の文字。

「俺は真剣だという証と、きみを早く縛りつけたくてこれにした。本物だぞ」

「……」

「本当は昨日、先に言おうと思っていたんだ。偽装ではなく俺と本当に結婚してくれって」

黒宮は苦笑しながら頭を掻いた。

「総帥の前で偽装をしたくなかった。形は違っても、総帥もきみを愛している。男の真剣勝負に欺瞞《ぎまん》を持ち込みたくなかった。ちゃんと然るべき手順で……と思ったのに、順序がおかしくなって先に渡して言うべきものが、最後になってしまったけど。……茉理」

黒宮は茉理の手を握り、真剣な顔で言う。

「今じゃなくてもいい。きみがいいと思ったタイミングでいい。……俺と結婚してほしい。きみの残りの人生、俺にすべて欲しいんだ。死ぬ時まで、俺の横にいてくれ」

……いつか捨てられる愛などいらないと、茉理はずっと思っていた。

男などクズばかりで、結婚など祖父を騙すためだけのものだった。

だがそうではないことを教えてくれたのは、目の前にいる愛おしい男性――。

彼からの愛が、彼からの求婚がこんなにも嬉しい。

茉理の胸に込み上げていた感動が、苦しいくらいにぶわっと膨れあがる。

それが最高潮で弾けた瞬間、茉理の目から涙が止まらなくなった。

「なんで泣く?」

「嬉しくて……」

茉理が流した涙を、黒宮は舌で掬い取っていく。茉理は黒宮に飛びついて、泣いた。

「俺でいい? 嫌と言っても却下だけど」

「クロさんがいい。わたし……っ、幸せすぎるこの時のために、運が悪かったんですね」

「あははは、そうか。一気に運を使えたか」

黒宮は箱から指輪を取り出して、茉理の左の薬指に嵌めた。

「よかった、ぴったり」

ふわりと、屈託のない笑顔を黒宮は見せた。その顔を、茉理は一生忘れないと誓う。

「黒宮の名声や財産は俺にはないけれど、俺の人生……持てるすべてのものを、きみに捧げる。きみのすべてを守らせてくれ。いい?」

首を傾げるようにして、黒宮は甘く笑う。

「……っ、クロさんが甘々で、心臓にきます」

「それを言うなら、俺のために総帥に啖呵を切ったきみこそ、俺の心臓を撃ち抜いた。やられっぱなしは癪だから、きみを甘やかしてぐずぐずにしてやる。この先俺しか考えられないように」

「もうクロさんしか……」

「もっとだ。もっと……」

黒宮は、照れる茉理を向かい合うように自分の膝の上に跨がらせる。そして、指輪を嬉しそうに眺める茉理を優しく見つめた。

「クロさん。指輪買ってうちにくるの、皆に話していたんですか？」

「いいや。優秀な調査員も困ったものだ。おかげであいつらの前で、総師にきみをもらいたいと言う羽目になった」

「クロさんは、たくさんの人から愛されてますね」

「……愛されるのは、きみだけでいい」

黒宮は茉理の顎を掬って上を向かせると、唇を重ねた。

ちゅくちゅくと角度を変える食むようなキスが、茉理の顔を紅く染め上げていく。

視線を絡めたまま、ゆっくりと離れる唇。

「わたし、クロさんが、凄く好きです」

「俺は――溺愛している」

茉理の目から流れたひと筋の歓喜の涙。

黒宮は熱を帯びた目を愛おしそうに細め、指で茉理の涙を拭いながら、己の胸に引き寄せた。

黒宮の身体から仄かに硝煙の香りがしたような気がして、茉理は静かに微笑む。

「わたし、占い師に言われたんです。硝煙の香りがする人がわたしを救ってくれるって。

それは溺愛の香りだって。最初、それは妙香寺さんかと思ったけれど、まるで違いました。わたしの運命の人は、クロさんです」

すると黒宮は嬉しそうに顔を綻ばせながら、茉理に訊いた。

「俺からそんな匂いがする？」

「はい。ＢＡＲで会った時から」

「じゃあきっと硝煙は、俺が生涯をかけて守りたいきみへの、溺愛の香りだったんだな」

蕩けた視線を絡ませ合い、何度も唇を重ねては微笑み合い、黒宮は茉理の頭を撫でる。

「占いといえば、社長に弟がいるんだが」

「あ、社長さん以上に自由人と聞きました」

「ああ、俺もジェット機で本人から聞いたんだが、新宿の裏路地で、なかなか的中率が高い占い師をしているそうだ。インド人女性が着るサリーという服装を身につけ、不定期にタロットカード占いをしているとか」

「ええ!?」

「なんでも社長、その弟からいろいろと小動物を拾うと言われていたようだ。そういえば社長、最初からきみのことを子猫と呼んでいたなと思ってさ。偶然か？」

袖振り合うも他生の縁――。

すべての縁は運命の下に繋がり、今集結する。なにひとつ、無駄なものなどない。

「偶然のような必然かもしれませんね」

茉理の微笑に、黒宮は眩しそうに目を細めると、茉理をベッドに押し倒した。

「茉理。早く……俺のところに嫁いでこい」

黒宮は挑発的な眼差しを向け、茉理の手を取り指輪にキスをする。

この瞳に見つめられるとぞくぞくが止まらない。

瞳の奥で滾る熱を、全身で感じたくてたまらない。

「はい……」

この愛を守り抜きたい。愛する人と共に。

「大好きです。……旦那様」

茉理がそう言うと、黒宮は耳まで真っ赤になった。

「くそっ、覚えてろよ。今夜は寝かせない」

「……望むところです！」

笑いながら、唇が重なった。

窓から差し込む光が、ふたりの顔を柔らかく照らし出す。

やがてふたりは、きらめくダイヤを見て微笑み合い、込み上げる愛おしさを口にする。


「愛してる。ずっと――」

愛し合うふたりを包むのは、妖しいまでに魅惑的な、硝煙から始まる、溺愛の香り――。

番外編　願わくば、この幸せが伝わるように

『クロは幸せを感じたことがあるのか？』

黒宮はかつて、同僚であり友である鷺沼に、そう聞かれたことがある。

冷たい雨が降りしきる中、闇のように暗く澱んだ目をした彼に。

生きていれば必ず幸せなことはあるのだと、そう軽く諭したつもりが、逆手をとられた。

今まで幸せを感じたことがない黒宮が言い淀むと、鷺沼は自嘲ぎみに笑った。

『だったら……僕に、知った口を利くな』

その眼差しは凍てついていて、鷺沼は手にしていた黒薔薇を鷲掴んだ。

彼の指の間から零れ落ちた黒い花弁は、闇夜に溶けるようにして消えていった――。


「――さん、クロさん」

愛おしい女性に揺さぶられて、黒宮は目を覚ます。

「着きましたよ、駅」

どうやら少しうとうととしてしまったようだ。

今日は、茉理と婚約してから一ヶ月ぶりの休暇だ。昨夜、立て込んでいた案件が呆気なく片づき、降って湧いた幸運日《オフ》。

どこに行きたいかと尋ねたところ、茉理は愛らしい目をくりくりと動かして言った。

黒宮とスイーツを食べてみたいと。

本当はテーマパークとか茉理が楽しめるところをと思っていたが、『スイーツだってひとを笑顔にする力がある』と力説されてしまい、茉理に案内してもらうことになったのだ。

茉理が持つ雑誌の表紙には、『超ラブラブ&幸せ魔法をかけてくれるお店特集』と書かれている。それを求める茉理は、現状に満足していないのかもしれない。婚約しているとはいえ、やはり仕事が忙しくて、人並みのデートすら満足にできていないことを憂う。それでも毎夜、しつこいほど濃厚に抱いているし、愛は深まっていると思っていたのだが。

「このカフェ『メロメロン』は、特製メロンパフェが美味しいんですって。ふたりで三千円のパフェが、今日は特別に半額なんです」

茉理の笑顔が眩しくて、思わず黒宮の顔も緩む。茉理が喜ぶのならどこでもいい。

雑誌の地図を頼りに歩いていくと、目的の店はすぐに見つかった。

しかし開店してまだ三十分も経っていないのに、長蛇の列だ。店があるビルをぐるりと一周して、まだ続いている。

「あれ、そこまで大人気の店だって書いてあったっけ。ん……ここ見ていなかった……」

ページの角にある『ポイント』と書かれた部分を読んでいた茉理が、なぜか焦ったように店を見たあと、不安そうな目を黒宮に向ける。

「あの……別のところに行きません？」

「なぜ？　食べたいから来たんだろう？　話題のパフェが、どんなものか試してみるのもいいじゃないか。俺もそういうスイーツ自体、口にするのが初めてだから楽しみだ」

「いや、しかし……。パフェがどんなものかは雑誌に書いてあるし……。並んで待ったとしてもたぶん、クロさんが入っちゃいけないお店の可能性大で……」

「俺が入っちゃいけない？」

黒宮が訝しげに茉理を見た時、店からツインテールの女性が出てきた。胸を強調するメイド服。悩ましい太股をちらつかせるフリルつきのミニスカート。店員のようだ。

「皆さーん。只今二時間待ちですが、もう少しお待ちくださいね～」

鼻にかかった高音で店員が喋ると、一斉に「うぉぉぉぉぉ」という獣のような声がした。そこで黒宮は気づく。並んでいるのは、男性ばかりだと。

「さあ、皆さん。合い言葉は？」

すると店員を含めた全員が、両手でハートを作りつつ、声を合わせて叫ぶ。

「メロメロメロン！」

「今日、半額で食べたい方は、私達にこの合図をしてくださいね。さあ、もう一度！」

「メロメロメロン！」

茉理がちらりと、固まっている黒宮を見やる。

「……ここメイド喫茶みたいなんですが、あれ、皆が見ている前で、できます？」

気を取り直して、他の店に行くが、どこも尋常ではない混み具合だ。

最初こそは本に載るくらいだから長い行列ができて当たり前、と笑っていたものの、行く場所すべてとなると茉理の顔から笑みが消える。

「まさかこんなところで、わたしの不運さが発揮されるとは……」

自分のせいだと頭を抱える茉理を見て、黒宮はぷっと吹き出した。

「今は昼時だし、人気店なら仕方がない。きみのせいじゃないよ」

別に人気の店でなくてもいい。彼女と一緒であるのなら。

だが茉理は、どうしても有名店で美味しいものを食べたかったのか、気落ちしている。

信号待ちをしていた時、街頭テレビに星座占いが映った。

「わたしの運は最悪ですね。ラッキーアイテムが『スーツとパステルカラー』。あ、クロさんの運も悪い。クロさんのラッキーアイテムは『スイーツとスマホ』。これは……」

茉理は不運さを打開すべく考え込み、そしてなにか閃いたのか顔を上げた。

「すみません、クロさん。ちょっとお待ちください」

茉理はバッグの中から一枚の名刺を取り出すと、電話をかけ始めた。

時折、手にしていた雑誌を広げて説明していたが、電話を切った彼女の顔は笑顔だ。

「とても美味しいお店を予約しました。行きましょう」

怪訝な顔をする黒宮を連れていった先は――オーダーメイドのスーツ店『TODA』。

「坊ちゃま、茉理さま、いらっしゃいませ」

メジャーを首からぶら下げ、揉み手の店長……戸田が現れた。

戸田は、黒宮の実家で執事兼護身術の師匠をしていた。黒宮が家を出たと同時に戸田もまた執事を辞めてスーツ店を作り、食事に興味がない黒宮のために厨房まで構えて、裏方から黒宮をフォローし続けてくれていた。

黒宮が唯一心許している身内であり、茉理を連れて婚約の報告をしたところ、その時から、戸田が茉理の前で口にする呼称は、親しみが籠もったものになった。

とはいえ、貴重なオフ日に来なくてもいいと思うが。

「お電話下さいまして、ありがとうございます。茉理さま、ちゃんとご準備できています」

通された奥の部屋は、いつものテーブルや椅子が取り払われていた。代わって薄ピンクのカーペットの上に、パステルカラーのもこもこクッションと、白い座卓が置かれている。

いったい、これはなんなのだろう。なにが始まるのだろう。若干、怖い。

「可愛い～。店長さん、イメージどおりです。短時間で用意できるのはさすがです」

「大切な坊ちゃまのためでしたら！」

茉理が笑顔で親指を突き立てると、店長も同じ仕草を返す。そしてふたりが頷きあったあと、戸田は食事を運んでくると言い、厨房に向かった。

「クロさん、靴を脱ぎましょう。そして足を伸ばして、まったりとおくつろぎ下さい」

茉理は黒宮の背を押し、テーブルの前にふたりで座った。

「茉理、これは……」

「大変なお仕事、いつもご苦労様です。わたし、流行の人気スポットが好きなわけではなく、ただクロさんも知らない世界で、一緒に思い出を作りたかっただけで。ふふ、ラッキーアイテムのパステルカラーに囲まれたこの世界もまた、インパクトありますね」

「俺のため？　俺ではなく、きみがしたいことを……」

「わたしがしたいのは、お疲れのクロさんを癒やして幸せを感じてもらうこと。無理して連れ回したいわけではないんです。今日はここで、思い出作りをしましょうね」

彼女なりの愛が籠もったおもてなし。不覚にも心が震える。寂しい思いをさせているはずなのに、彼女は自分のためにといろいろと考えてくれていたのだ。

なんと可愛いのだろう。なんと愛おしいのだろう。

抱きしめたい衝動に駆られた時、ノックの音が響く。やってきた戸田が銀のお盆に載せているのは――メロンを惜しげなく使用した豪勢なパフェだ。透明なバケツのような容器から、スポンジケーキやプリンが透けて見えている。

「店長、雑誌に掲載されているのとまったく同じです。ベリベリグッドです。さあ、クロさん。これが今日のクロさんのラッキーアイテムかつ、食べ損なったメロンメロンの特製メロンパフェです。店長に再現してもらいました。美味しそうですね！　さあ、まずはひと口！」

パフェというものはこんなにカオスなのだろうか。身体に影響が出そうなほど過剰な糖分を摂取するのが、世の常なのだろうか。

そんなことを思いながら、黒宮は茉理から渡されたスプーンをパフェに突き立てた。

「坊ちゃまストップです。茉理さま、三脚を用意しました。坊ちゃまの初パフェ記念ショットを」

「おおお、さすがは店長さんです。ではわたしのスマホで……」

茉理は、戸田と共に三脚にスマホをセットすると、戸田も招いて黒宮の元へ戻ってくる。

「セルフタイマーは十秒です」

頭を抱える黒宮を真ん中に、茉理はカウントダウンを始めたが、不意に手を叩いた。

「そうだ、皆さん。『はい、チーズ』の代わりに、同じ合図をしましょう」

茉理はスマホに向けて、両手でハートを作り、声高に言った。

「メロメロメロン！　はい、クロさんも」

「は？　別にここは、あの喫茶店ではないのだから……」

「ただの撮影合図です。ここにはわたし達だけしかいませんし、ノリでいいですから」

「そうです。坊ちゃま、私もできますよ。メロメロメロン！」

「ほら、クロさん。店長さんだってしてくれているんですから。あと五秒しかありません」

追い詰められた黒宮は、ぷるぷると震える手でハートを作り、目を泳がせるようにして、弱々しく……そしてたどたどしく口にした。

「メロメロ……メロ、ン」

「クロさん、聞こえない。もっと笑顔で大きな声で！　はい！」

「メロメロメロン！」

黒宮がヤケになって言い捨て、ふたりが声を揃えたところで十秒が経過。茉理と戸田は大喜びである。黒宮が俯いて顔の火照りを冷ましている間、ふたりはスマホを回収した。

「坊ちゃま。可愛らしいお姿をこの爺は忘れません」

「もういいから、すぐに忘れてくれ」

「とんでもない。では私はこれで。なにかございましたらお声がけ下さいませ」

戸田が退室すると、茉理が嬉々としてスマホを操作する。そこから記憶にある声のやりとりが聞こえて、黒宮は慌ててスマホの画面を覗き込んだ。

「写真ではなく動画を撮っていたのか⁉」

「そうでーす。クロさんの可愛いメロメロメロン、あとで店長に送るんです。うふふ」

黒宮はあまりの羞恥に、テーブルの上に突っ伏した。

「絶対、あいつらにはその存在があることも口にするなよ。喜んでデータを抜くから」

「はい。優秀な調査員さん達には秘匿します。さあ、クロさん。ふたりだけのメモリアル動画、続けましょう」

茉理はスマホをテーブルに固定し、スプーンでパフェを掬うと、黒宮に向ける。

「これからクロさんは、生まれて初めてパフェを食べます。パフェでどう幸せになれるか、記録したいと思います。はい、クロさん。あーん」

絶対こんな姿、同僚達には見せられやしない。黒宮は苦笑すると、傾けた顔を近づけてスプーンを口に含んだ。

「どうですか、お味は」

黒宮は、スマホではなく茉理を見つめながら咀嚼して嚥下すると、笑みを作った。

「美味しい」

「……ぐは。クロさんの笑みが、甘々すぎて心臓にくる……」

「だったらきみも甘々になれ」

黒宮が空になったスプーンでパフェを掬い、茉理の前に差し出す。

茉理が口にすると、一気にその顔が蕩け、頬を手で押さえて感嘆の声を上げる。

「メロンを引き立てるような、絶妙な甘さ加減。クロさん、この美味しさはやばいですね」

幸せそうな茉理の顔を見ると、黒宮も嬉しくなり、つい微笑んでしまう。スイーツは人を笑顔にする力があるという説は嘘ではないようだ。

何度か食べさせ合うと、ふと茉理の口横に生クリームがついていることに気づく。

「……ついてる」

指を使わずに、直接舌で舐め取ると、茉理の顔が真っ赤になった。恥じらうようにして長い睫が細かく震えている。仄かに香る女の色気――。

「……まさか、きみは今……いけないことを考えていないよな」

「え、顔に出ていますか⁉」

「本当に考えていたのか？　パフェで？　今ので？」

「うぅ……。クロさんが悪いんですよ。食べる時の挑発的な目といい、スプーンがクロさんの口に出入りする時にちらつく舌の動きといい。エロエロすぎるんです。なぜパフェで、クロさんの色香が倍増しになるんですか。ああもう……スイーツ、恐るべし」

いったいどの要素に彼女が興奮したのか、いまいち黒宮はわからなかったが、それでも些細なことで彼女が自分を男として意識してくれたのは嬉しい。

「まったく、きみはもう。……おいで」

黒宮が両手を広げ、首を傾げて誘うと、茉理の顔はさらに真っ赤になった。いそいそと、黒宮の胸の中に飛び込む。華奢で温かな体を抱きしめると、えも言われぬ感動が黒宮の胸に広がる。ずっとこうして自分の腕に閉じ込めたい。

「休みが取れずに、きみに寂しい思いをさせてばかりでごめん。いつもいろいろと気を遣わせてしまってごめん。……この『ごめん』は伝わるか？」

茉理はかつて、誤解の種となったホテルの置き手紙を思い出す。

「はい。ちゃんと伝わっています」

「それはよかった。どんなに仕事で苦境に陥っても、きみの元に帰りたいという思いが、俺を支えて力となっている。きみと過ごせる時間が、俺にとってはかけがえないものなんだ。パフェもいいが、俺にとって甘美で何度も食べたいと思うのは、きみだけだよ」

茉理の濡れた瞳に引き寄せられるようにして、しっとりと唇を重ね合わせた。仄かに甘いパフェの香りがする。それはまるで媚薬の如く、黒宮の欲情を引き出していく。

薄く開いた茉理の唇に舌を差し込み、己の激情を伝えるように暴れさせた。

「ふ……あ、パ、フェ……溶け……る、から……」

茉理がキスの合間に訴えると、黒宮は片手で生クリームを掬ったスプーンを手にし、茉理の首筋にそれを垂らした。

「ひゃっ……」

茉理が驚いてのけぞる。黒宮は茉理の肌ごと生クリームを舌で舐め上げた。

「きみの味が混ざって、さらに甘く美味しい」

「そ、そんなこと……」

茉理を横抱きにした黒宮は、ブラウスのボタンを外すと、胸の谷間にもうひと匙《さじ》、生クリームを置いた。上目遣いで茉理を見ながら、その胸に貪りつく。

「や、あんっ、ク、クロさん……食べ、ないで！」

「どうして？　こんなに美味しいのに。ここも」

下着を下げ、ぷっくりと勃ちあがっている胸の蕾に吸いついた。

匂いも味も甘く、極上だ。たまらなくなり、念入りに味わう。

「や、んっ、そこ……クリーム、ないっ」

「ここには、一番美味しいフルーツがある。ゆっくりと噛んで……んんっ、堪能しないとな」

くちゃくちゃと音をたてて甘噛みすると、茉理の体がびくびくと跳ねる。

「クロさん、あっ、ん……」

肌を滑る指が茉理の内股を撫で上げ、ショーツのクロッチの際から中に忍び込む。

「熱くてとろとろ。溶けているのは、パフェではなくきみの方だな」

「クロさんが、触るから……」

「俺が触るとこうなるのか？」

蜜の洪水をゆっくりと掻き混ぜると、くちくちと卑猥な水音が響く。

「はぁ、ん、好きな……ひと、だもの」

茉理の言葉に胸が痛くなってくる。そうなってほしいと何年望んできたのか。

目を潤ませて切なげに感じている茉理の顔は、黒宮のオスの部分を刺激してくる。

この女は自分のものだ。自分だけが彼女を女にできる――そんな独占欲と支配欲が強まっていく。欲を剝き出しにした自分の目は、獣のようにきっとぎらついているだろう。

彼女の身も心も食らいつくせる、唯一の男でいたい――。

「は……ん。もっと……わたしを……食べて。凱」

思わず息を飲むほど、艶やかな女の顔で、茉理が誘う。

「そして……凱を食べさせて……お腹いっぱい」

ああ、愛とはサバイバル。食らうのが先か、食らわれるのが先か——。

下半身に熱が集まるのを感じながら、黒宮は好戦的な切れ長の目を細め、芳醇な香りを放つ極上のスイーツに舌舐めずりをするのだった。


その夜は、雨が降りしきり、肌寒かった。

家に戻っても抱き続けていたせいか、茉理は疲れて黒宮の隣ですやすや眠っている。

あどけない寝顔が愛おしく、黒宮は茉理のぽってりとした唇に口づけ、口元を緩めた。

そしてスマホを手にしてベランダに出ると、おもむろに電話をかける。

『はろはろー。どうしたのさ、茉理ちゃんと喧嘩でもして僕に助けを求めようとでも？』

電話の向こう側から、鷺沼の軽口が聞こえ、黒宮はふっと笑った。

「鷺沼。俺、今……凄く幸せなんだ」

黒宮の言葉に、鷺沼は押し黙る。

勘のいい彼のこと、ただの惚気ではないことを察したのだろう。

「だから今なら、お前に言える。信じていれば、生きていれば、必ず幸せになれると。俺達も幸せになっていいのだと」

電話の向こうで小さな笑いが聞こえた。

『馬鹿だな、クロは。昔昔の話じゃないか』

「それでも、お前の時間は昔で止まっているだろう？」

電話の向こう側からは返答はない。

「お前にも、こんなに満ち足りた幸せを味わってもらいたい」

『……ありがとう、クロ』

それから会話はなくなったが、電話だけは繋がっていた。

冷たい雨が降る闇夜も、いつかは明け、光が差すだろう。

黒宮にとって救いの光は茉理だった。彼女によって、凍えた世界で温かさを知った。誰かを愛し愛されることが、どれだけ空虚な心を満たし、力となるものなのか。ふたりで築く思い出は、モノトーンの世界をどれほど色鮮やかにするものなのか……それを鷺沼にも教えてやりたい。

願わくば、孤独な友にも、狂おしく愛せる相手が現れるように――。

黒宮は静かに目を伏せると電話を切り、茉理の元へ戻っていった。

あとがき

はじめましての方々、おひさしぶりの方々。お会いできて光栄です。

この度は本書をお手にとって頂き、誠にありがとうございました。

蜜夢文庫さんからは二冊目の書籍となる今作は、オリジナルのネット小説をかなり改稿して先行発売された、らぶドロップスさんの電子書籍を加筆修正したものになります。

オリジナル版はかなりはっちゃけていましたので、油断すればすぐ道ならぬ道を行こうとする茉理を宥めつつ、なんとかヒロインとして収まってくれました。

今回のテーマは『正義』。茉理達が信じる正義に、なにか少しでも皆様の心に訴えるものがありましたら、幸いです。

黒宮が所属するSSIは、逆ハーレムにもなれそうな（残念な）イケメンパラダイス。本作ではコメディ要員となってしまったメンバー達ですが、今後彼らの話を書く機会に恵まれましたら、本書では語られなかった彼らが持つ大きな秘密とともに、彼らが愛するヒロインがどんな女性なのか、思いを馳せて下されば嬉しいです。

本作は、前作『隣人の声に欲情する彼女は、拗らせ上司の誘惑にも逆らえません』でも登場しました、後埜総帥の孫娘である茉理と、SSI主任黒宮との偽装から始まる恋愛模様です。常時偽装を考えざるをえなかった茉理が、それを忘れるほどに心を奪われた恋。そして、その恋を邪魔するような危険な環境——。黒宮に守られ、そして黒宮を守ろうとする茉理の奮闘と成長、そして幸せを、芦原モカ先生の描く繊細で美麗なイラストからも楽しんで頂けたら嬉しいです。

最後になりましたが、この作品を作るにあたりご尽力下さった方々に御礼申し上げます。担当者様、出版社様、デザイナー様、その他出版に携わってくださったすべての方々。本書の世界を美しく描いて下さった芦原先生。執筆時から応援下さった読者の皆様。たくさんの方々のお力で、茉理と黒宮の物語が本となりましたこと、心から感謝しております。そして、お手にとって頂きました皆様に、最大の感謝を込めて。ありがとうございました。

今後も、恋愛もそれ以外の要素でも、ハラハラドキドキ……くすりと笑えるような物語を綴れるよう頑張っていきたいと思いますので、応援頂ければ幸いです。

またどこかでお会い出来ますように。

奏多

パパもママが
大好きだよ
大人気
ラブストーリーに
ベビー誕生
コミックもシチュCDも
ヒット中!
つわり
セックスレス
いやいや期
出産&子育ての悩みは尽きないけど——

本書は、電子書籍レーベル「らぶドロップス」より発売された電子書籍『硝煙は溺愛の香り　甘く危険な恋は偽りからはじまる』を元に、加筆・修正したものです。

★著者・イラストレーターへのファンレターやプレゼントにつきまして★
著者・イラストレーターへのファンレターやプレゼントは、下記の住所にお送りください。いただいたお手紙やプレゼントは、できるだけ早く著作者にお送りしておりますが、状況によって時間が掛かる場合があります。生ものや賞味期限の短い食べ物をご送付いただきますと著者様にお届けできない場合がございますので、何卒ご理解ください。
送り先
〒160-0004　東京都新宿区四谷3-14-1　UUR四谷三丁目ビル2階
(株)パブリッシングリンク
蜜夢文庫 編集部
○○（著者・イラストレーターのお名前）様

硝煙は溺愛の香り
黒き獣は偽花嫁を淫らに堕とす

２０１９年１１月２９日　初版第一刷発行

著……奏多
画……芦原モカ
編集……株式会社パブリッシングリンク
ブックデザイン……おおの蛍
（ムシカゴグラフィクス）
本文ＤＴＰ……ＩＤＲ

発行人……後藤明信
発行……株式会社竹書房
〒102-0072　東京都千代田区飯田橋２－７－３
電話　03-3264-1576（代表）
03-3234-6208（編集）
http://www.takeshobo.co.jp
印刷・製本……中央精版印刷株式会社

ISBN978-4-8019-2076-7　C0193
Printed in JAPAN